KB107773

빵샘과 함께 읽는
교과서 소설 2권

빵샘과 함께 읽는 교과서 소설(중1)

초판 1쇄 발행 | 2010년 7월 30일
초판 3쇄 발행 | 2011년 12월 20일
지은이 | 방민호
펴낸이 | 이승은
펴낸곳 | 예옥
등록 | 제 2005-64호(등록일 2005년 12월 20일)
주소 | 서울시 마포구 동교동 200-16 303호
전화 | 02. 325. 4805
팩스 | 02. 325. 4806
이메일 | yeok4806@gmail.com

ISBN 978-89-93241-16-7 (43810)

✳ 이 도서의 국립중앙도서관 출판시도서목록(CIP)은 e-CIP 홈페이지(http://www.nl.go.kr/ecip)에서
  이용하실 수 있습니다.

7차 개정에 따른 **중학교 새 국어 교과서 소설**을 읽는다

빵샘과 함께 읽는
교과서 소설 2권

· 방민호 엮고 씀 ·

예옥

소설 읽는 힘이
생각하는 힘입니다

소설을 배우는 일은 쉽지 않은 일입니다. 소설이란 동화와는 달리 생각이 성숙한 사람들을 위한 이야기이기 때문입니다.

소설을 읽으면 머리가 아프다고 말하는 분들도 있지만, 소설을 읽는 일이 그렇게 어려운 것만은 아닙니다. 한 편의 작품이라도 깊이 읽고 많이 생각하다 보면 어느새 소설을 읽는 힘이 생겨나기 때문입니다. 따라서 어려서부터 소설을 자주 읽고 그 내용을 음미할 수 있게 된다면 생각도 늘고 공부도 잘할 수 있게 될 것입니다.

이 책은 여러분들이 어떻게 하면 소설을 잘 읽을 수 있을까 하고 고민한 끝에 만든 책입니다. 조만간 중학교에 들어가게 될 분, 이제 막 중학교에 들어와 국어 공부를 새로 시작하게 된 분, 중학교 2학년, 3학년이 되어 소설에 대해서 더 잘 알고 싶은 분들을 위해 이 책을 만들었습니다.

또 이 책은 새롭게 바뀐 교육 과정에 따라 중학교 국어 교과서에 실린 소설이 아주 달라졌다는 점을 고려하여 만들었습니다.

새로운 교육 과정에 따라 만들어진 국어 교과서들의 가장 큰 특징은, 예전 같으면 고등학교나 중학교 고학년에 실리던 작품들이 1학년 교과서에 버젓이 수록되어 있다는 사실입니다. 그것은 작품들의 난이도를 새로 평가한 결과이기도 하지만, 그만큼 소설을 읽는 힘을 더 많이 요구하고 있기 때문이기도 합니다.

　새 국어 교과서에 실린 소설들을 이 책에 실었습니다. 어렵게 느껴지는 이 작품들을 어떻게 하면 쉽게 읽고 익힐 수 있을까? 이러한 고민 끝에 저는 이 책에 몇 가지 방법을 적용해 보았습니다.

　첫째, 하나의 작품을 읽기 전에 간단한 생각 거리를 제시하여, 그 작품의 주제에 대해 미리 생각해 볼 수 있도록 한 것입니다. 미리 생각해 보는 연습을 하고 작품의 내용을 예상해 보면 작품을 더 쉽게 읽을 수 있겠지요.

　둘째, 작품의 줄거리와 그 작품을 쓴 작가에 대해 자세한 설명을 해 주어, 작품에 대한 이해를 높이고자 했습니다. 간략하게 몇 줄만 소개한 줄거리나 작가에 대한 추상적인 정보만으로는 그렇지 않아도 어려운 소설에 흥미를 붙이기 쉽지 않을 테니까요.

셋째, 각각의 작품과 관련이 깊으면서도 중학교 소설 공부에 꼭 필요한 개념을 익힐 수 있는 이야기를 실어 소설을 깊이 이해하는 힘을 기를 수 있도록 했습니다. 예를 들어 인물이니, 사건이니, 배경 같은 말들은 쉬우면서도 얼마나 어렵습니까? 이런 개념들이 쉽게 다가올 수 있는 책을 만들고자 했습니다.

넷째, 이 책에 실린 작품들뿐만 아니라 중학생이 꼭 알아야 할 또 다른 작품들에 대해서도 접할 수 있는 공간을 마련했습니다. 예를 들어 황순원 선생의 작품 가운데 중학생이 꼭 알아야 할 작품으로는 여기 실린 〈학〉 말고도 〈소나기〉와 〈별〉 같은 것이 있습니다. 〈학〉에 대한 설명 뒤에 이러한 작품들의 줄거리나 주제도 함께 익힐 수 있도록 했습니다.

마지막으로, 요즘 학교 교육에서 중요하게 평가되는 점을 고려했습니다. 그것은 바로 여러분이 스스로 생각하고 쓸 줄 아는 능력입니다. 대학에서 논술 시험이 시행되는 것도 이러한 능력을 중요하게 여기기 때문입니다. 이 책에 실린 각 작품 끝에는 각각의 작품을 읽은 내용을 토대로 하여 이런 저런 세상 문제를 생각해 보는 자리를 마련해 놓았습니다.

이 책의 이점을 여러 가지로 설명했습니다만, 저는 무엇보다도 이 책이 재미있는 책이 되기를 바랍니다. 학교 공부를 떠나, 소설 공부를 떠나, 재미있는 친구와 같은 책이 된다면 얼마나 좋을까요? 이 책이 그러한 친구가 되었으면 합니다.

이 책의 원고를 작성하는 과정에서 제자들의 도움이 적지 않았습니다. 바쁜 중에도 제 일을 도와준 권철호, 김영미, 김우영, 남은혜, 서은혜, 오현숙, 이경림, 이혜정, 임미진, 전소영에게 감사의 뜻을 전합니다.

2010. 7.
방민호 씀

▌작품의 시대 배경(1권, 2권 통합)

- **1920년대**
  〈고향〉(현진건) | 〈붉은 산〉(김동인) | 〈전차 차장의 일기 몇 절〉(나도향)

- **1930년대**
  〈동백꽃〉(김유정) | 〈영수증〉(박태원)

- **1940년대**
  〈이상한 선생님〉(채만식) | 〈하늘은 맑건만〉(현덕)

- **1950년대**
  〈수난 이대〉(하근찬) | 〈남매〉(황석영) | 〈후조〉(오영수) | 〈꺼삐딴 리〉(전광용) |
  〈선생님의 밥그릇〉(이청준) | 〈학〉(황순원) | 〈아버지와 아들〉(김동리) | 〈기억
  속의 들꽃〉(윤흥길)

- **1960년대**
  〈콘사이스여 안녕〉(이순원) | 〈약방 할매〉(성석제)

- **1970년대**
  〈자전거 도둑〉(박완서) | 〈소를 줍다〉(전성태)

: 일러두기 :

- 7차 개정 중학교 교과서(1학년)에 수록된 소설 중에서 단편소설 19편을 선정하여, 1권에 10편을 싣고 2권에 9편을 실었습니다.

- 각 작품 앞에는 생각해 볼까요?, 작품 뒤에는 이야기 흐름, 소설 산책, 소설 교실, 또 다른 이야기, 생각하기(같이 생각하기)로 구성되어 있습니다.

- 장편소설 제목과 신문 및 잡지 이름은 《 》으로 표시하고, 단편소설 제목은 〈 〉으로 표시하였습니다.

- 표기 방식에서 맞춤법 띄어쓰기는 현재 사용되는 표준어 맞춤법에 따랐으나, 대화 속의 사투리 또는 작가가 선택한 비표준어는 원문대로 하였습니다.

- 작품 이해에 필요한 낱말은 한자와 함께 각주로 설명해 놓았습니다.

- 이 책에는 작품 해설에 필요한 사진들을 게재하였습니다. 〈소를 줍다〉에 사진을 제공해 주신 '이른아침'님께 감사의 인사를 전합니다. 연락처를 알 수 없어 미리 허락을 구하지 못한 사진에 대해서는 연락이 닿는 대로 허가 절차를 따르겠습니다.

붉은 산

어떤 의사醫師의 수기手記

: 김동인 :

여러분은 외국 여행을 갔을 때 우연히 한국 사람을 만난 적이 있나요? 그때 어떤 마음이 들었나요?

이런 경우, 사람들은 반갑게 인사를 나누거나 유익한 정보를 주고받곤 합니다. 더욱이 이민을 간 사람들의 경우에는 어려운 일이 있을 때마다 서로 의지하며 돕고 살아가게 됩니다.

이처럼 낯선 나라로 떠나게 되면 예전에는 가져 보지 못했던 뜨거운 동포애를 느낄 수 있습니다.

이 작품은 일제 강점기 당시 나라를 잃고 만주 지역으로 내몰린 우리 민족의 애환을 다룬 이야기입니다. 동포들끼리 의지하며 살았던 그들을 떠올리며 민족애란 어떤 감정인지 생각해 봅시다.

그것은 여[*]가 만주를 여행할 때의 일이었다. 만주의 풍속도 좀 살필 겸 아직껏 문명의 세례를 받지 못한 그들의 새에 퍼져 있는 병病을 좀 조사할 겸 해서 일 년의 기한을 예산하여 가지고 만주를 시시골골이 다 돌아온 적이 있었다. 그때에 ××촌이라 하는 조그만 촌에서 본 일을 여기에 적고자 한다.

××촌은 조선 사람 소작인만 사는 한 이십여 호 되는 작은 촌이었다. 사면을 둘러보아도 한 개의 산도 볼 수가 없는 광막한 만주의 벌판 가운데 놓여 있는 이름도 없는 작은 촌이었다.

몽고 사람 종자[*]를 하나 데리고 노새를 타고 만주의 촌촌[*]을 돌아다니던 여가 그 ××촌에 이른 때는 가을도 다 가고 어느덧 광포한 북국의 겨울이 만주를 찾아온 때였다.

만주의 어느 곳이라 조선 사람이 없는 곳은 없지만 이러한 오지奧地에서 한 동리가 죄 조선 사람뿐으로 되어 있는 곳을 만나니 반가웠다. 더구나 그 동리는 비록 모두가 중국인의 소작인이라 하나 사람들이 비교적 온량하고 정직하며, 장성한 이들은 그래도 모두 천자문 한 권쯤은 읽은 사람들이었다. 살풍경[*]한 만주, 그 가운데서 살풍경한 살림을 하는 중국인이며 조선 사람의 동리를 근 일 년이나 돌아다니다가 비교적 평화스런 이런 동리를 만나면 그것이 비록 외국인의 동리라 하여도 반갑겠거든 하물며 우리 같은 동족의 동리임에랴. 여는 그 동리에서 한 십여 일 이상을 일없이 매일 호별[*] 방문을 하며 그들과 이야기로 날을 보내며 오래간만에 맛보는 평화적 기분을 향락하고 있었다.

'삵'이라는 별명을 가지고 있는 정익호라는 인물을 본 곳이 여기에서이다.

익호라는 인물의 고향이 어디인지는 ××촌의 아무도 아는 사람이 없었다. 사투리로 보아서 경기 사투리인 듯하지만 빠른 말로 죄죄거리는♦ 때에는 영남 사투리가 보일 때도 있고 싸움이라도 할 때에는 서북 사투리가 보일 때도 있었다. 그런지라 사투리로써 그의 고향을 짐작할 수가 없었다. 쉬운 일본 말도 알고 한문 글자도 좀 알고 중국 말은 물론 꽤 하고 쉬운 러시아 말도 할 줄 아는 점 등등 이곳저곳 슬하게 주워 먹은 것은 짐작이 가지만 그의 경력을 똑똑히 아는 사람은 없었다.

그는 여가 ××촌에 가기 일 년 전쯤 빈손으로 이웃이라도 오듯 후덕덕 ××촌에 나타났다 한다. 생김생김으로 보아서 얼굴이 쥐와 같고 날카로운 이빨이 있으며 눈에는 교활함과 독한 기운이 늘 나타나 있으며 바룩한♦ 코에는 코털이 밖으로까지 보이도록 길게 났고 몸집은 작으나 민첩하게 되었고 나이는 스물다섯에서 사십까지 임의로 볼 수가 있으며 그 몸이나 얼굴 생김이 어디로 보든 남에게 미움을 사고 근접지 못할 놈이라는 느낌을 갖게 한다.

그의 장기는 투전♦이 일쑤며 싸움 잘하고 트집 잘 잡고 칼부림 잘하고 색시들에게 덤벼들기 잘하는 것이라 한다.

생김생김이 벌써 남에게 미움을 사게 되었고 게다가 하는 행동조차 변변치 못한 일만이라, ××촌에서도 아무도 그를 대척♦하는 사람이 없었다. 사람들은 모두 그를 피하였다. 집이 없는 그였으나 뉘 집에 잠이라도 자러 가면 그 집 주인은 두말없이 다른 방으로 피하고 이부 자리를 준비하여 주고 하였다. 그러면 그는 이튿날 해가 낮이 되도록 실컷 잔 뒤에 마치 제 집에서 일어나듯 느직이 일어나서 조반◆을 청하여 먹고는 한마디의 사례도 없이 나가 버린다.

그리고 만약 누구든 그의 이 청구◆에 응하지 않으면 그는 그것을 트집으로 싸움을 시작하고 싸움을 하면 반드시 칼부림을 하였다.

동리의 처녀들이며 젊은 색시들은 익호가 이 동리에 들어온 뒤로 부터는 마음 놓고 나다니지를 못하였다. 철없이 나갔다가 봉변◆을 한 사람도 몇이 있었다.

'삵.'

이 별명은 누가 지었는지 모르지만 어느덧 ××촌에서는 익호를 익호라 부르지 않고 삵이라고 부르게 되었다.

"삵이 뉘 집에서 묵었나?"

"김 서방네 집에서."

"다른 봉변은 없었다나?"

"요행히 없었다데."

그들은 아침에 깨면 서로 인사 대신으로 삵의 거취◆를 알아보고 하였다.

'삵'은 이 동리에는 커다란 암종◆이었다. 삵 때문에 아무리 농사에 사람이 부족한 때라도 젊고 든든한 몇 사람은 동리의 젊은 부녀를 지키기 위하여 동리 안에 머물러 있지 않을 수가 없었다. '삵' 때문

◆ **죄죄거리다** 빠르게 자꾸 지껄이다.
◆ **바록한** 밖으로 조금 바라져 있는.
◆ **투전鬪牋** 돈이나 재물 따위를 걸고 서로 내기를 하는 일.
◆ **대척** 말대꾸 또는 맞서는 것.
◆ **조반朝飯** 아침밥.
◆ **청구請求** 남에게 돈이나 물건 따위를 달라고 요구함.
◆ **봉변逢變** 뜻밖의 사고나 망신스러운 일을 당함.
◆ **거취去就** 사람이 어디로 가거나 다니거나 하는 움직임.
◆ **암종癌腫** 몸의 조직에 침투하여 치명적인 해를 주는 종양.

에 부녀와 아이들은 아무리 더운 여름 저녁이라도 길에 나서서 마음 놓고 바람을 쏘여 보지를 못하였다. '삵' 때문에 동리에서는 닭의 가리[♦]며 도야지 우리를 지키기 위하여 밤을 새우지 않을 수가 없었다.

동리의 노인이며 젊은이들은 몇 번을 모여서 삵을 이 동리에서 내쫓기를 의논하였다. 물론 합의는 되었다. 그러나 내쫓는 데 선착수[♦]할 사람이 없었다.

"첨지가 선착수하면 뒤는 내 담당하마."

"뒤는 걱정 말고 형님 먼저 말해 보시오."

제각기 삵에게 먼저 달겨들기를 피하였다.

이리하여 동리에서는 합의는 되었으나 삵은 그냥 태연히 이 동리에 묵어 있게 되었다.

"며늘 년들이 조반이나 지었나?"

"손주 놈들이 잠자리나 준비했나?"

마치 그 동리의 모두가 자기의 집안인 것같이 삵은 마음대로 이 집 저 집을 드나들었다.

××촌에서는 사람이라도 죽으면 반드시 조상[♦] 대신으로,

"삵이나 죽지 않고."

하는 한마디의 말을 잊지 않고 하였다.

누가 병이라도 나면,

"에익, 이놈의 병 삵한테로 가거라."

고 하였다.

암종, 누구든 삵을 동정하거나 사랑하는 사람이 없었다.

삵도 남의 동정이나 사랑은 벌써 단념한 사람이었다. 누가 자기에게

아무런 대접을 하든 탓하지 않았다. 보이는 데서 보이는 푸대접을 하면 그 트집으로 반드시 칼부림까지 하는 그였었지만 뒤에서 아무런 말을 할지라도, 그리고 그것이 삵의 귀에까지 갈지라도 탄하지 않았다.

"흥……."

이 한마디는 그의 가장 커다란 처세 철학이었다.

흔히 곁동리 중국인들의 투전판에 가서 투전을 하였다. 때때로 두들겨 맞고 피투성이가 되어 돌아오는 일도 있었다. 그러나 그 하소연을 하는 일이 없었다. 한다 할지라도 들을 사람도 없거니와, 아무리 무섭게 두들겨 맞은 뒤라도 하루만 샘물에 상처를 씻고 절룩절룩한 뒤에는 또 그 이튿날은 천연히◆ 나다녔다.

여가 ××촌을 떠나기 전날이었다.

송 첨지라는 노인이 그 해 소출◆을 나귀에 실어 가지고 중국인 지주의 있는 촌으로 갔다. 그러나 돌아올 때는 그는 송장이 되었다. 소출이 좋지 못하다고 두들겨 맞아서 부러져 꺾인 송 첨지는 나귀 등에 몸이 결박되어서 겨우 ××촌으로 돌아왔다. 그리고 놀란 친척들이 나귀에서 몸을 내릴 때에 절명◆되었다.

××촌에서는 와작하였다.

"원수를 갚자!"

명命 아닌 목숨을 끊은 송 첨지를 위하여 동리의 젊은이며 늙은이는 모두 흥분되었다. 제각기 이제라도 들고 일어설 듯하였다.

그러나 그뿐이었다. 누구든 앞장을 서

◆ **가리** 싸리나 가는 나무로 채를 엮어 둥글게 만든 작은 닭장.
◆ **선착수先着手** 남보다 먼저 나서는 행동.
◆ **조상弔喪** 남의 죽음에 대하여 슬퍼하는 뜻을 드러냄.
◆ **천연히** 시치미를 뚝 떼고 겉으로는 아무렇지 않은 듯이.
◆ **소출所出** 논밭에서 나는 곡식. 또는 그 곡식의 양.
◆ **절명絶命** 목숨이 끊어짐.

려는 사람이 없었다. 만약 이때에 누구든 앞장을 서는 사람만 있었더라면 그들은 곧 그 지주에게로 달려갔을지 모른다. 그러나 제가 앞장을 서겠노라고 나서는 사람은 없었다. 제각기 곁사람을 돌아보았다.

발을 굴렀다. 부르짖었다. 학대 받는 인종의 고통을 호소하며 울었다. 그러나, 그뿐이었다. 남의 일로 지주에게 반항하여 제 밥자리까지 떼이기를 꺼림인지 어쩐지는 여로는 모를 바로되 용감히 앞서서 나가는 사람은 없었다.

의사라는 여의 직업상 송 첨지의 시체를 검분♦을 한 뒤에 돌아오는 길에 여는 삵을 만났다.

키가 작은 삵을 여는 내려다보았다. 삵은 여를 쳐다보았다.

"가련한 인생아. 인종의 거머리야. 가치 없는 생명아. 밥버러지야. 기생충아."

여는 삵에게 말하였다.

"송 첨지가 죽은 줄 아우?"

여의 말에 아직껏 여를 쳐다보고 있던 삵의 눈이 아래로 떨어졌다. 그리고 여가 발을 떼려는 순간 얼핏 삵의 얼굴에 나타난 비창♦한 표정을 여는 넘길 수가 없었다.

고향을 떠난 만 리 밖에서 학대 받는 인종의 가엾음을 생각하고 그 밤은 여도 잠을 못 이루었다.

그 억분♦함을 호소할 곳도 못 가진 우리의 처지를 생각하고 여도 눈물을 금치를 못하였다.

이튿날 아침이었다.

여를 깨우러 달려오는 사람의 소리에 여는 반사적으로 일어났다.

삵이 동구◆ 밖에서 피투성이가 되어 죽어 있다는 것이었다.

여는 삵이라는 말에 눈살을 찌푸렸다. 그러나 의사라는 직업상 곧 가방을 수습하여 가지고 삵이 넘어진 데까지 달려갔다. 송 첨지의 장례 때문에 모였던 사람 몇은 여의 뒤로 따라왔다.

여는 보았다. 삵이 허리가 기역자로 뒤로 부러져서 밭고랑 위에 넘어져 있는 것을. 여는 달려가 보았다. 아직 약간의 온기는 있었다.

"익호! 익호!"

그러나 그는 정신을 못 차렸다. 여는 응급수단을 하였다. 그의 사지는 무섭게 경련되었다.

이윽고 그가 눈을 번쩍 떴다.

"익호! 정신 드나!"

그는 여의 얼굴을 보았다. 끝이 없이 한참을 쳐다보았다.

그의 동자가 움직였다. 겨우 의의◆를 깨달은 모양이었다.

"선생님. 저는 갔었습니다."

"어디를!"

"그놈, 지주 놈의 집에."

무얼? 여는 눈물 나오려는 눈을 힘 있게 닫았다. 그리고 덥석 그의 벌써 식어 가는 손을 잡았다. 잠시의 침묵이 계속되었다. 그의 사지에서는 무서운 경련이 끊임없이 일었다. 그것은 죽음의 경련이었다.

듣기 힘든 작은 그의 소리가 또 그의 입

◆ **검분**檢分 직접 보고 검사함.
◆ **비창**悲愴 마음이 몹시 상하고 슬픔.
◆ **억분**抑憤 억울하고 분한 마음.
◆ **동구**洞口 동네 어귀.
◆ **의의**意義 말이나 글의 속뜻.

에서 나왔다.

"선생님."

"왜!"

"보구 싶어요. 전 보구 시……."

"뭐이?"

그는 입을 움직였다. 그러나 말이 안 나왔다. 기운이 부족한 모양이었다. 잠시 뒤 그는 또다시 입을 움직였다. 무슨 소리가 그의 입에서 나왔다.

"무얼?"

"보구 싶어요. 붉은 산이, 그리구 흰옷이!"

아아, 죽음에 임하여 그는 고국과 동포가 생각난 것이었다. 여는 힘 있게 감았던 눈을 고즈넉이 떴다. 그때에 삵의 눈도 번쩍 띄었다. 그는 손을 들려 하였다. 그러나 이미 부러진 그의 손은 들리지 않았다. 그는 머리를 돌이키려 하였다. 그러나 그 힘이 없었다.

그의 마지막 힘을 혀끝에 모아 가지고 그는 다시 입을 열었다.

"선생님!"

"왜?"

"저것, 저것."

"무얼?"

"저기 붉은 산이, 그리고 흰옷이, 선생님 저게 뭐예요."

여는 돌아보았다. 그러나 거기는 황막◆한 만주의 벌판이 전개되어 있을 뿐이었다.

"선생님, 창가◆ 불러 주세요. 마지막 소원, 창가를 해 주세요. 동해 물과 백두산이 마르고 닳도록……."

여는 머리를 끄덕이고 눈을 감았다. 그리고 입을 열었다. 여의 입에서는 창가가 흘러나왔다.

여는 고즈넉이 불렀다.

"동해물과 ××××."

고즈넉이 부르는 여의 창가 소리에 뒤에 둘러섰던 다른 사람의 입에서도 숭엄한 코러스는 울려 나왔다.

"무궁화 삼천리 화려 강산……."

광막한 겨울의 만주 벌◆ 한편 구석에서는 밥버러지 익호의 죽음을 조상하는 숭엄한 노래가 차차 크게 엄숙하게 울렸다. 그 가운데서 익호의 몸은 점점 식었다.

◆ **황막荒漠** 거칠고 아득하게 넓은.
◆ **창가唱歌** 서양 악곡의 형식을 빌려 지은 간단한 노래.
◆ **벌** 넓고 평평하게 생긴 땅.

김동인

金東仁, 1900~1951

　평양의 부유한 집안에서 태어난 금동金童 김동인은 넉넉한 어린 시절을 보냈습니다. 청년이 되어서는 일본 명치학원으로 유학을 다녀왔으며, 러시아의 대작가인 톨스토이의 작품에 감동을 받아 문학의 길로 들어섰습니다. 그는 주요한, 전영택 등과 함께 《창조》라는 문예 동인지(뜻이 맞는 사람들이 모여 만든 잡지)를 만들기도 했습니다.

　김동인은 〈배따라기〉, 〈감자〉, 〈발가락이 닮았다〉, 〈광염 소나타〉 등의 독창적인 단편소설을 발표하여 당대 최고의 소설가로 추대되었습니다. 그러나 방탕한 생활과 사업 실패로 인해 생활이 궁핍해졌고, 소설을 써서 생계를 잇는 처지에 놓입니다. 결국 무리한 글쓰기로 병에 걸린 그는 한국전쟁 중 피난길에서 세상을 떠났습니다.

　김동인은 한국 단편소설 양식의 개척자입니다. 그는 문학과 예술은 인간의 위대한 창조적 정신으로부터 나온 것이라 보았습니다. 또한 문학 창작을 할 때, 인형을 가지고 놀이하듯 작가가 작중 인물을 통제해야 한다는 '인형 조종술'을 주장하였습니다. 이러한 문학관을 바탕으로 그는 소설 속에 한 인물을 창조해 놓고 그 인생의 한 단면을 예리한 시선으로 그려 내는 방식으로 글을 썼습니다.

　1955년에는 한국 현대 단편소설 양식의 개척자로 인정 받는 김동인의 업적을 기리기 위하여 '동인문학상'이 제정되었습니다. 이 상은 김승옥을 비롯하여 이청준, 오정희, 박완서, 최일남, 신경숙 등 수많은 수상자를 배출한 권위 있는 문학상입니다.

"보구 싶어요. 붉은 산이, 그리구 흰옷이!"

이 작품은 1930년대 초반, 조선인이 모여 사는 만주의 한 마을을 배경으로 나라 잃은 민족의 애환을 다룬 소설입니다.

이 소설의 관찰자인 '여'는 풍속과 질병을 조사할 목적으로 만주의 ××촌을 방문합니다. 이 마을은 중국인이 소유한 땅을 경작하는 조선인 소작인들이 모여 사는 곳입니다.

'여'는 이곳에서 '삵'이라는 별명으로 불리는 인물 정익호를 만나게 됩니다. 그는 교활하고 야비한 생김새에다가 싸움과 투전을 일삼아 사람들이 모두 꺼리는 '암종' 같은 존재입니다. 그 역시 다른 사람들로부터 사랑이나 동정을 바라지 않으며, 때로는 중국인들의 투전판에 끼어 노름을 하다가 얻어맞고도 천연덕스럽게 동리를 나다니는 인물입니다.

'여'가 ××촌을 떠나오기 전날, 송 첨지라는 노인이 소출이 적다는 이유로 중국인 지주에게 매를 맞고 죽는 사건이 벌어집니다. 마을 사람들은 모두 학대 받는 인종의 원수를 갚자며 분노하고 울분을 터뜨립니다. 그러나 제 몫의 소작지를 떼일까 봐 아무도 먼저 나서지 않습니다.

이튿날 아침, 피투성이가 되어 동구 밖에 쓰러져 있는 삵이 발견되었습니다. 사정을 알아보니, 그가 홀로 중국인 지주를 찾아가 원수를 갚으려 했던 것입니다. 삵은 죽어 가면서 붉은 산과 흰옷이 보고 싶다고 말하고, 애국가를 불러 달라고 합니다. '여'와 마을 사람들이 불러 주는 애국가를 들으며 삵은 서서히 숨을 거둡니다.

만주에서 일어난 '만보산 사건'을 소재로 한 이야기

일본은 조선을 지배하는 동안 이 땅에서 나는 많은 자연 자원을 수탈해 갔습니다. 나무, 석탄을 비롯하여 농산물까지 일본에게 빼앗기자 더 이상 버틸 수 없게 된 일부 조선 농민들은 1930년대부터 농사지을 땅을 찾아 만주 지방으로 이주했습니다. 더욱이 일본은 중국 대륙 침략의 발판을 마련하기 위해서 조선인 농민의 이주를 장려하고 중국 정부의 허락 없이 땅을 개간하도록 유도했습니다.

만주로 간 우리 농민은 주식인 쌀을 얻기 위해 벼농사를 지을 수밖에 없었고, 그러자면 논에 물길을 내는 공사를 해야 했습니다. 그러나 밭농사를 주로 짓는 본토의 중국 농민들은 밭농사에 피해를 준다는 이유로 물길 공사를 방해했습니다.

이 일로 중국 농민과 조선 농민 사이에는 심한 갈등이 벌어졌는데, 실제로 1931년 7월 2일에는 중국 농민과 조선 농민 사이에 유혈 사태가 벌어지기도 했습니다. 그러자 조선에서는 만주에 간 조선인 농민들이 희생되었다는 신문 기사가 났고, 이로 인해 국내에 있는 중국인들이 핍박 당하는 사회 문제가 발생했습니다.

이 사건은 맨 처음 중국 만보산 지방에서 일어났다고 하여 '만보산 사건'이라 부릅니다. 중국인 지주와 조선인 소작인 사이의 갈등에서 빚어진 비극을 그린 〈붉은 산〉은 이러한 '만보산 사건'을 소재로 삼은 것으로 보입니다.

'붉은 산'이 상징하는 것은 무엇일까요?

소설에서는 주제를 암시하고자 할 때, 또는 어떤 사람이나 사물의 성격을 표현하려 할 때 그것을 상징하는 사물을 제시하곤 합니다.

상징은 추상적인 사물이나 관념 또는 사상을 구체적인 사물로 나타내는 기법을 말합니다. 예를 들면, 일반적으로 장미꽃은 '사랑', 날개는 '자유', 피는 '희생', 태양은 '희망'을 상징합니다. 이렇듯 상징은 익숙하고 구체적인 사물에 추상적인 뜻이 담길 수 있도록 해 줍니다.

이 작품의 제목인 '붉은 산'은 일제 강점기에 나무와 석탄 등을 캐기 위해 파헤쳐진 조선의 산을 의미합니다. 이렇게 풀과 나무가 뽑혀 벌겋게 흙이 드러난 산의 모습은 헐벗고 굶주린 우리 민족의 고난을 상징하고 있습니다.

주인공이 죽어 가며 보인다고 했던 '흰옷' 역시 예로부터 흰옷을 즐겨 입어 '백의민족白衣民族'이라 불렸던 조선 민족을 상징하는 말입니다. '백의민족'이라는 표현은 일제 강점기 당시, 일본에 대한 저항 정신을 강조하고 한민족의 단결심을 북돋기 위해 많이 쓰였습니다.

나약한 인간의 욕망과 운명을 그린
〈배따라기〉, 〈감자〉

김동인은 개성 있는 다양한 인물들을 창조하고 이야기 속에서 그들이 만들어 내는 '운명'에 주목한 작가입니다. 그의 작품 속에 등장하는 주인공들은 환경과 운명에 좌우되는 나약한 존재들입니다. 〈배따라기〉〈감자〉 등이 그 예입니다.

〈배따라기〉에서는 동생과 아내의 사이를 의심하여 홧김에 아내를 죽이고 10년 넘게 뱃사공으로 떠돌아다니는 주인공이 등장합니다. 그에게는 어여쁜 처와 잘생긴 아우가 있었습니다. 어느 날 시장에 나간 김에 아내에게 줄 거울을 사서 돌아왔는데, 방에 있던 아내와 아우가 흐트러진 옷매무새로 황급히 나와 그를 맞이했습니다. 평소에도 아우와 아내의 사이를 의심하던 주인공은 분노에 휩싸여 아내를 마구 때리고 쫓아 버립니다.

다음 날, 아내와 아우가 방 안으로 들어온 쥐를 잡느라 허둥대었던 것임을 알게 되지만 아내는 이미 대동강 물에 몸을 던져 죽은 뒤였습니다. 그 후 아우도 마을에서 자취를 감추어 버립니다. 형은 뱃사공이 되어 '배따라기' 노래를 부르며 아우를 찾아 떠돕니다. 이처럼 김동인은 〈배따라기〉에서 주인공의 열등감과 질투심이 초래한 비극적 운명을 그리고 있습니다.

〈감자〉는 평양의 빈민굴인 칠성굴을 배경으로 주인공 복녀의 타락을 그린 작품입니다. 열다섯 살의 복녀는 돈에 팔려 홀아비에게 시집을 가게 됩니다. 그러나 남편의 게으름과 무능력 때문에 소작농, 막벌이 노동자를 거쳐 빈민굴의 거지로 전락합니다. 결국 복녀는 지주인 왕 서방네 집에서 감자를 훔치다가 들키고, 왕 서방에게 정조를 팔게 됩니다.

점차 죄의식은 사라지고 돈의 노예가 되어 가던 복녀는 왕 서방이 다른 여인과 혼인한다는 소식을 듣습니다. 복녀는 질투에 눈이 멀어 낫을 들고 덤벼들었다가 오히려 왕 서방에게 살해 당합니다. 왕 서방은 복녀의 남편과 의사에게 돈을 쥐어 주고 자신의 죄를 덮어 버립니다. 〈감자〉는 복녀의 타락을 통하여 가난이라는 환경이 인간을 어떻게 파멸시키는가를 실감나게 보여 준 작품입니다.

이처럼 김동인은 비극적 운명의 무게를 짊어진 나약한 인간의 모습을 극적으로 묘사한 작품을 많이 남겼습니다.

또 다른 이야기

1920년대의 3대 동인지《창조》,《폐허》,《백조》

문예 동인지란 비슷한 경향을 지닌 문학인들이 모여 만든 잡지로, 자신들의 새로운 글을 발표하기 위한 장으로 활용되곤 합니다. 자유롭게 글을 쓰기 어려웠던 일제 강점기에도 문학인들은 여러 동인지를 만들어 글을 발표했습니다. 1920년대에 활발한 활동을 펼쳤던 동인지 중 가장 대표적인 동인지는《창조》,《폐허》,《백조》라고 할 수 있습니다.

《창조》는 1919년 도쿄 유학생 김동인·주요한·전영택·김환 등이 모여 만든 본격적인 문학 동인지입니다. 순수한 문예물을 지향하였으며, 김동인의 〈약한 자의 슬픔〉, 주요한의 〈불놀이〉 등이 발표되었습니다.

《폐허》는 1920년 김억·염상섭 등이 나서서 만든 동인지로, 예술의 아름다움을 추구하는 경향을 따르고 있습니다.

《백조》는 1922년 현진건·나도향·이상화 등이 모여 만든 동인지로, 감상적인 경향을 따르고 있습니다. 1920년대는 이러한 동인지 문학 활

《창조》 《폐허》 《백조》

동이 매우 활발하여 당시 문학의 흐름을 주도하였습니다.

이후 1930년대부터는 동인지보다는 종합지와 월간 문예지가 많이 창

간되었습니다.

● 이 작품에서 우리 민족과 나라를 상징하는 소재로 쓰이지 <u>않은</u> 것
  은 무엇일까요?

　　① 투전　　　② 흰옷　　　③ 창가(애국가)　　　④ 붉은 산

● 다음은 〈붉은 산〉의 주인공인 정익호에 대한 묘사입니다. 이를 통해
  알 수 있는 그의 성격이나 살아온 내력을 말해 봅시다.

　① 서북·영남 사투리, 일본어, 중국어, 러시아어 등을 조금씩 할 수
　　있다.

　→ _____

　② 얼굴이 쥐와 같고 날카로운 이빨이 있으며 눈에는 교활함과 독한
　　기운이 서려 있다.

　→ _____

　③ 누군가가 뒤에서 자신의 욕을 하고 푸대접을 해도 개의치 않는다.

　→ _____

● 이 작품에서 마을 사람들이 정익호를 '삵'이라고 부르는 이유는 무
  엇인가요?

● 이 작품에서 언급되는 송 첨지는 중국인 지주에게 소출을 바치러 갔다가 죽음을 당했습니다. 우리 민족은 당시 만주 지역에서 어떠한 삶을 살았을까요?

● 종종 우리는 겉으로 나타난 행동만 보아서는 그 사람을 잘 알 수 없을 때가 있습니다. 늘 무섭고 두려워했던 어떤 사람을 친근하게 느낀 적이 있었나요? 있었다면 어떤 일 때문에 그렇게 느꼈는지, 또 그 사람은 어떤 사람인지 생각해 봅시다.

● 이 작품에서 우리 민족과 나라를 상징하는 소재로 쓰이지 않은 것은 무엇일까요?

① 투전　　　② 흰옷　　　③ 창가(애국가)　　　④ 붉은 산

답 ①번.

'붉은 산'은 일제에 의하여 석탄, 나무 등 여러 자원이 수탈 당하던 식민지 시기, 조선 민족의 고난을 상징합니다. 또한 '흰옷'은 예로부터 백의민족이라 불렸던 우리 민족을 상징하며, '창가'는 나라를 잃은 민족의 설움을 표현한 것입니다.

● 다음은 〈붉은 산〉의 주인공인 정익호에 대한 묘사입니다. 이를 통해 알 수 있는 그의 성격이나 살아온 내력을 말해 봅시다.

① 서북·영남 사투리, 일본어, 중국어, 러시아어 등을 조금씩 할 수 있다.

→ 삶의 터전을 잃고 여기저기 떠돌며 살아온 내력을 짐작할 수 있다.

② 얼굴이 쥐와 같고 날카로운 이빨이 있으며 눈에는 교활함과 독한 기운이 서려 있다.

→ 싸움을 잘하는 거친 성격이 드러난다.

③ 누군가가 뒤에서 자신의 욕을 하고 푸대접을 해도 개의치 않는다.

→ 뻔뻔한 성격을 알 수 있다.

● 이 작품에서 마을 사람들이 정익호를 '삵'이라고 부르는 이유는 무엇인가요?

농촌에서 살쾡이는 환영 받지 못하는 존재입니다. 살쾡이는 산에서 살다가 밤이면 농가로 내려와 닭, 오리 등의 가축을 물어 가기 때문입니다. 사람들에게 피해를 주는 살쾡이의 이러한 속성이 정익호의 행동과 비슷하기 때문에 그의 별명이 '삵'이 되었습니다.

● 이 작품에서 언급되는 송 첨지는 중국인 지주에게 소출을 바치러 갔다가 죽음을 당했습니다. 우리 민족은 당시 만주 지역에서 어떠한 삶을 살았을까요?

당시 만주로 떠난 우리 민족 대부분은 땅도 잃고 돈도 없는 가난한 사람들이었습니다. 농사를 지으려면 중국인에게 땅을 빌려야 했고, 그 대가로 많은 소작료와 곡식을 바쳐야 했습니다. 수확이 좋지 않은 경우에는 송 첨지와 같이 몰매를 맞는 일도 흔했습니다.

● 종종 우리는 겉으로 나타난 행동만 보아서는 그 사람을 잘 알 수 없을 때가 있습니다. 늘 무섭고 두려워했던 어떤 사람을 친근하게 느낀 적이 있었나요? 있었다면 어떤 일 때문에 그렇게 느꼈는지, 또 그 사람은 어떤 사람인지 생각해 봅시다.

우리는 가장 가까운 사람조차도 그 속마음을 잘 모를 때가 있습니다. 엄격하고 무서운 분인 줄로만 알았던 아버지에게서 정겨운 모습을 확인할 때가 있고, 호랑이 같은 선생님에게서도 자상한 면모를 볼 때가 있습니다. 각자 자신의 경험을 떠올려 대답해 봅시다.

전차 차장의 일기 몇 절

: 나도향 :

사람들은 특별한 일을 겪거나 이전과 다른 환경에 처하게 되면 성격이 달라질 수 있습니다. 여러분 역시 예전에 비해 달라진 면이 있을 테고, 주변의 가까운 사람들 중에도 그러한 경우가 있을 겁니다.

예를 들어 어렸을 때에는 수줍음을 많이 타는 성격이었는데 활달해졌다거나, 모범생이었는데 불량스러워진 경우처럼 말입니다.

여러분 자신이나 친구를 떠올리며 변화된 모습을 비교해 보세요. 그 변화는 바람직한가요? 그렇지 않다면 그 이유는 무엇인지 곰곰이 생각해 봅시다.

11월 15일 담[*]

동대문에서 신용산을 향해 아침 첫차를 가지고 떠난 것이 오늘 일의 시작이었다.

전차가 동구 앞에서 정거를 하려니까 처음으로 승객 두 명이 탔다. 그들은 모두 양복을 입은 신사들인데 몇 달 동안 차장의 익은 눈으로 봐서, 그들이 어제저녁 밤새도록 명월관에서 질탕히 놀다가 술이 취해 그대로 그 자리에서 쓰러져 자다 나오는 것을 짐작게 하였다. 새벽이라 날이 몹시 신선할 뿐 아니라 서리 기운 섞인 찬바람이 불어서 트롤리[*] 끈을 붙잡을 적마다 고드름을 만지는 것처럼 저리게 찬 기운이 장갑 낀 손에 스며드는 듯하다. 그들은 얼굴에 앙괭이[*]를 그리고 무슨 부끄러운 곳을 지나가는 사람 모양으로 모자도 눈까지 눌러쓰고 외투도 코까지 싼 후에 두 어깨는 삐죽 올라섰다. 아직 다 밝지는 않고 먼동이 터 오므로 서쪽 하늘과 동쪽 하늘 두 사이 한복판을 두고서 광명과 암흑이 은연히 양색[*]이 졌다. 그러나 눈 오려는 날처럼 북쪽 하늘에는 회색 구름이 북악산[*] 위를 답답하게 막아 놓았다. 운전수는 사람이 하나도 없는 너른 길을 규정 외의 마력을 내서 전차를 달려갔다. 전차는 탑동 공원 앞 정류장에 와서 섰다. 먼 곳에서는 홰를 치며[*] 우는 닭의 소리가 새벽 서릿바람을 타고서 들려온다. 그러자 어떠한 여자 하나가 내가 서 있는 바로 차장대 층계 위에 어여쁜 발을 올려놓는 것이 보였

- ◆ 담曇 흐림.
- ◆ 트롤리trolley 전차에 전기를 공급하는 동력 조절 장치.
- ◆ 앙괭이 음력 섣달 그믐날 밤에, 잠을 자는 사람의 얼굴에 먹이나 검정으로 함부로 그려 놓는 일.
- ◆ 양색兩色 두 가지 빛깔.
- ◆ 북악산北嶽山 서울의 경복궁 북쪽에 있는 산.
- ◆ 홰를 치다 새벽에 닭이 올라앉은 나무 막대를 치듯이 우는 모양.

다. 아직 탈 사람이 별로 없으리라고 지레짐작에 신호를 하였다가 그
것을 보고서 다시 정지하라는 신호를 하였다. 한 다리가 승강단 위에
병아리 모양으로 깡충 올라오더니 계란같이 웅크린 여자가 툭 튀어
올라와서 내 앞을 지나는데, 머리는 어디서 어떻게 부스대기*를 쳤는
지 아무렇게나 흩어진 것을 아무렇게나 쪽 지고, 본래부터 난잡하게
놀려고 차리고 나섰는지는 알 수 없으나, 옥양목 저고리에 무슨 치마
인지 수수하게 차렸는데 손에는 비단으로 만든 지갑을 들었다. 그리
고 그가 내 옆을 지날 때 일본 여자들이 차에 탈 적이나 기생들이 차
에 오를 적에 나의 코에 맞히는 분 냄새와 향수 냄새 같은 향긋한 냄
새가 찬바람에 섞이더니 나의 코에 스쳤다.

　그 여자는 차 안으로 들어가더니 그 안에 앉아 있는 양복 입은 청년
들의 눈을 피하려 함인지 또는 내외를 하려는* 것처럼 맨 앞에 가서
앞만 보고 앉아 있었다. 두 젊은 사람은 어제저녁에 기생 데리고 놀던
흥이 아직까지도 풀리지 않았는지 그 여자를 보더니 한 사람이 팔꿈
치로 옆의 사람을 툭 치면서 눈을 꿈적하였다. 그러니까 그 사람도 알
았다는 듯이 고개를 끄덕끄덕하며 그 여자만 보고 있었다.

　나도 호기심이 일어나서 그 여자 가까이 가서 얼굴이나 똑똑히 보리
라 하고 뒤로 돌려 메었던 가방을 앞으로 돌려서 전차표와 가위를 양
손에 갈라 쥐고 차 안으로 들어갔다. 우선 두 젊은이에게 표를 찍어 주
고서 그 여자 앞에 가서 손을 내밀려 하다가 나는 깜짝 놀랐다. 나는
달려들어 이것이 웬일이오? 할 만큼 놀랐다. 그리고 그의 머리에 꽂힌
금비녀로부터 발에 신은 비단신까지 모조리 다시 한번 훑어보았다.

　어떻든 표를 찍으려 하니까 자기 지갑에서 돈을 꺼내는데 일 원짜리인
지 오 원짜리인지 두서너 장 들어 있는 중에서 한 장은 선선히 내놓더니,

"의주통◆이요."

하고 저는 나를 잊어버렸는지 태연하게 앉아 있다. 의주통 바꾸어 타는 표 한 장을 주고 나서 나는 다시 차장대로 나와 섰을 때, 벌써 전차는 화관 앞을 지나 종로 정류장까지 왔다. 그 여자는 거기서 내리더니 저쪽으로 가 버렸다. 나는 또다시 남대문을 향하여 돌아가는 전차의 트롤리를 바로잡으려고 창으로 고개를 내밀었을 때 하늘은 중탁하게 덮였던 암흑이 점점 뽀얗게 거두어지며 동쪽에는 제법 붉은 빛이 돌고, 깜빡깜빡하는 별들이 체로 치는 것처럼 굵은 놈만 남고 잔 놈들은 없어진다.

나는 공연히 신기한 생각이 들어서 못 견뎠다. 그래서 혼자 해결할 수 없는 무슨 수수께끼를 풀려는 사람처럼 고개만 기웃하고 있었다. 나는 지나간 생각을 다시 끄집어내었으니, 그것은 다음과 같다.

한 달 전, 바로 한 달 전에 역시 전차를 몰고서 배오개◆ 정류장에 정거를 하였다. 오후 한 시가량이나 되었는데 차 안에 승객이라고는 동대문 경찰서 형사 비슷한 사람 하나와 일본 여자 둘과 또 조선 시골 사람 같은 이가 있을 뿐인데 맨 나중으로 들어온 여자가 있었다.

손에다가는 약병과 약봉지를 들었고, 입은 것은 때가 지지리 끼고 자락이 갈가리 찢어진 데다가 얼굴은 며칠이나 세수를 하지 않았는지 새까맣게 절었는데, 발은 벗은 채 짚세기◆ 하나만 신었다. 나이는 열아홉이라면 조금 노성한◆ 편이요, 스물이

◆ 부스대기 가만히 있지 못하고 몸을 자꾸 움직이는 짓.
◆ 내외內外하다 남녀 사이에 얼굴을 마주 대하지 않고 피함.
◆ 의주통義州通 지금의 서대문 지역. '통通'이란 큰 거리가 있는 지역을 뜻하는 일본식 지명. 지금의 남대문로는 남대문통, 한강로는 한강통이었다.
◆ 배오개 지금의 종로4가 지역의 고개를 일컫는 순우리말 명칭.
◆ 짚세기 짚신.
◆ 노성老成하다 나이에 비하여 어른 티가 나다.

라면 어디인지 어린 티가 보일 정도다. 속눈썹이 기름한데 정채* 있게 도는 눈이라든지, 보리퉁한* 뺨과 둥그스름한 턱, 날카롭지도 않고 넓적하지도 않은 웬만한 코라든지, 어디로 보든지 밉지 않은 여자이기는 하지만 주제꼴*이 볼썽사나워서 좋은 인상이 없었다. 우리는 항상 하는 예투로,

"표 찍으시오."

하고 손을 내미니까 어리둥절하며 사방을 홰홰 내젓는데, 다시 전차가 달아나자 그는 어쩔 줄을 모르고 옆엣사람 얼굴 한 번 쳐다보고 밖을 한 번 내다보고 앉지도 못 하고 서지도 못 하고 쩔쩔매는 것을 보아하니, 시골서 갓 올라왔거나 당초에 전차 한번 타 보지도 못한 위인인 것을 알았다. 우리는 항상 그러한 사람이 전차에 오르면 성가시럽다. 왜 그런고 하니 으레 바꾸어 타야 할 곳에서 바꾸어 타지를 않고는 내릴 때를 지나 놓고 내려서는 귀찮게 굴기는 우리네 차장에게만이 아니라, 세상에 저밖에 약은 사람이 없는 것처럼 가끔 전차표 오 전을 떼먹으려고 엉터리없는 바꿔 타는 표를 어디서 얻어 가지고 와서는 속여 먹으려고 하기가 일쑤다. 그래서 그런 사람만 만나면 화증*이 나서 목소리가 부락부락해진다.

"어디까지 가시우? 표 내시우! 표요."

하니까 그는 나를 쳐다보더니,

"네?"

하고 물끄러미 있다.

"네가 무엇이요, 표 내라니까!"

하니까 그는 손에 들었던 종잇조각을 내밀었다. 종잇조각을 받아 들고 보니까, '명치정* 인사소개소*'라고 연필로 써 있다.

"이게 무엇이오?"

하고 소리를 꽥 질러 말하니까 그는,

"이리로 가요. 여기가 어디예요? 여기 가서 내려 주세요."

하고 도리어 물어보며 간청을 한다.

"몰라요, 돈 내요!"

돈이라는 소리에 무슨 짐작을 하였던지,

"없어요."

하고 자기 손을 들여다본 후 부끄러운 듯이 고개를 숙이다가 그래도
할 말이 있다는 듯이,

"그런 게 아니라요, 제가 시골서 올라온 지가 한 달이나 되는데 먹
을 것도 없고 입을 것도 없어서 동막◆ 어느 집에서 고용살이◆를 하다
가 몸에 병이 나서 병원에 다녀오는데 이것을 써 주며 그리로 가면 된
다고 해서 그리로 가요."

모든 일은 다 알았다. 총독부 의원 무료
치료실에 갔다가 의사나 병원에 있는 사
람이 정상◆을 가련히 생각하고 인사 상담
소를 가르쳐 준 것일 게다. 갓 서울로 올
라와서 돈도 없이 차를 탄 것도 사실인데,
어떻든 그때에 나의 마음에서는 알 수 없
는 동정심이 나는 동시 마음이 약한 나는
그를 다시 전차에서 내려 쫓을 수는 없었
다. 그래서 어찌하면 좋을까? 그대로 태
우자니 규칙 위반이요, 그렇다고 내려 쫓
을 수는 없는데, 하는 생각을 하며 차장

◆ **정채精彩** 정묘하고 아름다운 빛깔.
◆ **보리퉁하다** 두 뺨이 탐스럽게 퉁퉁하
  여 귀염성이 있다.
◆ **주제꼴** 변변하지 못한 몰골이나 몸
  치장.
◆ **화증火症** 걸핏하면 화를 왈칵 내는
  증세.
◆ **명치정明治町** 지금의 명동 지역을 뜻
  하는 일본식 지명.
◆ **인사소개소** 지금의 직업소개소.
◆ **동막東幕** 지금의 서울 마포구 용강동
  지역.
◆ **고용살이** 남의 집 일을 돌보아 주면서
  그 집에서 붙어사는 일.
◆ **정상情狀** 딱하거나 가엾은 상태.

대에 내려섰다가 전차가 황금정*에 왔을 때, 나는 다시 그 앞에 가서
바꾸어 타는 표 한 장을 찍어 주며,

"왜 돈두 없이 전차를 탔소?"

하고 한 번 딱 일러서 법을 가르친 후,

"자, 이것을 가지고 요다음 정거하거든 내리우. 이것도 특별히 당신
을 생각하여 주는 것이오. 나는 이것 한 장 당신 준 것이 탄로되면 벌
어먹지도 못 하고 벌금 물고 그러는 법이오. 그런 줄이나 알아 두시우."

하니까 그는 고맙다는 듯이 고개를 끄덕끄덕하였다.

　오늘 아침에 만난 여자가 바로 그 여자다. 한 달 전에 오 전이 없어
서 나에게 은혜를 입던 그 여자가 오늘은 말쑥한 모양꾼이다. 내가
언제든지 여자로 타고나는 것, 그것이 무한한 보배라고 생각을 하였
더니 딴은 그 생각이 들어맞았다. 여자는 마음 한번 쓰는 데 당장에
백만장자의 아내가 될 수 있고, 추파를 한번 보내는 데 여러 남자의
끔찍한 사랑을 받을 수가 있는 것이다.

　한 달이라는 세월이 그리 길다고 하지 못할 터인데, 한 달 전에 총
독부 무료 병실에 가서 구차한 말을 하며 병을 봐 달라 하고, 또 나와
같은 차장에게까지 은혜를 입던 여자가 오늘엔 어디로 보든지 똑* 딴
여염집* 부인과 같다. 우리 같은 사람은 갖은 박대와 모든 수고를 맛
볼 대로 맛보며 근근이 번다 해야 한 달에 단돈 몇십 원을 벌지 못하
며, 우리가 참으로 성공을 해 보려면 아까운 젊은 시대를 무참히 간
난신고* 중에 보내고도 될지 말지 한 일이다.

　하루 종일 차장대에 섰기도 하며 또는 승객의 표를 찍어 주기도 하는
동안에 나로서는 말할 수 없고 내가 나이 스물한 살이 되도록 느껴 보

지 못한 감정이 내 몸 전체에 스며드는 듯하였다. 아직까지 나의 젊은 피는 비린내가 난다. 그 피가 작열♦을 하지 못하였으며 순화♦하고 정화♦하지 못하였다. 나의 피를 그 무엇에다 사르거나 체질하거나♦ 하여 엑기스가 되게 하지 못한, 말하자면 아직 진국으로 있는 그것이다. 나는 웬일인지 오늘 그 여자를 본 후로는 나의 가슴속에 있는 피가 한 귀퉁이에서부터 타오르기를 시작하여 석쇠 위에 염통을 저며 놓고 그것을 들여다보는 듯이 지지, 타는 속에서도 무슨 새 생명이 불 위에 떨어져 그 불을 더 일으키는 듯한 느낌이 있었다. 그러나 그 여자는 의주통으로 향하여 가 버렸다. 그 여자가 의주통으로 갔다고 언제든지 의주통 방면에 풀로 붙인 듯이 있을 것은 아니겠지마는, 내가 전차를 몰아 그곳을 갈 때나 올 때나 또는 옆으로 지날 때, 그를 생각하고 언제든지 그쪽을 향하여 보았다.

11월 17일 청♦

나는 어제 하루를 논 후에 오늘은 야근을 하게 되었다. 오늘은 동대문서 청량리를 향하여 떠나게 되었다. 오후 여덟 시나 되어 날이 몹시 추워졌다. 바람도 몹시 불기를 시작하여 먼지가 안개처럼 저쪽 먼 곳으로부터 몰아온다. 여름이나 봄가을에는 장안♦의 풍류남아♦ 쳐 놓고 내 손에 전차표를 찍어 보지 않은 사람이 별로 없

♦ 황금정黃金町 지금의 서울 을지로 지역.
♦ 똑 조금도 틀림없이.
♦ 여염집 일반 백성이 살림을 하는 집.
♦ 간난신고艱難辛苦 몹시 힘들고 어려우며 고생스러움.
♦ 작열灼熱 불 따위가 이글이글 뜨겁게 타오름.
♦ 순화純化 불순한 것을 제거하여 순수하게 함.
♦ 정화淨化 더러운 것을 깨끗하게 함.
♦ 사르거나 체질하거나 불사르거나 걸러 내거나.
♦ 청晴 맑음.
♦ 장안長安 도시나 거리의 안.
♦ 풍류남아風流男兒 격에 맞는 멋이 있는 남자.

을 것이요, 내 손 빌리지 않고 차 타지 않은 사람이 별로 없을 것이다. 그러나 오늘은 일요일은 일요일이지마는 나뭇잎은 어느덧 환란*이 들어서 시름없이 떨어지고 수척한 나무들이 하늘을 뚫을 듯이 우뚝우뚝 솟았는데, 갈가마귀 떼들이 보금자리로 돌아간 지도 얼마 되지 않고 다만 시골의 나무장수와 소몰이꾼들의, "어디어! 이놈의 소." 하는 소리가 들릴 뿐이다. 탑골 승방,* 영도사 또는 청량사 들어가는 어귀는 웬일인지 전보다 더욱 쓸쓸해 보인다.

우리 차는 다시 동대문을 갖다 놓았다. 나가 트롤리를 돌려 대고 다시 차 안에 올라서서 차 떠날 준비를 하려 할 때, 차 안을 들여다보니까 그저께 새벽에 만났던 여자가 그 안에 앉아 있다. 나는 반갑기도 하고 또 한편으로는 놀랍기도 하여 한참이나 물끄러미 건너다보고 있었다. 가슴속에서 타기를 그쳤던 그 피가 다시 한꺼번에 활짝 타오르기를 시작하였다. 그리고 속으로는,

'얘! 이거 자주 만난다!'

하는 생각이 나면서 웬일인지 차디차게 식은땀이 뒷잔등이*에 솟아오르는 것을 깨달았다.

전차가 떠나기를 시작한 후 전차표를 받으러 속으로 들어갈 때에, 나는 또다시 그에게 그의 손으로 주는 차표를 받을 생각을 하니까 웬일인지 공연히 마음이 두근두근하여지는 것이 온몸이 확확 달은 듯하였다. 두어 사람의 표를 찍어 준 뒤에 나는 그 여자 앞에 가서 손을 내밀었다. 그때 나의 생각은 관습적으로 나의 손을 내밀면은 으레 전과 같이 지갑을 열어서 그 속으로부터 돈을 끄집어내려니 하였었다. 그러면 내 손으로 찍어서 내 손으로 주는 전차표를 그 여자는 가지고 앉아 있다가 그것을 다시 운전수에게 주고 내리려니 하였다. 그러나

그 여자는 나의 손 내미는 것은 본체만체하였다. 도리어 성난 사람처럼 암상스러운♦ 얼굴로 딴 곳만 보고 앉았다.

"표 찍으시오."

하고 나는 그에게 주의하기를 재촉하였으나, 그는 역시 아무 말 없이 앉아 있다가 나를 한 번 흘끔 쳐다보는 게 어쩐지 거만한 듯하였다. 그러더니 다시 저쪽 두어 사람이나 격하여♦ 앉아 있는 사람 하나를 고개를 기웃하고 건너다보았다. 그러니까 그 앉아 있는 사람이 잊어버렸던 것을 깨달은 것처럼 잠깐 놀라는 듯한 표정을 하더니 주머니에서 돈지갑을 꺼내며,

"여기 있소!"

하고 금테 안경 너머로 꺼먼 눈동자를 흘기며 나를 불렀다.

'이게 웬 것이냐?'

하는 놀라운 생각이 나며 하는 수 없이 그 남자 편으로 가려 하나 그 여자를 다른 사람처럼 그대로 본체만체 휙 돌아설 수는 없었다. 나는 다시 한 번 그 여자를 훑어본 후 그 남자―금테 안경 쓰고 윗수염을 까뭇까뭇하게 기르고 두 눈 가장자리가 푸루뚱하고 콧날이 오똑한 삼십이 넘을락 말락한 사람으로, 얼핏 보면 미두 시장♦이 아니면 천냥만냥패♦ 같은 사람―에게로 가니까 그는 자랑스러운 듯이 지갑 속에서 일 원짜리 한 장을 꺼내어 할인 승차권 하나를 사더니 석 장만 찍으라 하였다. 나는 석 장 찍으라는 소리에 그 옆에 앉아 있는 양복 얌전하게 입고 얼굴

♦ 환란患亂 근심과 재앙.
♦ 승방僧坊 절.
♦ 뒷잔등이 '등'을 강조해서 표현한 말. '뒷등'과 같은 말.
♦ 암상스럽다 보기에 남을 시기하고 샘을 잘 내는 데가 있다.
♦ 격하다 시간적으로나 공간적으로 사이를 두다.
♦ 미두米豆 시장 투기를 목적으로 쌀이나 콩을 사고파는 시장.
♦ 천냥만냥패 놀음놀이판에 어울려 다니는 사람의 무리.

이 대리석으로 깎은 듯한 그리스 타입의 청년이 같이 가는 남자인 것을 알게 되었다.

차표를 다 찍어 주고 차장대에 나와 섰을 때에 웬일인지 그 차표 내주던 남자가 밉고 또는 더럽고 질투성스러워 못 견디었다.

전차가 영도사 들어가는 어귀에 정거를 하자 그들은 거기서 내렸다. 이것을 보고서 나는 의심이 일어나기 시작하였다. 그 차표를 사던 남자가 나의 눈으로 보기에 어째 부랑성◆을 띤 듯하였고, 또는 그 눈이나 입 가장자리가 몹시 음탕하여 보였으며, 그가 그 여자를 데리고 음부탕자◆가 비교적 많이 오는 한적한 절로 들어가는 것이 장차 무슨 음탕한 사실이 그 속에서 생길 듯하여 공연히 그 남자가 미운 동시에 끌려가는 그 여자에게 동정이 갔다. 전차 차장의 직업이 그리 귀하지도 못한 것을 나는 안다. 비교적 얕은 지위에 있어서 어떠한 계급을 물론하고 날마다 그들을 만나게 되는 동시에 이와 같이 수상스런 사람들을 많이 보지마는 이러한 수상스러운 남녀를 볼 적이면 공연히 욕도 하고 싶고 그들을 잠깐이라도 몹시 괴롭게 하고 싶은 생각이 나는데, 이번에 본 이 여자로 말하면 처음에 그와 같이 남루◆한 의복에다가 또 한 푼 없이 나에게 전차표를 얻어 가던 자로서 오늘 와서 나를 대하는 태도가 몹시 거만하고, 또한 작은 은혜나마 은혜를 모르는 것이 가증◆한 생각이 들기는 들면서도 웬일인지 나의 가슴 가운데 있는 정서◆를 살살 풀리게 하는 듯하였다. 그래서 그들을 떼어 보낼 때 나의 마음은 또다시 섭섭하였다.

오늘 일기는 따뜻한 일기다. 그런데 어저께 나는 우리 동관*들에게서 이상한 소문을 하나 들었다. 내가 맨 처음 어느 날 새벽에 파고다 공원 정류장에서 만나던 때와 같이 그 여자가 역시 새벽마다 전차를 타고서 의주통으로 향하여 간다는 말을 들었다. 그 모습과 또는 행동이 여러 사람의 입에서 나오는 말과 나의 기억으로 내 머릿속에 그려 놓은 것이 꼭꼭 들어맞은 까닭에 그 여자로 인정할 수가 있었다. 나는 이 말을 듣고서 일종의 호기심이 생겨서 나의 당번도 아닌데 남이 가지고 가는 새벽 첫차를 같이 탔다. 그러고서는 전차가 파고다 공원 앞에 정거를 할 때에 나는 얼핏 바깥을 내다보았다. 즉시 내가 탄 전차와 상치*나 되지 않을까 하는 염려가 있어서 많은 요행*을 기대하는 생각으로 그 여자를 만나 보려 할 때 과연 그 여자가 전차를 기다리고 있었다. 그 여자뿐만 아니라 그 옆에는 어떠한 남자 하나가 그 여자의 어깨에 자기 어깨가 닿을 만큼 붙어 서서 무슨 이야기인지 정답게 하는 것을 보았다.

전차에 오르는 여자는 그 전에 몸을 차리던 것과 판이하여*졌다. 전에는 머리를 쪽 지고 신을 신었더니, 지금 와서는 양洋 머리에 구두를 신었다. 그리고 전에 볼 적에는 몰랐더니 지금의 이 여자를 보고 전의 그 여자를 생각하니까 전에 있던 시골티와 어색한 것이 모두 없

◆ 부랑성浮浪性 일정한 직업 없이 여기저기 떠돌아다니는 듯한 인상.
◆ 음부탕자淫婦蕩子 음탕한 여자와 방탕한 남자를 아울러 이르는 말.
◆ 남루 낡아 해진 옷.
◆ 가증可憎 괘씸하고 얄미움.
◆ 정서情緖 사람의 마음에 일어나는 여러 가지 감정.
◆ 동관同官 한 직장에서 일하는 같은 직위의 동료.
◆ 상치相値 일이나 뜻이 서로 어긋남.
◆ 요행僥倖 뜻밖에 얻는 행운.
◆ 판이하다 비교하는 대상의 성질이나 모양, 상태가 아주 다르다.

어지고 도리어 무엇엔지 시달려서 손때가 쪼르르 흐르는 듯하였다. 날이 추우니까 몸에다가는 망토를 입었는데, 쥐었다 폈다기도 하고 꼼지락꼼지락하는 손가락에는 한 달 전에 없던 금반지가 전등불에 비치어 붉은빛을 반짝반짝 반사한다. 그는 나를 한번 쳐다보더니 여러 번 만나는 것이 신기하다는 듯이 익숙한 눈으로 쳐다보았다.

그러자 그 남자도 전차를 탔다. 그 남자라고 하는 사람은 한 달 전에 영도사를 나갈 적에 같이 가던 그 양복 입은 젊은 사람이었다. 영도사를 나갈 적에는 이 젊은 사람이 뒤떨어져서 홀로 비싯비싯 쫓아가는 것을 보았는데 오늘은 자기가 이 여자를 독차지하고서 승자勝者의 자랑스러운 모양을 나타내는 것을 볼 수 있었다.

"귀찮아서 죽을 뻔하였어?"

그 여자는 아양이라면 아양, 응석이라면 응석이라고 할 만한 말소리로 그 남자에게 대하여 이런 말을 하고서는 한숨을 내쉬었다.

"왜 진작 오실 일이지 시간이 지나도록 오시지를 않으셨소? 어떻게 기다렸는지 모르는데……."

남자는 차 안에서 그런 말을 하면 딴 사람이 들으니 아무 말도 않는 것이 좋다는 듯이 그 말대답은 하지 않고 가만히 있다. 눈치를 챈 여자는 입을 다물더니 무안한 듯이 고개를 돌이키고 전차가 정거할 정류장의 붉은 등만 기다리는 듯이 내다보고 있다.

차가 종로에 와 서자 그 두 사람은 일어서서 내렸다. 나는 오늘 생각한 바가 있으므로 그들을 따라서 내렸다. 나는 그들이 재판소 앞 정류장을 향하여 가는 것을 보았다. 그리고 혹시 그들에게 의심을 사지나 않을까 하여 멀찍이 서서 뒤를 따랐다. 그들은 사면에 사람이 없다는 것을 기회로 생각하고서 서로 손목을 잡는 것을 나는 보고서 나의 온몸이 불덩어리 같아지고 내가 창피한 생각이 났다.

재판소 앞에 가더니 그들은 멈칫하고 섰다. 그리고 무엇이라 무엇이라 하더니 다시 그들은 재판소 옆 좁은 골목으로 들어섰다. 이번에는 가까이 쫓아가 보리라 하고서 뒤를 바짝 쫓으매 그들은 내가 따라가는 줄도 모르고서 이야기를 정답게 하면서 갔다.

"오늘 제가요! 그이더러 다시 만나지 않겠다고 해 버렸지요. 그러니까 껄껄 웃으면서 알았다 알았다 하며 얼핏 승낙을 하던데요."

"무엇을 알았다고?"

"당신하고 이렇게 된 것을 말이요."

"눈치야 챘겠지!"

"그렇지만 그이는 남의 생각은 조금도 해 주지를 않아요. 같이 살려면은 할 수 없이 너와 나와 깨끗하게 갈라서자고 한다든지, 무슨 말은 없고 그저 질질 끌면서 오늘 낼 오늘 낼 하기만 하니, 어떻게 그런 사람을 바라고 살아요? 날마다 밤중이면 사람을 끌어다가 새벽이면은 보내면서 한 번 바래다주기를 하나요."

남자는 아무 말이 없다가,

"우리 집에 가서 몸이나 좀 녹여 가지고 가지……."

"너무 늦으면 어떻게 해요?"

"무얼! 집에 가면 또 무엇을 해? 할 것도 없으면서……."

"할 거야 별로이 없지마는, 너무 자주 가면 딴 방 손님들이라도 이상히 알지 않겠어요?"

"괜찮아! 누군지 아나?"

"왜 몰라요, 눈치를 채지요."

이렇게 말을 하는 동안에 어느덧 어떠한 여관 앞에 두 사람이 서 있었다. 그 여관 문 개구멍으로 손을 넣어 고리를 벗기더니 두 사람은 종적을 감추어 버렸다. 나는 다시 어찌할 수가 없었다. 앞길을 탁 막아 놓은 것같이 멀거니 서 있기만 하였다. 그 여관 속에는 반드시 무슨 수상한 일이 있을 것을 알았으나 그것을 알 길이 없었다. 하는 수 없이 멍멍히 돌아올 때 그 집 담 모퉁이를 돌아서려니까, 불이 환하게 비치는 들창 속에서 남자와 여자의 지껄이는 소리가 들리며 미닫이를 닫는 소리가 들렸다. 나는 옳지! 이 방이로구나 하는 생각이 들며 귀를 기울여 듣고 있었다. 조금은 아무 말이 없어서 공연히 나의 가슴이 아슬아슬하여졌다. 그러더니 옷이 몸뚱이에서 미끄러져 벗어지는 소리가 연하게 들리더니 기침 소리 두어 번이 나며 전깃불이 확 꺼졌다. 나는 모든 것이 더러웠다. 내 가슴속에서 부드럽고 따뜻하게 타던 모든 것이 그대로 꺼져 버렸다. 옆에 있는 개천에 침을 두어 번 뱉고서 큰길로 돌아섰다.

나도향

羅稻香, 1902~1926

서울 청파동에서 태어난 작가 나도향은 본명이 나경손羅慶孫입니다. 이 이름은 할아버지가 지어 준 것으로, '경사스런 손자'라는 뜻이 담겨 있습니다. 한의사였던 할아버지는 손자가 의사가 되어 가업을 이어 주기를 바랐고, 나도향은 할아버지의 바람대로 의학을 공부하기 위해 경성의전이라는 의과대학에 진학하였습니다. 하지만 문학의 매력에 빠진 나도향은 의사가 되기를 포기했습니다.

고종의 장례날인 1919년 3월 1일, 나도향은 장롱에서 돈을 훔쳐 일본으로 유학을 떠났지만 가난한 생활에 지쳐 몇 달 만에 귀국했습니다. 그 후에 다시 한번 동경으로 건너갔으나 공부를 마치지는 못 했습니다.

나도향은 1922년 무렵에 박종화, 박영희, 현진건, 이상화, 홍사용 등과 함께 잡지 《백조》의 동인으로 활동하면서 소설을 쓰기 시작했습니다. 그는 〈뽕〉, 〈벙어리 삼룡〉, 〈물레방아〉 등 인간의 다양하고 격정적인 감정이 잘 표현된 작품들을 남겼습니다.

나도향은 몇 년간 앓아 오던 폐결핵이 악화되어 25세라는 젊은 나이에 세상을 떠났으나, 한국 현대 소설사에서 매우 중요한 자리를 차지하고 있습니다. 그는 이광수, 염상섭, 김동인 이후에 한국 현대 소설의 수준을 한 단계 올려놓은 작가로, 현진건과 더불어 높은 평가를 받고 있습니다.

"내 가슴속에서 부드럽고 따뜻하게 타던 모든 것이 그대로 꺼져 버렸다"

이 소설은 전차 차장인 '나'가 시간이 지남에 따라 달라지는 한 여자의 모습을 관찰하고 기록한 일기 형식으로 쓰여 있습니다.

'나'는 11월 15일 아침 첫차에 한 여자가 타는 것을 보았습니다. 옥양목 저고리에 치마를 입고 비단신을 신고 있는 그녀를 본 '나'는 깜짝 놀랐습니다. 그 여자를 한 달 전에 본 적이 있기 때문입니다.

한 달 전의 여자는 낡고 허름한 옷차림에 초췌한 얼굴이었습니다. 전차를 처음 타 본 시골뜨기인 여자는 표를 살 돈조차 없었습니다. '나'는 시골에서 올라와 고용살이를 했다는 여자의 사정을 듣고 불쌍한 마음이 들어 무료로 표를 끊어 주었습니다. 그러나 오늘 여염집 부인처럼 차려입은 여자를 다시 보자 '나'는 묘한 감정이 솟아 오르는 것을 느낍니다.

11월 17일, '나'는 전차 안에서 여자와 다시 마주쳤습니다. 두근거리는 가슴으로 표를 찍기 위해 다가갔으나, 여자와 조금 떨어져 앉아 있던 금테 안경의 남자가 여자의 표값을 내주었습니다. 건달처럼 보이는 그 남자 옆에는 양복을 입은 젊고 잘생긴 남자가 있었는데, 모두 일행인 듯했습니다.

여자의 일행은 한적한 절로 들어가는 어귀에 닿자 전차에서 내렸습니다. '나'는 금테 안경의 남자에게 미움을 느끼는 동시에 그에게 끌려가는 여자가 불쌍하다고 생각했습니다. '나'를 대하는 여자의 거만한 태도가 가증스럽기도 했지만 여자를 보면 어느새 마음이 풀어졌습니다.

12월 15일, '나'는 여자가 매일 새벽마다 첫차를 탄다는 소문을 듣고 일부러 남이 운전하는 새벽 첫차를 탔습니다. 여자는 지난번에 봤던 양복 입은 젊은 남자와 함께 전차에 올라탔는데, 서양식 머리에 구두를 신고 손에는 금반지를 끼고 있었습니다.

종로에서 내리는 두 사람을 따라 내린 '나'는 둘이 손을 잡는 모습에 질투심을 느꼈습니다. 이야기를 엿들어 보니 여자는 금테 안경의 남자와 헤어지고 양복 입은 젊은 남자를 만나는 것 같습니다.

이야기를 나누던 둘은 여관 안으로 들어가 버렸습니다. 방 밖에 서서 귀를 기울이자, 옷을 벗는 소리가 들리고 방 안의 전깃불이 꺼졌습니다. '나'는 가슴속에서 부드럽고 따뜻하게 타고 있던 모든 것이 그대로 꺼져 버렸음을 느낍니다.

 ## 1920년대 도시 빈민의 풍경

〈전차 차장의 일기 몇 절〉이 발표된 1920년대, 우리 농민들은 아주 가난했습니다. 끼니를 제때 먹지 못할 정도여서 가족들이 뿔뿔이 흩어지는 일이 많았고, 그런 사람들은 대부분 새 일자리를 찾아 도시로 향했습니다. 하지만 농사짓는 기술밖에 없는 사람들이 할 만한 일은 별로 없었습니다. 남자들은 주로 품팔이꾼이나 막노동 일을 하였고, 여자들은 남의 집에서 고용살이를 하며 떠돌거나 술집 종업원 생활을 하곤 했습니다. 이처럼 가난한 농민이 도시로 몰리면서 생겨난 도시 빈민은 1920년대의 커다란 사회 문제였습니다.

이 작품 속의 여자 역시 가난을 견디지 못해 도시로 흘러든 사람입니다. '나'가 여자를 처음 만났을 때 여자는 꾀죄죄한 옷차림에 짚신 하나만 걸친 초라한 모양이었습니다. 그리고 전차 요금을 내지 못해 부끄러워하면서 '나'에게 도움을 요청합니다. 하지만 한 달 사이에 여자의 모습은 완전히 변해 있습니다. 차림새는 세련돼졌지만 예전의 순박한 성격은 사라지고 말았습니다.

근대 신여성

　이처럼 작가는 가난하지만 순박했던 여자가 타락해 가는 과정을 보여 줌으로써 환경이 사람의 성격을 어떻게 변모시키는가를 알려 줍니다. 또한 당시의 서민들이 처한 가난한 생활과 그로 인해 본래의 순수성을 잃게 되는 씁쓸한 모습을 전하고 있습니다.

1인칭 관찰자 시점과 '일기 소설'의 매력

　이 소설은 젊은 전차 차장인 '나'의 눈에 비친 한 여성을 관찰하는 방식으로 전개됩니다. 즉 '나'는 어느 한 여자가 점차 변해 가는 모습을 주시하면서 보고 느낀 것을 서술합니다. 이러한 소설의 시점을 1인칭 관찰자 시점이라고 합니다.

　독자는 관찰자인 '나'의 눈을 통해 여러 가지 사실적인 정보를 제공받지만, 관찰 대상이 되는 인물의 사연이나 심리는 알 수 없습니다. 따라서 독자는 관찰자가 제공한 정보를 토대로 그 인물에 대해 자유롭게 상상하거나 짐작하게 됩니다. 바로 이 점이 1인칭 관찰자 시점의 주요한 기능입니다. 1인칭 관찰자 시점이 활용된 대표적인 작품으로는 현진건의 〈고향〉이나 김동인의 〈붉은 산〉 등이 있습니다.

또한 이 소설은 '일기'라는 형식을 이용하고 있습니다. 일기는 나만의 비밀을 털어놓고 이런저런 감정을 표현할 수 있는 공간입니다. 따라서 이 소설에는 여자에 대해 느끼는 '나'의 호기심과 설렘, 질투 등의 복잡한 감정들이 생생히 드러나 있습니다. 이러한 솔직하고도 미묘한 감정들이 자연스럽게 독자들의 공감을 불러일으킴으로써 소설의 감상을 풍부하게 만들고 있습니다.

전차가 다니던 일제 강점기의 풍경

나도향이 이 작품을 썼던 1920년대에는 서울 거리에 전차가 다녔습니다. 전차는 자동차가 다니는 도로 위에 레일을 깔고 그 위를 달리는 지상 교통수단입니다. 공중에 설치된 전선을 통해 전기를 공급 받아서 운행하는 방식입니다.

현재에도 유럽이나 미국의 몇몇 도시에서는 여전히 전차가 운행되고 있습니다. 한국에서는 1898년, 처음으로 청량리-서대문 구간에서 전차가 운행되기 시작하여 부산과 평양에도 전차가 개설되었습니다. 그러다가 점차 자동차의 숫자가 늘어나면서 1969년에 모두 폐기되었습니다.

이 작품의 주인공인 '나'는 전차 차장입니다. 전차의 등장과 함께 전차 차장이라는 새로운 직업도 생겨난 것입니다. 전차 차장은 모자를 쓰고 제복을 입고 근무했습니다. 정류장을 지날 때 운전수에게 정지, 출발 신호를 보내거나 전차에 탄 사람들이 목적지를 말하면 그에 따라 돈을 받고 표를 찍어 주는 일을 했습니다. 하지만 하루 종일 일하는 것에 비해 돈을 많이 벌지는 못했습니다.

옛 전차의 모습

인간의 순수함과 현실의 비정함을 그린 〈물레방아〉, 〈벙어리 삼룡〉, 〈뽕〉

작가 나도향은 인간이라면 누구나 가지고 있는 격정적인 감정에 대해 관심이 많았습니다. 그래서 작품 안에서 인물들의 사랑, 질투, 분노, 욕망, 슬픔과 같은 감정들을 표출하는 데 공을 들였습니다.

그의 대표작인 〈물레방아〉, 〈벙어리 삼룡〉, 〈뽕〉에는 모두 머슴이 주인공으로 등장하고 있습니다. 〈물레방아〉에서 주인인 신치규는 머슴인 이방원의 예쁜 아내를 빼앗기 위해 이방원을 이유도 없이 내쫓으려고 합니다. 그러던 중 신치규와 아내의 부정한 관계를 알게 된 이방원은 분노하여 신치규를 폭행하고 경찰에 잡혀 옥살이를 하게 됩니다. 감옥에서 나온 그는 몰래 아내를 찾아가지만 아내는 오히려 그를 거부합니다. 이에 이방원은 아내를 칼로 찔러 죽인 뒤 자신도 자결해 버립니다.

이와 같은 비극적인 결말은 〈벙어리 삼룡〉에서도 되풀이됩니다. 주인집 도련님의 예쁜 아내에게 연정을 품게 된 벙어리 머슴 삼룡은 아씨를 때리는 도련님에게 반항하다가 죽도록 얻어맞고 내쫓기게 됩니다. 그날 밤 주인집은 화염에 휩싸이고, 삼룡은 불타는 집에서 아씨를 품에 안은 채 죽고 맙니다.

〈뽕〉에서는 가난한 생활 속에서 궁여지책으로 몸을 팔아 생활하는 안협집과 그를 탐내는 머슴 삼돌의 이야기가 그려집니다. 안협집은 누에에게 먹일 뽕잎이 없어 이웃 마을로 뽕을 훔치러 갔습니다. 그러다 뽕지기에게 발각되자 몸을 팔아 고비를 넘기게 됩니다. 안협집은 도둑질과 매춘 같은 부도덕한 수단을 동원해야 생활을 이어 갈 수 있었던 일제 강점기 빈민의 안타까운 현실을 대변하는 인물입니다.

● 이 작품에서 '나'가 여자를 맨 처음 만났을 때 느낀 감정은 무엇일까요?

① 설렘   ② 질투   ③ 희망   ④ 동정심

● 이 소설 속에서, 처음에는 꾀죄죄한 차림이었던 여자가 풍족한 생활을 하게 되었음을 보여 주는 소재들을 찾아서 써 봅시다.

● 이 소설 속에서 '나'는 차림새와 행동이 점차 달라지는 여자를 관찰합니다. 그때마다 여자에 대한 '나'의 감정도 변화를 겪게 됩니다. 그 변화의 감정을 차례대로 써 봅시다.

① 처음 보았을 때 :

② 두 번째 보았을 때 :

③ 세 번째 보았을 때 :

④ 마지막으로 보았을 때 :

● 이 소설의 마지막 대목에서 '나'는 가슴속에서 부드럽고 따뜻하게 타고 있던 것이 꺼져 버리는 것을 느낍니다. 그 이유에 대해 생각해 봅시다. 또한 이것은 무엇을 의미할까요?

● 이 작품처럼 김동인의 〈붉은 산〉도 1인칭 관찰자 시점으로 쓴 소설입니다. 〈붉은 산〉의 일부인 다음 글을 읽고 1인칭 관찰자 시점의 특징에 대해 생각해 봅시다.

> 여는 삵에게 말하였다.
> "송 첨지가 죽은 줄 아우!"
> 여의 말에 아직껏 여를 쳐다보고 있던 삵의 눈이 아래로 떨어졌다. 그리고 여가 발을 떼려는 순간 얼핏 삵의 얼굴에 나타난 비창한 표정을 여는 넘길 수가 없었다.

● 이 작품에서 '나'가 여자를 맨 처음 만났을 때 느낀 감정은 무엇일까요?

① 설렘   ② 질투   ③ 희망   ④ 동정심

답 ④번.

● 이 소설 속에서, 처음에는 꾀죄죄한 차림이었던 여자가 풍족한 생활
을 하게 되었음을 보여 주는 소재들을 찾아서 써 봅시다.

금반지, 금비녀, 비단신, 비단 지갑, 양장 차림, 구두 등.

● 이 소설 속에서 '나'는 차림새와 행동이 점차 달라지는 여자를 관찰
합니다. 그때마다 여자에 대한 '나'의 감정도 변화를 겪게 됩니다. 그
변화의 감정을 차례대로 써 봅시다.

① 동정심–처음 보았을 때 안쓰러운 여자의 사정을 듣고 연민의
감정을 느낍니다.

② 호기심과 설렘–두 번째 보았을 때 처음으로 여성에 대한 남자
의 순정을 느낍니다.

③ 질투심–세 번째 보았을 때 여자 곁에 있는 남자와의 관계를
의심하며 그 남자를 미워하는 감정을 느낍니다.

④ 절망감–마지막으로 보았을 때 여자의 몸과 마음이 완전히 타
락했음을 확인한 '나'는 가슴속의 불이 꺼지는 듯한 감정을 느
낍니다.

● 이 소설의 마지막 대목에서 '나'는 가슴속에서 부드럽고 따뜻하
게 타고 있던 것이 꺼져 버리는 것을 느낍니다. 그 이유에 대해
생각해 봅시다. 또한 이것은 무엇을 의미할까요?

'나'는 여자에 대해 묘한 관심을 가지고 있습니다. 그 관심 때문

에 여자를 관찰하게 된 것이고, 일부러 남이 운전하는 전차에 올라타 여자와 마주치려고 노력한 것입니다. '가슴속에서 타고 있던 부드럽고 따뜻한 것'이란 바로 젊은 남자가 여성에게 느낀 순정이라고 할 수 있습니다. 그러나 여자가 남자와 함께 여관방에 들어가고, 그 방의 불이 꺼지는 것을 목격한 순간, '나'는 여자의 타락한 모습을 확인하게 됩니다. 여자를 처음 보았을 때의 순수하고 순박한 모습이 완전히 사라져 버렸음을 느낀 것입니다.

● 이 작품처럼 김동인의 〈붉은 산〉도 1인칭 관찰자 시점으로 쓴 소설입니다. 〈붉은 산〉의 일부인 다음 글을 읽고 1인칭 관찰자 시점의 특징에 대해 생각해 봅시다.

> 여는 삵에게 말하였다.
> "송 첨지가 죽은 줄 아우!"
> 여의 말에 아직껏 여를 쳐다보고 있던 삵의 눈이 아래로 떨어졌다. 그리고 여가 발을 떼려는 순간 얼핏 삵의 얼굴에 나타난 비창한 표정을 여는 넘길 수가 없었다.

윗 글에서 관찰자는 '여'이고, 주요 관찰 대상은 '삵'입니다. '여'가 송 첨지의 죽음을 알리자, 삵은 눈을 아래로 떨구더니 비창한 표정을 짓습니다. 그러나 더 이상 삵의 심경을 자세하게 전달하는 서술은 없습니다. 관찰자인 '여'가 '삵'의 속마음까지 알 수는 없기 때문입니다. 그러나 독자는 삵의 태도를 보고 거기에 담긴 삵의 마음을 헤아려 보게 됩니다.

이것이 바로 1인칭 관찰자 시점의 특징입니다. 독자는 관찰자의 눈에 비친 사실을 기초로 상상력을 발휘하여 다양한 추측을 해 볼 수 있는 것입니다.

하늘은 맑건만

: 현덕 :

사람들은 잘못을 저질렀을 때 거짓말로 발뺌을 하기도 하고, 잘못을 뉘우치면서 용서를 구하기도 합니다. 여러분에게도 이러한 경험이 있을 겁니다.

거짓말로 둘러대는 것은 순간의 위기를 벗어날 수 있는 손쉬운 방법이지만 불안하고 떳떳하지 못한 마음을 갖게 됩니다. 반면 잘못을 고백하고 용서를 구하는 행동은 큰 용기가 필요한 일입니다.

여러분은 잘못을 저질렀을 때 어떤 태도를 보였나요? 자신의 경험을 돌이켜보면서 다음 작품을 읽어 봅시다.

중문

중문˚ 안 안반˚ 뒤에 숨겨 둔 공이 간 데가 없다. 팔을 넣어 아무리 더듬어도 빈탕이다. 문기는 가슴이 두근거리기 시작하였다.

'혹 동네 아이들이 집어 갔을까?'

도리어 그랬으면 다행이다. 만일에 그 공이 숙모 손에 들어가기나 했으면 큰일이다.

문기는 아무 일 없는 태도로 전일과 다름없이 안마당에서 화초분에 물을 준다. 그러면서 연해 숙모의 눈치를 살핀다. 숙모는 부엌에서 저녁을 짓는다. 마루로 부엌으로 오르고 내릴 때 얼굴이 마주치는 것이다. 문기는 자기를 보는 숙모 눈에 별다른 것이 없다 싶었다. 문기는 차츰 생각을 고친다.

'필시˚ 공은 거지나 동네 아이들이 집어 갔기 쉽지. 그렇잖으면 작은어머니가 알고 가만있을 리 있나.'

조금 후 문기는 아랫방으로 내려갔다.

그리고 책상 서랍을 열어 보았을 때 문기는 또 좀 놀랐다. 서랍 속에 깊숙이 간직해 둔 쌍안경이 보이질 않는다. 그것뿐이 아니다. 서랍 안이 뒤죽박죽이고 누가 손을 댔음이 분명하다.

'인제 얼마 안 있으면 작은아버지가 회사에서 돌아오시겠지. 그리고 필시 일은 나고 말리라.'

문기는 책상 앞에 돌아앉아 책을 펴들었다. 그러나 눈은 아물아물 가슴은 두근두근 도시˚ 글이 읽어지질 않는다.

며칠 전 일이다. 문기는 저녁에 쓸 고기 한 근을 사 오라고 숙모에게 지전 한

◆ 중문中門 가운데 뜰로 들어가는 대문.
◆ 안반 떡을 칠 때에 쓰는 두껍고 넓은 나무판.
◆ 필시必是 아마도 틀림없이.
◆ 도시 도무지. 아무리 해도.

장을 받았다. 언제나 그맘때면 사람이 붐비는 삼거리 고깃관*이다. 한참을 기다려서 문기 차례가 왔다. 문기는 지전을 내밀었다. 뚱뚱보 고깃관 주인은 그 돈을 받아 둥구미*에 넣고 천천히 고기를 베어 저울에 단 후 종이에 말아 내밀었다. 그리고 그 거스름돈으로 아, 지전 아홉 장과 그 위에 은전 몇 닢을 얹어 내주는 것이 아닌가. 문기는 어리둥절하였다. 처음 그 돈을 숙모에게 받을 때와 고깃관 주인에게 내밀 때까지도 일 원짜리로만 알았던 것이다. 문기는 돈과 주인을 의심스레 쳐다보았다. 하나 그는 다음 사람의 고기를 베느라 분주하다. 문기는 주멋주멋*하는 사이 사람에게 밀려 뒷줄로 나오고 말았다. 그러나 다시 생각하면 정말 숙모가 일 원짜리를 준 것인지 아닌지 모르겠다. 아니라면 도리어 큰일이 아닌가. 하여튼 먼저 숙모에게 알아볼 일이었다. 문기는 집을 향해 돌아가면서도 연해 고개를 기웃거리며 그 일을 생각하였다. 내가 잘못 본 것인가, 고깃관 주인이 잘못 본 것인가 하고.

골목 모퉁이를 꺾어 돌아섰다. 서너 칸 앞을 서서 동무 수만이가 간다. 문기는 쫓아가 그와 나란히 서며,

"너 집에 인제 가니?"

하고 어깨에 손을 걸고,

"이거 이상한 일 아냐?"

"뭐가 말야?"

"고길 사러 갔는데 말야. 난 일 원짜리로 알구 냈는데 십 원으로 거슬러 주니 말이야."

"정말이야? 어디 봐."

문기는 손바닥을 펴 돈과 또 고기를 보였다. 수만이는 잠시 눈을 꿈

벅꿈벅 무슨 궁리를 하는 듯 문기 얼굴을 보고 섰더니,

"너 이렇게 해 봐라."

"어떻게 말야?"

"먼저 잔돈만 너희 작은어머니에게 주거든."

"그러고 어떡해?"

"그러고 아무 말 없거든 내게로 나와. 헐 일이 있으니."

"무슨 헐 일?"

"글쎄 그러구만 나와. 다 좋은 일이 있으니."

마침내 문기는 수만이가 이르는 대로 잔돈만 양복 주머니에서 꺼내 놓았다. 숙모는 그 돈을 받아 두 번 자세히 세어 보고 주머니에 넣고 는 아무 말 없이 돌아서 고기를 씻는다. 그래도 문기는 한동안 머뭇 머뭇 눈치를 보다가 슬며시 밖으로 나갔다. 그리고 문밖엔 수만이가 이상한 웃음으로 그를 맞이하였다.

수만이가 있다던 좋은 일이란 다른 것이 아니었다. 거리에서 보고 지내던 온갖 가지고 싶고 해 보고 싶은 가지가지를 한번 모조리 돈으 로 바꾸어 보자는 것이다. 그러나 문기는,

"돈을 쓰면 어떻게 되니?"

"염려 없어. 나 하는 대로만 해."

하고 머뭇거리는 문기 어깨에 팔을 걸고 수만이는 우쭐거리며 걸음 을 옮긴다. 하긴 문기 역시 돈으로 바꾸 고 싶은 것이 없지 않은 터, 그리고 수만 이가 시키는 대로 끌려 하기만 하면 남이 하래서 하는 것이니까 어떻게 자기 책임 은 없는 듯싶었다. 그리고 수만이는 수만

♦ **고깃관** 고깃간. 지금의 정육점.
♦ **둥구미** 짚으로 둥글고 깊게 엮어 만든 그릇.
♦ **주뭇주뭇** 주밋주밋. 망설이며 머뭇거 리는 모양.

이대로 돈은 문기가 만든 돈, 나중에 무슨 일이 난다 하여도 자기 책임은 없으니까 또 안심이었다. 이래서 두 소년은 마침내 손이 맞고[*] 말았다.

그래도 으슥한 골목을 걸을 때에는 알 수 없는 두려움에 가슴이 두근거렸으나, 밝은 큰 행길로 나오자 차차 다른 기쁨으로 변했다. 길 좌우편 환한 상점 유리창 안의 온갖 것이 모두 제 것인 양, 손짓해 부르는 듯했다. 드디어 그들은 공을 샀다. 만년필을 샀다. 쌍안경을 샀다. 만화책을 샀다. 그리고 활동사진[*] 구경도 갔다. 다니며 이것저것 군것질도 했다.

그리고 그 나머지 돈으로 또 한 가지 즐거운 계획이 있었다. 조그만 환등 기계[*] 한 틀을 사자는 것이다. 이것을 놀려 아이들에게 일 전씩 받고 구경을 시킨다. 그리고 여기서 나오는 것으로 두고두고 용돈에 주리지 않도록 하자는 계획이다. 하고 오늘 저녁부터 그 첫 착수를 하자는 약조[*]였다.

그러나 이 즐거운 계획을 앞두고 이내 올 것이 오고 말았다. 안방에서 저녁상을 받고 앉았던 삼촌은 문기를 불렀다. 두 번 세 번 문기야, 소리가 아랫방 창을 울린다. 방 안에서 문기는 못 들은 양 대답하지 않는다. 그러나 네 번째는 안방 미닫이를 열고 삼촌은,

"문기 아랫방에 없니?"

댓돌 위에 신이 놓여 있는데 없는 양 할 수는 없다. 기어이 문기는 그 삼촌 앞에 나가 무릎을 꿇고 앉지 않을 수 없었다. 삼촌은 잠잠히 식사를 계속한다. 그 상 밑에 안반 뒤에 숨겨 두었던 공이 와 있다. 상을 물릴 임시[*]에 삼촌은 입을 열었다.

"너 요새 학교에 매일 갔었니?"

“네.”

삼촌은 상 밑에 그 공을 굴려내며,

“이거 웬 공이냐?”

“수만이가 준 공예요.”

“이것두.”

하고 삼촌은 무릎 밑에서 쌍안경을 꺼내 들었다.

“네.”

“수만이란 얼마나 돈을 잘 쓰는 아인지 몰라두 이 공은 오십 전은
줬겠구나. 이건 못 줘두 일 원은 넘겨 줬겠구.”

그리고 삼촌은,

“수만이란 뭣 하는 집 아이냐?”

문기는 고개를 숙이고 앉아 말이 없다. 삼촌은 숭늉을 마시고 상을
물렸다.

“네 입으로 수만이가 줬다니 네 말이 옳겠지. 설마 네가 날 속이기
야 하겠니? 하지만 남이 준다고 아무것이고 덥적덥적 받는다는 것두
좀 생각해 볼 일이거든.”

삼촌은 다시 말을 계속한다.

“말 들으니 너 요샌 저녁두 가끔 나가 먹는다더구나. 그것두 수만이
에게 얻어먹는 거냐?”

문기는 벌겋게 얼굴이 달아 수그리고
앉았다. 삼촌은 잠시 묵묵히 건너다만
보고 있더니 음성을 고쳐 엄한 어조로,

“어머님은 어려서 돌아가시구 아버지는
저 모양이시구 앞으로 집안을 일으킬 사

◆ 손이 맞고 의견이 맞고.
◆ 활동사진 영화의 옛 호칭.
◆ 환등 기계 강한 불빛을 사진 필름에 비
춘 뒤 확대하여 크게 보여 주는 장치.
◆ 약조 약속.
◆ 임시臨時 그 무렵.

람은 너 하나야. 성실치 못한 아이들하고 얼려 다니다* 혹 나쁜 데 빠지거나 하면 첫째 네 꼴은 뭐구 내 모양은 뭐냐? 난 너 하나는 어디까지든지 공부도 시키구, 사람을 만들어 주려구 애를 쓰는데 너두 그 뜻을 받아 주어야 사람이 아니냐."

그리고 삼촌은 어떻게 뒤뚝* 맘 한번 잘못 가졌다가 영 신세를 망치고 마는 예를 이것저것 들어 말씀하고는 이후론 절대 이런 것 받아들이지 말라는 단단한 다짐을 받은 후 문기를 내보냈다.

문기는 아랫방에 내려와 혼자 되자, 삼촌 앞에서보다 갑절 얼굴이 달아올랐다. 지금까지 될 수 있는 대로 생각지 않으려고 힘을 써 오던 그 편에 정면으로 제 몸을 세워 놓고 보지 않을 수 없었다. 그러자 자기라는 몸은 벌써 삼촌의 이른바 나쁜 데 빠지고 만 것이었다. 그야 자기는 수만이가 시켜서 한 일이니까 잘못이 없다는 것이지만, 당초에 그것은 제 허물을 남에게 밀려는 얄미운 구실이 아니고 뭐냐. 그리고 문기는 이미 삼촌을 속였다. 또 써서는 아니 될 돈을 쓰고 말았다. 아아, 일찍이 어머니를 여의고 아버지란 사람은 일상 천 냥 만 냥 하고 허한 소리만 하면서 남루한 주제에 거처가 없이 시골, 서울로 돌아다니는 사람이고, 어려서부터 문기를 길러 낸 사람이 삼촌이었다. 그리고 조카의 장래를 자기의 그것보다 더 중히 알고 염려하며 잘 되어 주기를 바라는 삼촌이었다. 그 삼촌의 기대에 어그러지지 않는 인물이 되어 보이겠다고 엊그제도 주먹을 쥐고 결심하던 문기가 아니냐. 생각할수록 낯이 뜨거워지는 일이다. 마침내 문기는 공과 쌍안경을 집어 들고 문밖으로 나갔다. 어둑어둑 저물어 가는 행길이다. 문기는 골목으로 들어섰다. 대낮에 많은 사람 가운데에서 거리낌 없이 가지고 놀던 그 공이 지금은 사람이 드문 골목 안에서도 남이 볼까 두려워졌다. 컴컴해질수록 더 허옇게 드러나 보이는 커다란 공을 처치하기에 곤란해 문기는 옆으로 꼈다 뒤로 돌렸다 하며 사람의 눈을 피한다. 쌍안경이 든 불룩한 주머니가 또 성화다. 골목 하나를 돌아서 나올 즈음 문기는 모르고 흘리는 것인 양 슬며시 쌍안경을 꺼내 길바닥에 떨어뜨렸다. 그리고 걸음을 빨리 건너편 골목으로 들어간다. 개천가 앞에 이르렀다. 거기서 문기는 커다란 공을 바지 앞에 품고 앉아서 길 가는 사람이 없기를 기다린다.

자전거가 가고 노인이 오고 동이 뜬* 그 중간을 타서 문기는 허옇게 흐르는 물 위로 공을 던져 버렸다. 이어 양복 안주머니에 간직해 두었던 나머지 돈을 꺼내 들었다. 그것도 마저 던져 버리려다가 문득 들었던 손을 멈춘다. 그리고 잠시 둥실둥실 물을 따라 떠나가는 공을 통쾌한 듯 바라보다가는 돌아서 걸음을 옮긴다.

문기는 삼거리 고깃관을 향해 갔다. 그리고 뒷골목으로 돌아가 나머지 돈을 종이에 싸서 담 너머로 그 집 안마당을 향해 던졌다.

그제야 문기는 무거운 짐을 풀어 놓은 듯 어깨가 거뜬했다. 아까 물 위로 둥실둥실 떠가던 그 공, 지금은 벌써 십 리고 이십 리고 멀리 떠갔을 듯싶은 그 공과 함께 문기는 자기의 허물도 멀리 사라져 깨끗이 벗어난 듯 속이 후련했다. 그리고,

"다시는, 다시는."

하고 문기는 두 번 다시 그런 허물을 범하지 않겠다고 백 번 다지며 집을 향해 돌아간다. 그러나 문기는 그것만으로는 도저히 자기 허물을 완전히 벗을 수 없었다. 그가 자기 집 어귀에 이르렀을 때 뜻

◆ **얼려 다니다** 어울려 다니다.
◆ **뒤뚝** 중심을 잃고 한쪽으로 기울어지는 모양. 여기서는 '자칫'의 뜻.
◆ **동이 뜬** 뜸한 사이. '동'은 언제부터 언제까지의 동안. 또는 어디서 어디까지의 사이.

하지 않은 것이 기다리고 있다 나타났다.

"너 어디 갔다 오니?"

하고 컴컴한 처마 밑에서 수만이가 튀어나오며 반긴다.

"지금 느이 집 다녀오는 길이다."

그리고 문기 어깨에 팔 하나를 걸고 행길을 향해 돌아서며,

"어서 가자."

약조한 환등 틀을 사러 가자는 것이다. 극장 앞 장난 가게에 있는 조그만 환등 틀을 오고 가는 길에 물건도 보고 금*도 보아 두었던 것이다. 그리고 오늘 낮에도 보고 온 것이건만 수만이는,

"그새 팔리지나 않았을까?"

하고 걸음을 재촉한다. 문기는 생각 없이 몇 걸음 끌려가다가는 갑자기 그 팔을 쳐 내리며 물러선다.

"난 싫다."

수만이는 어리둥절해 쳐다본다.

"뭐 말이야? 환등 틀 사기 싫단 말이야?"

"난 인제 돈 가진 것 없다."

"뭐?"

하고 수만이는 의외라는 듯 눈이 둥그레지다가는 금세 능청스런 웃음을 지으며,

"너 혼자 두고 쓰잔 말이지. 그러지 말구 어서 가자."

"정말 없어. 지금 고깃관 집 안마당으로 던져 주고 오는 길야. 공두 쌍안경두 버리구."

하고 문기는 증거를 보이느라고 이쪽저쪽 주머니를 털어 보이는 것이나 수만이는 흥 하고 코웃음을 친다.

"누군 너만 못 약을 줄 아니?"

그리고 연실 빈정댄다.

"고깃관 집 마당으로 던졌다? 아주 핑계가 됐거든."

"거짓말 아니다. 참말야."

할 뿐, 문기는 어떻게 변명할 줄을 몰라 쳐다보기만 하다가 고개를 떨어뜨리고 울상을 한다.

"오늘 작은아버지에게 막 꾸중 들구. 그리고 나두 인젠 그런 건 안 헐 작정이다."

"그래도 나하구 약조헌 건 실행해야지. 싫으면 너는 빠져도 좋아. 그럼 돈만 이리 내."

하고 턱밑에 손을 내민다.

"정말 없대두 그래."

수만이는 내밀었던 손으로 대뜸 멱살을 잡는다.

"이게 그래두 느물거든."♦

이런 때 마침 기침을 하며 이웃집 사람이 골목으로 들어서자 수만이는 슬며시 물러선다. 그러나,

"낼은 안 만날 테냐. 어디 두고 보자!"

하고 피해 가는 문기 등을 향해 소리쳤다.

이튿날 아침이다. 학교를 가는 길에 문기가 큰 행길로 나오자 맞은편 판장♦에 백묵♦으로 커다랗게 '김문기는' 하고 그 밑에 동그라미 셋을 쳐 '○○○했다' 하고 써 있다. 그리고 학교 어귀에 이르러 삼거리 잡화상 빈지판♦에도 같은 것이 씌어

♦ 금 물건의 값.
♦ 느물다 말이나 행동을 능글맞고 흉하게 하다.
♦ 판장 널빤지로 친 울타리.
♦ 백묵白墨 '분필'의 옛 이름.
♦ 빈지판 벽이 무너지지 않도록 문지방 옆에 대는 널빤지 조각.

있는 것이다. 문기는 이번에도 무춤하고* 보다가는 얼른 모자를 벗어서 이름자만 지워 버렸다. 그러는 것을 건너편 길모퉁이에서 수만이가 일그러진 웃음으로 보고 섰다. 그리고 문기가 앞으로 지나가자,

"왜 겁이 나니? 지우게."

하고 뒤를 오면서 작은 소리로,

"그래, 정말 돈 너만 두고 쓸 테냐. 그럼 요건 약과다."

그리고 수만이는 추군추군하게 쫓아다니며 은근히 골렸다.

철봉 틀 옆에 정신없이 선 문기를 불시에 다리오금*을 쳐 골탕을 먹게 하였다. 단거리 경주 연습을 하는 척 달음박질을 하다가는 일부러 문기 앞으로 달려들어 몸째 부딪는다.

그리고 으슥한 곳에서 단둘이 만나는 때면 수만이는,

"너 네 맘대루만 허지. 나두 내 맘대루 헐 테다. 내 안 풍길* 줄 아니, 풍길 테야."

하고 손을 들어 꼽는다. 풍기기만 하면 첫째 학교에서 쫓겨날 것이요, 둘째 너희 집에서 쫓겨날 것이요, 그리고 남의 걸 훔친 거나 일반이니까 또 그런 곳으로 붙들려 갈 것이요, 하고는 또 풍길 테다.

사실 그다음 시간 교실을 들어갔을 때 문기는 크게 놀랐다. 칠판 한가운데,

"김문기는 ○○○했다."

가 커다랗게 씌어 있다. 뒤미처* 선생님이 들어왔다. 일은 간단히 선생님이 한번 쳐다보고 누구 장난이냐 하고 쓱쓱 지워 버리고는 고만이었지만 선생님이 들어오고 그것을 지우기까지의 그동안 문기는 실로 앞이 캄캄했다.

그러나 수만이는 그것으로 그만두지 않았다. 학교를 파해 거리로

나와서는 한층 심했다. 두어 칸 문기를 앞세워 놓고 따라오면서 연해 수만이는,

"앞에 가는 아이는 공공공했다지."

그리고 점점 더해 나중엔 도적질을 거꾸로 붙여서,

"앞에 가는 아이는 '질적도'했다지."

하고 거리거리 외며 따라오는 것이다.

문기 집 가까이 이르렀다. 수만이는 문기 앞으로 다가서며 작은 음성으로 조졌다.◆

"너 지금으로 가지고 나오지 않으면 낼은 가만 안 둔다. 도적질했다 하구 똑바루 써 놓을 테야."

문기는 여전히 못 들은 척 걸음만 옮긴다. 자기 집 마당엘 들어섰다. 숙모는 뒤꼍에서 화초 모종을 하는지,

"여기 심어라, 저기 심어라."

하고 아랫집 심부름하는 아이와 이야기하는 소리가 날 뿐 집 안엔 아무도 없다.

그리고 눈앞에 보이는 붙장◆ 안 앞턱에 잔돈 얼마와 지전 몇 장이 놓여 있다. 그리고 문밖엔 지금 수만이가 돈을 가지고 나오기를 기다리고 섰다. 여기서 문기는 두 번째 허물을 범하고 말았다.

"진작 듣지."

하고 빙그레 웃는 수만이 얼굴에다 뺨을 때리듯 돈을 던져 주고 문기는 달아났다.

급한 걸음으로 문기는 네거리 하나를 지났다. 또 하나를 지났다. 또 하나를 지

◆ 무춤하다 놀라거나 어색하여 동작을 갑자기 멈추다.
◆ 다리오금 무릎 뒤쪽의 오목한 부분.
◆ 풍기다 소문내다.
◆ 뒤미처 곧 뒤를 이어 따르다.
◆ 조지다 일이나 말이 허술하게 되지 않도록 단단히 단속하다.
◆ 붙장 그릇 등을 보관하기 위해 부엌 벽에 붙여 만든 장.

났다. 걸음은 차차 풀이 죽는다. 그리고 문기는 이런 생각을 하였다.

'자기는 몰래 작은어머니 돈을 축냈다. 그러나 갚으면 고만 아니냐. 그 돈 값어치만큼 밥도 덜 먹고 학용품도 아껴 쓰고 옷도 조심해 입고 이렇게 갚으면 고만 아니냐.'

몇 번이고 이 소리를 속으로 되뇌며 문기는 떳떳이 얼굴을 들고 집으로 들어갈 수 있을 만한 뱃심*을 만들려 한다. 그러나 일없이 공원으로 거리로 돌며 해를 보낸다.

날이 저물어서 문기는 풀이 죽어 집 마루에 걸터앉았다. 숙모가 방에서 나오다 보고,

"너 학교에서 인제 오니?"

그리고 이어,

"너 혹 붙장 안의 돈 봤니?"

하다가는 채 문기가 입을 열기 전에 숙모는,

"학교서 지금 오는 애가 알겠니. 참, 점순이 고년 앙큼헌 년이드라. 낮에 내가 뒤꼍에서 화초 모종을 내고 있는데 집을 간다고 나가더니 글쎄 돈을 집어 갔구나."

문기는 잠잠히 듣기만 한다. 그러나 속으로는 갚으면 고만이지 소리를 또 한번 외어 본다.

그날 밤이었다. 아랫방 들창 밑에 훌쩍훌쩍 우는 어린아이 울음소리가 났다. 아랫집 심부름하는 아이 점순이 음성이었다. 숙모가 직접 그 집에 가서 무슨 말을 한 것은 아니로되 자연 그 말이 한 입 걸러 두 입 걸러 그 집에까지 들어갔고 그리고 그 집 주인 여자는 점순이를 때려 쫓아낸 것이다. 먼저는 동네 아이들이 모여 지껄지껄하더니 차차 하나 가고 둘 가고 훌쩍훌쩍 우는 그 소리만 남는다. 방 안의 문기는

그 밤을 뜬눈으로 새웠다.

이튿날 아침이다. 문기는 밥을 두어 술 뜨다가는 고만둔다. 뭐 그 돈을 갚기 위한 그것이 아니다. 도시 입맛이 나지 않았다. 학교엘 갔다. 첫 시간은 수신◆ 시간, 그리고 공교로이 제목이 '정직'이다. 선생님은 뒷짐을 지고 교단 위를 왔다 갔다 하며 거짓이라는 것이 얼마나 악한 것이고 정직이 얼마나 귀하고 중한 것인가를 누누이 말씀한다. 그리고 안경 쓴 선생님의 그 눈이 번쩍 하고 문기 얼굴에 머물렀다 가고 가고 한다. 그럴 때마다 문기는 가슴이 뜨끔뜨끔해진다. 문기는 자기 한 사람에게만 들리기 위한 정직이요, 수신 시간인 듯싶었다. 그만치 선생님은 제 속을 다 들여다보고 하는 말인 듯싶었다.

운동장에서도 문기는 풀이 없다. 사람 없는 교실 뒤 버드나무 옆 그런 데만 찾아다니며 고개를 숙이고 깊은 생각에 잠기거나 팔짱을 찌르고 왔다 갔다 하기도 한다. 그러다 누가 등을 치면 소스라쳐 깜짝깜짝 놀란다.

언제나 다름없이 하늘은 맑고 푸르건만 문기는 어쩐지 그 하늘조차 쳐다보기가 두려워졌다. 자기는 감히 떳떳한 얼굴로 그 하늘을 쳐다볼 만한 사람이 못 된다 싶었다.

언제나 다름없이 여러 아이들은 넓은 운동장에서 마음대로 뛰고 마음대로 지껄이고 마음대로 즐기건만 문기 한 사람만은 어둠과 같이 컴컴하고 무거운 마음에 잠겨 고개를 들지 못한다. 무엇보다도 문기는 전일처럼 맑은 하늘 아래서 아무 거리낌 없이 즐길 수 있는 마음이 갖고 싶다. 떳떳이 하늘을 쳐다볼 수 있는, 떳떳이 남을 대할 수 있는 마음이 갖고 싶었다.

◆ 뱃심 염치나 두려움이 없이 제 고집대로 버티는 힘.
◆ 수신修身 지금의 '도덕' 과목.

오후 해 저물녘이다. 문기는 책보*를 흔들흔들 고개를 숙이고 담임선생님 집 앞을 왔다가는 무춤하고 섰다가 그대로 지나가고 그대로 지나가고 한다. 세 번째는 드디어 그 집 문 안을 들어서서 선생님을 찾았다. 선생님은 문기를 안방으로 맞아들였다. 학교에서 볼 때 엄하고 막막하던 선생님은 의외로 부드러이 웃는 낯으로 문기를 대한다. 문기는 선생님 앞에 엎드려 모든 것을 자백할 결심이었다. 그런데 선생님의 부드러운 태도에 도리어 문기는 말문이 열리지 않는다. 다음은 건넌방에서 어린애가 울어 못했다. 다음은 사모님이 들락날락하고 그리고 다음엔 손님이 왔다. 기어이 문기는 입을 열지 못한 채 물러나오고 말았다.

먼저보다 갑절 무겁고 컴컴한 마음이었다. 도저히 문기의 약한 어깨로는 지탱하지 못할 무거운 눌림이다. 걸음은 집을 향해 가는 것이지만 반대로 마음은 멀어진다. 장차 집엘 가서 대할 숙모가 두려웠고 삼촌이 두려웠고 더욱이 점순이가 두려웠다.

어느덧 걸음은 삼거리를 건너고 있었다. 문기 등 뒤에서 아주 멀리 뿡뿡 하고 자동차 소리와 비켜라 비켜라 하는 사람의 소리가 나는 듯하더니 갑자기 귀밑에서 크게 울린다. 언뜻 돌아다보니 바로 눈앞에 자동차 머리가 달려든다. 그리고 문기는 으쓱하고 높은 데서 아래로 떨어져 가는 듯싶은 감과 함께 정신을 잃고 말았다.

얼마 동안을 지났는지 모른다. 문기가 어렴풋이 눈을 떴을 때 무섭게 전등불이 밝아 눈이 부셨다. 문기는 다시 눈을 감았다. 두 번째 문기는 눈을 뜨자 희미하게 삼촌의 얼굴이 나타나며 그것이 차차 똑똑해지더니 삼촌은,

"너 내가 누군 줄 알겠니?"

하고 웃지도 않고 내려다본다. 문기는 이것도 꿈인가 하고 한번 웃어 주려면서 그대로 맑은 정신이 났다. 문기는 병원 침대 위에 누워 있었다. 어디 아픈 데는 없으면서도 몸을 움직일 수는 없다. 삼촌은 근심스런 얼굴로 내려다본다.

"작은아버지."

하고 문기는 입을 열었다. 그리고,

"저는 마땅히 받아야 할 벌을 받은 거예요."

하고 문기는 눈을 감으며 한마디 한마디 그러나 똑똑하게 처음서부터 끝까지, 먼저 고깃관 주인이 일 원을 십 원으로 알고 거슬러 준 것, 그 돈을 써 버린 것, 그리고 또 붙장 안의 돈을 자기가 훔쳐 낸 것, 이렇게 하나하나 숨김없이 자백을 하자, 이때까지 겹겹으로 싸고 있던 허물이 한 꺼풀 한 꺼풀 벗어지면서 따라 마음속의 어둠도 차차 사라지며 맑아 가는 것을 문기는 확실히 깨달을 수 있었다. 마음이 맑아지며 따라 몸도 가뜬해진다. 내일도 해는 뜨고 하늘은 맑아지리라. 그리고 문기는 그 하늘을 떳떳이 마음껏 쳐다볼 수 있을 것이다.

◆ **책보** 책을 싼 보자기. 지금의 책가방.

현덕

玄德, 1909~?

　서울에서 태어난 작가 현덕의 본명은 현경윤玄敬允입니다. 어린 시절의 그는 가난한 집안 형편 때문에 고달픈 일을 많이 겪었습니다. 여러 차례 이사를 다녀야 했고, 가족들과 흩어져 친척의 집에서 지내기도 했습니다.

　그런 환경 속에서도 학업 실력이 뛰어났던 그는 우수한 성적으로 고등학교에 입학했습니다. 그러나 가난 때문에 공부를 포기하고 공사장에서 노동자 생활을 하였습니다. 일본의 오사카로 건너갔을 때도 신문 배달부, 페인트공으로 일하면서 궁핍한 생활을 하였습니다.

　이후 문학에 뜻을 두게 되었고, 1938년《조선일보》신춘문예에 단편 소설 〈남생이〉가 당선되어 활발한 창작 활동을 펼쳤습니다. 그는 빈곤하고 고달팠던 자신의 체험을 바탕으로 한 작품들을 많이 발표했는데, 대표작으로는 〈남생이〉, 〈하늘은 맑건만〉, 〈나비를 잡는 아버지〉 등이 있습니다.

　현덕의 작품에는 힘겨운 상황을 딛고 일어서고자 하는 가난한 소년 소녀 주인공이 많이 등장합니다. 스스로 러시아의 대작가 도스토예프스키의 영향을 받았다고 밝히기도 했던 그는 가난한 사람들의 삶을 따뜻한 시선으로 그려 낸 작가입니다.

"저는 마땅히 받아야 할 벌을 받은 거예요"

이 작품은 우연히 얻은 공돈으로 인해 죄의식을 느끼는 소년의 미세한 심리 변화를 그린 작품입니다.

삼촌 댁에서 살고 있는 '문기'는 작은어머니의 심부름으로 고기를 사러 갔다가 고깃간 주인이 돈을 잘못 거슬러 주는 바람에 큰돈을 얻게 됩니다. 친구 '수만'이는 그 돈으로 갖고 싶었던 것을 사자고 유혹하고, 그 꾐에 넘어간 문기는 주인에게 돈을 돌려주지 않고 공과 쌍안경을 삽니다.

저녁이 되자, 삼촌은 문기가 산 장난감들을 발견하고 이게 웬 물건들이냐고 묻습니다. 문기는 수만이가 준 것이라며 거짓말로 둘러댑니다. 삼촌은 남이 주는 것이라도 함부로 받아서는 안 된다고 엄하게 꾸중을 합니다. 문기는 죄책감을 느껴 쌍안경과 공을 버리고 남은 돈은 고깃간 주인집 마당에 던져 넣습니다.

수만이는 문기가 돈을 혼자 독차지하려는 것으로 의심하며 남은 돈을 달라고 합니다. 그러지 않으면 '문기는 도적질을 했다'는 소문을 학교 안에 퍼뜨리겠다고 협박합니다. 결국 문기는 집에서 돈을 훔쳐다가 수만이에게 주었습니다. 그 일로 아랫집 심부름하는 점순이가 누명을 쓰고 주인집에서 쫓겨나자, 문기는 더욱 심한 죄책감에 시달립니다.

이제는 더 이상 떳떳하게 하늘을 바라볼 수 없는 자신을 느끼며 거리를 걷던 문기는 교통사고를 당합니다. 눈을 떴을 때 문기는 병실에 누워 있었고, 걱정스레 들여다보는 삼촌에게 자신의 잘못을 모두 고백합니다. 그리고 이제는 하늘을 떳떳이 바라볼 수 있게 되었음에 안도합니다.

아이들의 놀이터였던 당시의 골목 풍경

작품의 주된 배경은 주인공 문기가 살고 있는 작은아버지 집과 좁은 골목을 중심으로 한 하층민 아이들의 생활공간입니다. '하층민'이란 사회적 신분이나 생활수준이 낮은 사람들을 뜻합니다.

주인공 문기는 일찍 어머니를 여의고 자신을 보살펴 줄 아버지도 곁에 없습니다. 다행히 작은아버지 댁에 살며 학교를 다니고는 있지만, 마음껏 장난감을 사서 놀 수 있는 형편이 아닙니다. 그러다 보니, 또래 친구들과 어울려 노는 집 앞의 골목은 문기와 같은 가난한 아이들의 중요한 생활공간이 되었습니다.

학교나 시내의 큰길을 제외하면, 이들의 집은 좁은 골목골목으로 이어져 있습니다. 이 작품은 이러한 '골목'을 배경으로 어린아이인 주인공의 복잡한 심리 상태를 드러내고 있습니다.

당시 골목의 풍경은 오늘날과는 다른 면이 많습니다. 놀이터가 따로 없던 당시에는 골목 자체가 놀이터였습니다. 어느 동네든지 좁은 골목에는 왁자지껄 떠들면서 술래잡기나 딱지치기를 하는 아이들이 있었습니다. 아이들은 서로 엉겨 붙어 다투기도 하고, 사이좋게 음식을 나눠 먹기도 하면서 정다운 추억을 만들었습니다.

요즘은 어떨까요? 학교 수업을 마친 아이들은 미니

동네 골목에서 노는 아이들

버스를 타고 각자 학원으로 이동합니다. 친구들도 인터넷상의 미니 홈피나 컴퓨터 게임을 통해 사귀곤 합니다.

이 작품을 풍부한 감성으로 이해하기 위해서는 당시 서민들이 살아가는 골목 풍경을 상상해 보고, 그 공간에서 뛰어다니며 어울리는 아이들의 모습을 그려 볼 필요가 있습니다.

 # 평면적 인물과 입체적 인물

'인물'은 작품 속에 등장하여 사건을 이끌어 가는 존재로, 작가에 의해 창조된 사람을 가리킵니다. 작가는 등장인물의 행동과 사고, 인물들 간의 갈등 및 해결의 과정을 통해 작품의 주제를 드러냅니다.

인물은 성격의 변화에 따라 '평면적 인물'과 '입체적 인물'로 나눌 수 있습니다. 평면적 인물은 소설 속에서 성격이 처음부터 끝까지 변하지 않고 그대로 유지되는 인물이고, 입체적 인물은 사건의 전개 과정에서 어떤 영향을 받아 성격이 변화하는 인물입니다.

이 작품의 주인공 문기는 입체적 인물에 속합니다. 처음에 문기는 자신의 행동이 어떤 결과를 가져올지 깊게 고민하지 않습니다. 문기는 우연히 얻은 남의 돈을 친구와 함께 써 버리기로 하면서, 친구가 시키는 대로 한 것이니까 자기 책임은 없다고 생각합니다.

또한, 삼촌의 꾸지람을 듣고 반성을 했다가도 친구의 협박에 못 이겨 또 다른 잘못을 저지릅니다. 하지만 문기는 마음속 깊은 곳에서 외치는 양심의 소리 때문에 점점 더 괴로워합니다. 결국 문기는 모든 것을 털어놓음으로써 잘못을 뉘우치고 반성하게 됩니다. 그리고 스스로의 잘못을 이겨 낼 수 있는 굳센 마음, 떳떳한 마음을 지닌 소년으로 거듭나게 됩니다.

반면에 문기의 친구인 수만이는 평면적 인물에 해당합니다. 수만이는 장난감을 사자고 문기를 꼬드기고, 나중에는 남은 돈을 내놓지 않으면 문기가 도둑질을 했다는 소문을 내겠다고 협박까지 합니다. 이렇듯 소설 안에서 성격이나 행동이 전혀 변하지 않는 인물 유형을 평면적 인물이라고 합니다.

따뜻한 감동을 전하는
〈고구마〉와 〈나비를 잡는 아버지〉

현덕의 다른 대표작으로는 〈고구마〉와 〈나비를 잡는 아버지〉가 있습니다. 모두 어려운 삶을 살아가는 소년의 세계를 다룬 작품으로, 불행한 환경에 굴하지 않는 사람들의 이야기를 다루고 있습니다.

〈고구마〉는 어려운 환경 속에서 학교를 다니는 '수만'을 둘러싼 소년들의 갈등과 화해를 그린 작품입니다. 6학년 학생들이 실습으로 심은 고구마 밭에 도둑이 들게 되자, 인환이를 비롯한 여러 친구들은 가난한 수만이를 범인으로 지목합니다. 수만이는 학교 수업료를 대신하여 매일 아침 교장 선생님 댁의 마당도 쓸고 물도 긷는 등의 잔일을 하는 아이입니다. 다른 친구들도 수만이의 가난한 집안 형편과 초라한 차림새 때문에 그를 의심합니다. 다만 수만이의 바른 성품을 아는 기수만이 그를 믿어 줄 뿐입니다.

그러던 어느 날, 아이들은 수만이가 주머니에서 무언가를 꺼내 몰래 먹는 행동을 보고선 그를 고구마 도둑으로 내몰았고, 기수마저도 수만이를 의심하게 됩니다. 아이들은 힘으로 수만이를 제압하고 감춘 것을 빼앗지만, 그것은 딱딱하게 마른 눌은밥 한 덩이였습니다. 마침내 인환이와 기수 그리고 아이들은 부끄러움을 느끼며, 수만에게 진심으로 사과하게 됩니다.

〈나비를 잡는 아버지〉는 가난한 농부의 아들인 '바우'의 심리적 성장을 다룬 작품입니다. 방학을 맞아 집에 돌아온 마름집 아들인 경환이는 나비를 잡는다면서 아이들을 데리고 다니며 한껏 폼을 잡습니다. 하지만 가난하여 학교에 진학하지 못한 바우는 집에서 농사일을 거들고 있는 형편입니다.

자신의 처지에 대한 슬픔과 경환이에 대한 시샘으로 바우는 경환이를 골려주고, 경환이는 나비를 잡는다는 핑계로 바우네 밭을 짓밟습니다. 결국 둘은 주먹질을 하게 되고, 바우네는 농사지을 땅을 빼앗길 위기에 처합니다. 아버지는 바우에게 나비를 잡아 경환이네 집에 가져다주고서 사과하라고 하는데, 마음이 상한 바우는 나비를 잡을 생각이 없습니다.

　언덕에 앉아 분을 삭이던 바우는 밭에서 나비를 잡는 아버지를 보게 됩니다. 위태롭게 나비를 잡고 있는 아버지의 모습을 보자, 바우는 지금까지의 어두운 마음에서 벗어나 '아버지' 하고 소리쳐 부릅니다.

● 이 작품을 읽고 문기에 대해 알 수 있는 사실이 <u>아닌</u> 것은 무엇일까요?

① 문기는 친척집에서 살고 있다.
② 문기는 항상 문제를 일으키는 문제아다.
③ 문기의 거짓말은 또 다른 거짓말을 낳았다.
④ 문기는 자신의 행동으로 마음의 갈등을 겪는다.

● 이 작품에서 주인공인 문기의 마음은 크게 두 번 변화하고 있습니다. 문기가 자신의 잘못을 뉘우치고 바로잡으려고 노력하는 장면, 벌 받을 것을 각오하고 용기를 내어 행동하는 장면은 어디인가요?

● 이 작품에서 '골목'은 문기의 괴로운 심리 상태를 드러내는 역할을 합니다. 소설 안에서 문기의 마음을 보여 주는 골목의 풍경을 찾아봅시다.

● 이 이야기에서 문기는 자신이 그동안 갖고 싶었던 장난감을 갖게 되었지만 행복하지 않았습니다. 왜 행복을 느끼지 못했는지, 그 이유에 대해서 생각해 봅시다.

● 이 이야기 속에서 문기는 잘못을 저지른 뒤부터 하늘 쳐다보기를 두려워합니다. 그럴수록 문기는 예전처럼 '떳떳이 하늘을 쳐다볼 수 있는 마음'을 갖고 싶어 합니다. 여기서 '하늘'은 무엇을 의미할까요?

● 이 작품을 읽고 문기에 대해 알 수 있는 사실이 <u>아닌</u> 것은 무엇일까요?

① 문기는 친척집에서 살고 있다.

② 문기는 항상 문제를 일으키는 문제아다.

③ 문기의 거짓말은 또 다른 거짓말을 낳았다.

④ 문기는 자신의 행동으로 마음의 갈등을 겪는다.

답 ②번.

주인공 문기는 잘못 받은 거스름돈을 써 버리고 집 안의 돈을 훔치는 등, 잘못을 저질렀지만 그 일로 계속 괴로워하게 됩니다. 그러한 면을 볼 때 문기가 늘 잘못을 저지르는 아이는 아니라고 볼 수 있습니다.

● 이 작품에서 주인공인 문기의 마음은 크게 두 번 변화하고 있습니다. 문기가 자신의 잘못을 뉘우치고 바로잡으려고 노력하는 장면, 벌 받을 것을 각오하고 용기를 내어 행동하는 장면은 어디인가요?

이 작품은 주인공의 심리 변화를 중심으로 전개됩니다. 즉 문기가 잘못을 저지르고 심리적 갈등에 빠졌다가 헤어나는 과정을 보여 줍니다. 이러한 변화가 의미하는 것은 주인공의 내적 성장과 성숙이라고 할 수 있습니다.

이를 뒷받침하는 첫 번째 장면은, 문기가 삼촌의 충고를 받아들여 공과 쌍안경을 버리고, 남은 돈을 원래 주인집의 담 너머로 던져 넣는 대목입니다. 자신의 지난 잘못을 되돌리겠다는 주인공의 의지가 분명하게 드러납니다. 두 번째 장면은, 병실에서 자신의 잘못을 삼촌에게 고백하는 장면입니다. 문기는 용기를 내어 잘못을 고백함으로써 새로운 내적 성장을 이루게 됩니다.

● 이 작품에서 '골목'은 문기의 괴로운 심리 상태를 드러내는 역할을 합니다. 소설 안에서 문기의 마음을 보여 주는 골목의 풍경을 찾아 봅시다.

'그래도 으슥한 골목을 걸을 때에는 알 수 없는 두려움에 가슴이 두근거렸으나, 밝은 큰 행길로 나오자 다른 기쁨으로 변했다.'
'어둑어둑 저물어 가는 행길이다. 문기는 골목으로 들어섰다. 대낮에 많은 사람 가운데에서 거리낌 없이 가지고 놀던 그 공이 지금은 사람이 드문 골목 안에서도 남이 볼까 두려워졌다.'

● 이 이야기에서 문기는 자신이 그동안 갖고 싶었던 장난감을 갖게 되었지만 행복하지 않았습니다. 왜 행복을 느끼지 못했는지, 그 이유에 대해서 생각해 봅시다.

정당하게 얻은 돈이 아닌, 남의 돈으로 몰래 산 장난감이기 때문입니다. 이 때문에 문기는 양심의 가책을 느끼게 되고 마음이 불편해집니다. 결국 문기는 자신이 갖고 싶었던 공과 쌍안경을 버렸을 때, 비로소 마음의 자유를 얻게 되었습니다.

● 이 이야기 속에서 문기는 잘못을 저지른 뒤부터 하늘 쳐다보기를 두려워합니다. 그럴수록 문기는 예전처럼 '떳떳이 하늘을 쳐다볼 수 있는 마음'을 갖고 싶어 합니다. 여기서 '하늘'은 무엇을 의미할까요?

양심에 거슬리는 행동을 한 문기는 맑은 하늘 아래에서 자신의 허물을 감출 수 없기 때문에 그 하늘을 떳떳이 볼 수 없었습니다. 따라서 '하늘'은 문기의 마음을 비추어 주는 거울이자 양심을 상징합니다.

아버지와 아들

: 김동리 :

배는 바다 물결이 잔잔할 때는 순조롭게 앞으로 나아가지만, 풍랑이 몰아칠 때는 뒤집어지기도 하고 난파되기도 합니다. 마찬가지로 가정도 평화로울 때가 있고 위기에 내몰릴 때가 있습니다.

여러분의 가정이 가장 위태로웠던 때는 언제였나요? 부모님이 사업에 실패하거나 병에 걸려 식구들이 흩어져 지낸 적은 없었나요? 또한 그런 상황에서 여러분은 가족을 위해 어떤 노력을 하였나요?

이 작품 속의 소년은 병석에 누운 아버지를 대신하여 일을 하고, 죽을 고비를 넘기면서까지 가족을 돌봅니다. 여러분이 이러한 상황에 처했다면, 작품 속의 소년처럼 용기 있고 책임감 있는 행동을 할 수 있을까요? 소년에게 배울 점은 무엇인지 생각해 봅시다.

1

박승준이가 그의 어머니를 따라 지금의 아버지를 보게 된 것은, 그의 나이 여섯 살 나던 해였다.

그때까지 그는 그의 본 아버지를 잘 모르고 있었다. 그의 나이 세 살 때, 남양으로 징용◆에 끌려 나간 그의 아버지는 삼 년째 되던 해에 한 줌의 재가 된 채 유골이랍시고 돌아왔던 것이다.

이듬해 그의 어머니 윤씨는 개가◆를 했다. 그때 어머니의 나이는 갓 서른이라 하였다. 어린 승준은 주먹으로 눈물을 닦으며, 행여 어머니를 잃을세라 치맛자락을 잡은 채 따라갔던 것이다.

승준이의 새아버지는 성을 '신'이라 하였다. 동대문 밖 채석장◆에서 노동일을 하는 사람으로 나이는 마흔셋이라고 했다. 이마와 눈꼬리에 잔다란 주름살이 많이 잡히고, 광대뼈가 나오고, 코 밑에 노랑 수염이 담뿍 났으며, 얼굴빛은 본디 누런 편인데 햇볕에 그을어 검누른 빛이 되어 있었다. 본디 말이 적은 데다 목소리가 또한 낮고 가늘어서, 밖에서 들으면 통 남자 목소리라고는 없는 집 같았다.

이와 같이 말이 적고 목소리가 가는 승준이의 새아버지는 약주 대신 떡과 실과◆를 좋아하였다. 일터에서 집으로 돌아올 때면, 흔히 떡이나 실과를 사 들고 올 때가 많았다.

승준이의 어머니는 아버지가 사 들고 들어온 떡이나 실과를, 언제나 조그만 낡은 소반◆ 위에 얹어서 아버지 앞에 내어

◆ **징용徵用** 전쟁 따위가 벌어진 비상사태에 국가가 국민을 강제적으로 일정한 업무에 종사시키는 일. 여기서는 1940년대 일본이 일으킨 태평양 전쟁이 배경이다.
◆ **개가改嫁** 결혼하였던 여자가 남편이 죽거나 남편과 이혼하여 다른 남자와 결혼함.
◆ **채석장採石場** 건축이나 토목 따위에 쓸 돌을 캐거나 떠내는 곳.
◆ **실과實果** 과일.
◆ **소반小盤** 자그마한 밥상.

놓았고, 아버지는 또한 그것을 반드시 승준에게 나누어 줄 것을 잊지 않았다. 승준이가 혹시 밖에 나가고 없을 때엔, 승준이의 몫을 접시에 남겨 두었다가 내어 주곤 하였다.

실과 가운데서도 아버지가 제일 좋아하는 것은 참외, 참외 가운데서도 감참외*였다. 감참외의 위를 떼고, 그 주홍빛 살을 바라볼 때처럼 즐거운 것은 세상에 없다고 했다. 젊었을 때는 칼 한 자루만 주머니에 넣고, 여름내 참외를 깎아 먹고 돌아다니며 놀고 싶을 때도 많았다고, 새아버지는 언젠가 웃는 말로 이야기한 적도 있었다.

그렇게 좋아하는 참외건만, 그것을 매일 사다 먹을 수는 없었다. 원서동* 막바지 산기슭 밑에 손수 흙과 돌로 쌓아 올려 만든 조그만 오막* 속에 사는 그들의 살림 형편으로는, 군것질을 매일 할 수도 없는 노릇이다. 푼돈이 모자라는 날은 가끔 조그만 참외를 한 개씩만 사 들고 와서,

"옛다, 이거 먹어라."

하고, 그것을 승준에게 주고는 하였다.

승준이가 어린 마음에도 미안한 생각이 들어서,

"아냐요."

하고 고개를 흔들면, 아버지는 그 샛노란 이틀을 드러내어 상긋이 웃으며, 주머니에서 칼을 내어 맛나게 깎아서는, 한 점 베어 맛을 본 뒤, 끝내 승준이의 손에 들려 주곤 하였다.

2

어머니는 아버지가 일을 나가고 없을 때마다,

"너 새아버지 애를 태웠다가는 고대♦ 쫓겨나고 만다."

이런 말을 몇 번이나 일러 주었다.

승준이의 어린 마음에는, 어머니의 곁에서 쫓겨난다면 죽는 것과 같았기 때문에, 어떻게 해서든지 새아버지의 애를 태워 드려서는 안 되리라고 결심하였다. 그래서 처음은, 어떻게 하는 것이 아버지의 애를 태워 주는 겐지, 그것을 몰라서 아버지의 눈치만 살피게 되었다. 그리고 아버지가 시키는 일이면 무엇이든지 하리라고 결심하고 있었다.

그러나 새아버지는, 처음 얼마 동안 승준이에 대해서는 통 참견을 하지 않았다. 적어도 승준이의 눈에는 그렇게 보였다. 거의 이름을 부르는 일도 없었고, 심부름을 시키는 일도 없었다. 욕을 하거나 때려 주는 일은 더욱이 없었다. 그것이 승준에게는 여간 걱정이 아니었다. 그것은 새아버지가 자기를 마음속으로 꺼려하고 있기 때문이라고 믿어졌기 때문이었다.

그렇게 몇 달을 지내는 동안, 승준이는 차차 마음이 놓이기 시작하였다. 그것은, 그의 새아버지가 마음속으로 자기를 꺼려하고 있는 것이 아닌 듯했기 때문이었다. 그것은 무엇보다도, 그의 아버지가 떡이나 과실을 사왔을 때마다, 그것을 나누어 주는 것으로도 알 수 있다고 생각되었다. 뿐만 아니라, 한 해가 되도록 그의 아버지는 한 번

♦ **감참외** 참외의 한 종류. 속이 잘 익은 감같이 붉고 맛이 좋다.
♦ **원서동** 서울시 종로구에 있는 동.
♦ **오막** 오두막의 준말.
♦ **고대** 바로 곧.

도 승준이에게 욕을 하거나, 매를 때리지 않았다. 그래서 승준이는 아주 마음을 놓고, 아버지의 눈치를 살피는 버릇도 절로 없어져 버렸다.

3

승준이가 여덟 살 나던 해, 그의 어머니는 딸아이를 낳았다. 그리고 그 이듬해 봄에, 그의 아버지는 승준이를 초등학교에 넣었다. 그의 어머니가, 가난한 살림에 일이나 시켜 먹을 것을 뭣 하러 학교에 넣느냐고 반대를 했음에도 불구하고, 그의 아버지는,

"소학♦ 공부나 시켜 줘야 소경♦이나 면하지."

하고, 이웃집 반장 아저씨를 두 번이나 찾아가 부탁을 해서, 기어이 입학을 시켜 주었던 것이다.

승준이가 육학년 때 8·15 해방이 왔다. 해방이 되던 이튿날, 그의 아버지는 감참외와 성환 참외♦를 다섯 개나 사 안고 들어와서 식구끼리 먹으며,

"이제 해방이 돼서 다시 한번 생각해 보라고. 그때 내가 임자 말만 듣고 입학을 안 시켰다면, 지금 애가 어떻게 됐겠나?"

하고, 즐거운 낯빛으로 어머니에게 말했다. 어머니도 역시 즐거운 얼굴로,

"하기야 워낙 우리 힘이 달려서 그렇지, 나도 몰라서 그런 건 아녀요."

하고 대답하자, 아버지는 흐뭇한 낯으로,

"이제 해방은 됐겠다, 공부만 잘 해라."

하고 의미 있는 듯이 승준이를 건너다보았다.

이듬해 봄, 승준이는 초등학교를 졸업하자 중학에 들어가고, 동생 순이는 초등학교에 입학을 시켰다. 그때도 어머니가,

"품팔이 해서 사는 사람이 무슨 힘으로 저것들 공부를 다 시켜 낸 담! 승준이는 힘이 세니까 아버지 일이나 거들지."

하고 볼멘소리를 하였으나, 그의 아버지는 아무런 대꾸도 하지 않았다.

그때, 승준이는 열네 살이었다. 아버지가 만약, 중학은 그만두라고 한다면 어쩌나 하고 가슴이 조마조마하였으나, 끝내 입을 열지 않고 있던 그의 아버지는 기한까지 수속금◆을 꾸려다 주었다.

4

승준이가 열여섯 살 나던 해(그해 6·25가 터졌지만) 봄에, 그의 어머니가 세상을 떠났다. 어머니의 나이는 겨우 마흔두 살이었다. 심장병이라 하였다. 승준이는 고등학교 이학년이었고, 순녀는 열한 살에 초등학교 사학년 때였다. 그의 아버지는 그의 어머니의 초상◆을 치르자, 한 보름 동안이나 시름시름 앓으며 자리에서 일어나지 못했다.

순녀는 어머니의 초상 이래로 학교를 쉬고 있었다.

승준이는 차라리 자기가 쉬고, 순녀를 학교에 보내고 싶었으나, 그의 아버지와

◆ **소학小學** '초등학교'의 전 이름.
◆ **소경** 세상 물정에 어둡거나 글을 모르는 사람을 비유적으로 이르는 말.
◆ **성환 참외** 개구리참외의 다른 이름. 속살은 붉으며 껍질은 푸른 바탕에 개구리의 등처럼 얼룩덜룩한 무늬가 있다. 향기가 좋고 맛이 달다.
◆ **수속금手續金** 수속하는 데 드는 돈. 여기서는 입학금을 말한다.
◆ **초상初喪** 사람이 죽어서 장사 지낼 때까지의 일.

순녀 자신이 반대였다. 거기엔 승준이가 집안에서뿐 아니라, 학교에서도 많은 촉망◆을 받고 있는 우등생이란 이유도 있었겠지만, 그보다 그가 장차 집을 책임져야 할 처지에 있다는 것이 더 중요한 이유인 듯했다. 승준이도 자기가 장차 아버지와 순녀를 어떻게 해서든지 책임지리라는 각오가 있었기 때문에, 하는 수 없다고 생각하였다.

아버지가 자리에서 일어나자, 순녀는 다시 학교로 나갔다.

그러나, 그것도 며칠 동안이었다. 아버지가 일터에 나간 지 사흘 만에, '다이너마이트' 일을 보다가 허리를 다쳐서 남에게 업혀 들어온 뒤, 달포◆가 지나도록 일어나지 못했기 때문이다.

그동안 승준이는 몇 번이나 의사도 불러오고 약도 써 보았으나 병세는 조금씩 오르내릴 뿐 아무런 특별한 효험을 볼 수 없었다. 게다가 식음◆은 성할 때나 마찬가지로보다 국 한 그릇이라도 끓여야 했었기 때문에 살림은 마를 대로 마르고, 빚은 빚대로 불어 갈 뿐이었다.

승준이는 학교를 쉬기로 하고, 아버지가 나가던 채석장에 가 일을 하게 되었다. 뚝심은 아버지만 못지않았으나 일이 익지 않아서 품삯은 더 보잘것이 없었다. 그런 대로 세 식구 호구◆는 그럭저럭 되었으나, 아버지의 약을 쓸 수 없는 것이 안타까웠다. 아버지는 아버지대로 고깃국이 먹고 싶다느니 하고, 음식 타령을 하였다.

승준이는 승준이대로, 저희들이 밥 대신 죽을 먹더라도 일터에서 돌아올 때마다, 과실이나 떡이나 엿을 사다 그의 아버지 앞에 들여 놓는 것을 잊지 않았다. 그러면서 일반 야간부에 입학하여 학과를 계속하게 되었다. 그것이 유월 초순이었다.

승준이가 야간부에 나가기 시작한 지, 한 스무 날쯤 되었을 때, 6·25 동란◆이 터졌던 것이다. 6·25와 함께 채석장에서도 일을 쉬게 되었다. 일터를 잃은 승준이는 처음 동네(동위원회)에서 시키는 대로 길도 닦고, 송장◆도 치웠으나, 나중 남의 집을 뒤지고 사람을 잡으러 다녀야 했을 때부터는 동네 일도 그만두어 버렸다. 일을 쉬니 즉시로 먹을 것이 없어졌다.

"그렇지만 남의 집을 뒤지고 사람을 잡아 오라는데, 그 일을 어떻게 해요?"

승준이의 볼멘소리였다.

쾡한 눈으로 천장만 바라보고 누워 있던 아버지는,

"그러면 저 동대문 밖의 윤 생원 댁엘 가 봐라."

했다. 동대문 밖 윤 생원이라고 하면, 아버지와 같이 채석장에서 일을 하던 아버지의 친구였다.

윤 생원은 승준의 형편 이야기를 듣고 나더니,

"그거 참 딱하군."

하면서, 자기의 사위가 뚝섬◆에 큰 밭을 가지고 있으니, 그리로 가 보라고 편지를 써 주었다.

윤 생원의 사위는 뚝섬에 상당히 넓은 채소밭을 가지고 있었다. 그는 윤 생원의 편지를 읽고 나더니, 고개를 들어 승준이를 한 번 더 바라보며,

"학생이 신 생원의 아들이야?"

하고 물었다. 그는 베옷에 밀짚모자를 쓴, 나이가 서른 남짓 되어 뵈는 일꾼이었다.

승준이가 공손하게 대답을 하고, 일을

◆ **촉망囑望** 잘되기를 바라고 기대함.
◆ **달포** 한 달이 조금 넘는 기간.
◆ **식음食飮** 먹고 마시는 일.
◆ **호구糊口** 입에 풀칠을 한다는 뜻으로, 겨우 끼니를 이어 감을 이르는 말.
◆ **동란動亂** 전쟁 따위가 일어나 사회가 질서를 잃고 소란해지는 일. '6·25 동란'은 한국전쟁.
◆ **송장** 죽은 사람의 몸.
◆ **뚝섬** 서울시 성동구 성수동, 광진구 자양동, 구의동 일대.

좀 시켜 달라고 하자, 그는 채소밭을 한 번 휘 돌아보고 나서, 오늘은 그냥 가고 내일 새벽, 날이 채 밝기 전에 일찍이 와 보라고 했다.

이튿날 새벽, 걸어서 뚝섬까지 가니 주인은 이미 나와 있었다. 이보다는 더 일찍이 나와야 된다면서, 가지를 따라고 했다. 가지 밭에 들어서자, 승준이의 아랫도리는 이슬에 담뿍 젖어 버렸다. 저쪽 참외와 오이가 심어진 밭에서는, 주인집 아낙네들이 무슨 일을 하는지 뽀얀 안개 속에 엎드려 있는 것이 보였다.

밭 가운데를 나누어서 한쪽은 호박·참외·오이·가지 같은 것들이 심어져 있고, 한쪽은 열무·배추·고추 같은 것들이 심어져 있었다.

참외·오이·호박·가지·고추 같은 것들은 따 내어서 파는 것이 일이었고, 무와 배추는 솎아 내고 거름을 주어야 하기 때문에 한층 더 고된 일이 아닐 수 없었다. 게다가 승준이는 매일 문안*의 자기 집까지 들어왔다 나가기 때문에 여간 고단하지 않았다.

그렇게 사흘째 되던 날, 주인은 승준이에게,

"그러지 말고 승준이는 밭의 일보다 시장엘 다녀라."

하고, 자기에게 있는 낡은 리어카를 빌려 주며, 가지와 호박을 팔아 오라고 하였다.

어떤 날은 오이와 참외를 받아 나오기도 하고, 어떤 날은 열무를 싣고 나오기도 하였다. 그리하여 언제나 그 이튿날 아침, 밭에 가서 셈을 치르면 그 가운데에서 얼마씩을 떼어 승준에게 주었다.

일은 무척 고되나, 그것으로 그럭저럭 끼니를 이어 갈 수 있었고, 무엇보다도 다행인 것은, 매일 아침 그의 아버지에게 드릴 참외를 두어 개씩 그냥 얻어 올 수 있는 일이었다. 승준이는 승준이대로, 그렇게 그의 아버지를 생각해 주는 채소밭 주인이 그지없이 고맙고 놀라웠으며, 주인 쪽에서는 또한 승준이같이 마음이 바르고 착실한 아이는 처음이라고 믿어 주었다.

그렇게 지내는 얼마 동안은, 승준이에게 있어서는 오히려 다행했던 것이다. 그 뒤, 동네에서는 승준이가 제 일만 하고 동회♦에 나오지 않는다고 말썽이 일어났다.

"어떻게 합니까? 아버지는 두 달째 누워 계시고, 누이동생은 어리고, 제가 일을 하지 않으면 식구가 굶을 지경인걸요."

"동무같이 딱한 형편에 있는 사람이, 남반부♦에 동무 한 사람뿐이 갔소? 제각기 딱한 사정으로 말한다면 뉘래 있어 남반부를 해방시키갔소?"

동회 안에 있는 '민청'♦에서는 따발총을 안은 괴뢰군♦이 이렇게 사투리 말씨로 몰아세웠다.

승준이는 괴뢰군 사병과 말을 다투어도 소용이 없으므로 입을 다물 수밖에 없었다.

여기서는 자칫하면 '의용군'♦으로 끌려 나가게 된다는 것을, 승준이도 잘 알고 있었다. 동네에서 승준이네 형편을 비교적 알고 있는 동회장(인민위원장)이,

"승준이는 아버지가 노동자 출신이니, 승준이도 그만큼 성분이 좋으니까 우리가 믿는 거야, 알겠어? 이 길로 당장 한강 철교 복구장에 나가. 그러면 집에서도 굶도록 하지는 않을 테니까, 알겠어?"

이렇게 말하는 것은 승준이를 은근히

♦ **문안**間安 사대문(서울 동서남북에 있는 흥인문, 돈의문, 숭례문, 숙정문)의 안쪽 지역.

♦ **동회**洞會 동네의 일을 협의하는 모임.

♦ **남반부**南半部 38선을 경계로 한 한반도의 남쪽 지역.

♦ **민청**民靑 '북조선민주청년동맹'의 줄임말. 해방 후 1946년에 조직된 공산주의 단체.

♦ **괴뢰군**傀儡軍 꼭두각시처럼 조종하는 대로 움직이는 군대. 특히 북한 인민군을 소련의 꼭두각시로 비난하여 이르던 말이다.

♦ **의용군**義勇軍 민간인으로 조직된 군대 또는 군인.

감싸 주는 속셈이었다.

승준이도 이것을 거역할 수는 없었다. 그리하여 한 이틀 뚝섬엘 나가면 이틀은 동원에 끌려 나가게 마련이었다. 이렇게 되면, 언제 또 의용군으로 끌려 나갈는지 그것도 모를 일이다. 그것은 시간 문제에 지나지 않았다.

그의 아버지도 자리에 누운 채 걱정스러운 듯이,

"얘, 아주 뚝섬엘 나가 있구 들어오지 말렴. 한 열흘에 한 번씩 끓여 먹을 것만 조금씩 붙여 보내고……."

했다.

승준이도 아버지와 누이동생이 걱정스럽기는 하나, 최후의 경우에는 그러는 수밖에 없다고 생각하였다.

5

8월 중순께부터는 특수 기관에 있는 사람과 민청원밖에, 동네에 젊은 사람이라고는 구경할 수 없게 되었다. 모두가 의용군으로 끌려가지 않았으면 딴 데로 도망을 쳤거나, 그렇지 않으면 땅속에 깊숙이 숨어 버린 것이다.

승준이는 집이 오막이라 숨으려야 숨을 데도 없거니와, 또 숨을 곳이 있다고 하더라도 그가 숨어 버리면 세 식구의 입에 풀칠을 할 길이 없었다.

승준이는 전에 아버지가 말한 대로 뚝섬에 가 있기로 하였다.

뚝섬의 채소밭 주인도 승준이의 청을 그다지 달가워하지는 않았으나, 사정이 그렇다면 하는 수 있느냐고, 있기는 있되 자기로서 끝까지 책임을 질 수는 없다고 말했다.

"폐를 끼치지 않는다니, 어떻게 할 도리가 있어?"

주인이 물었다.

"아저씬 걱정 마셔요. 저게 다 저의 집입니다."

하며, 승준이는 웃는 얼굴로 호박 덩굴을 가리켰다.

밭 구석에는 서너 사람이나 은신◆을 할 만한 움막◆이 있었다. 그 즈음에는 주로 참외를 지키기 위한 것이었는데, 낮에는 햇볕을 가려 주었고, 밤에는 이슬을 피할 수 있었다. 그런데, 승준이는 그 움막을 가리키지 않고, 호박 덩굴을 가리켰던 것이다. 그것은, 승준이도 물론 보통 때는 움막을 이용하겠지만, 무슨 수상한 그림자가 비치기 시작하면 호박 덩굴 속으로 들어갈 셈판이었던 것이다.

게다가 승준이는 틈틈이 미루나무 가지와 아카시아 가지들을 꺾어 와서 호박 덩굴 사이에 이리저리 꽂아 두었으므로, 급할 때에 그러한 나뭇가지들을 이용하여 호박 덩굴 속에 숨으면 바로 곁에까지 와서 헤쳐 보기 전에는 도저히 알아낼 수 없이 되었다.

주인도 승준이의 은신술이 완전한 것을 보고는 안심하는 모양으로,

"너는 이다음 어떤 세상이 오더라도 넉넉히 살겠다."

고 칭찬해 주었다.

그렇다고 해서 승준이는 밤낮 숨어만 있는 것은 아니었다. 먼 곳에서 조금이라도 수상한 그림자가 비치기 전에는 밭에서 늘 일을 하고 있었다. 그러다 보니, 승준이는 거의 두 사람 몫의 일을 하게 되었

◆ 은신隱身 몸을 숨김.
◆ 움막 땅을 파고 위에 거적 따위를 얹고 흙을 덮어 추위나 비바람만 가릴 정도로 임시로 지은 집.

다. 주인 내외도 여간 만족해 하지 않았다. 하루 세 번씩 날라다 주는 밥이나 반찬도 승준이에게는 흡족할 정도였다.

그러나, 한 가지 걱정은 오랫동안 아버지와 순녀를 보지 못하는 일이었다. 양식과 반찬거리만은 주인집 아주머니가 이레에 한 번씩 가져다주지만, 병중에 있는 아버지가 자기에겐 연락도 못 한 채, 만약의 경우라도 당하면 어떻게 하나 하는 것이 가장 안타까웠다. 그리고, 전쟁도 또 언제 끝날는지 모르는 것을, 어느 때까지나 이렇게 호박 덩굴 속에만 누워 배길 수도 없는 노릇이라고 생각되었다.

그러는 동안 8월도 그믐이 지나고 9월 중순께가 되었다. 유엔군◆이 인천에 상륙했다는 소문이 전해져 왔다. 밤마다 인천 쪽 하늘은 진한 놀◆ 같은 불빛으로 물들어졌다. 차차 대포 소리가 들리기 시작하였다.

20일께가 되니, 벌써 유엔군이 한강을 건넌다는 소문이 들렸다. 밤이면 서울의 서남동 삼면의 하늘이 불바다가 되곤 했다. 대포알은 차차 그의 머리 위로 날아다니기 시작하였다.

23일부터는 시내에도 여기저기서 불길이 올랐다. 밤이 되니 서울시가 온통 불바다로 화해 버린 듯했다.

"아, 아버지와 순녀는 어떻게 되었을까?"

승준이는 밤이면 불바다가 되는 서울시를 바라보며 눈물을 죽죽 쏟았다. 게다가 식량을 가져간 지도 이레가 넘었으니, 마침 포탄을 피하고 불길에 휩쓸리지 않았다고 하더라도 그동안 무엇을 먹고 지낼까? 승준이는 가슴이 터질 것 같았다.

24일 밤, 승준이는 쌀 서 되와 그 위에 아카시아나무 뿌리를 싸서 얹은 뒤 가볍게 들고 시내로 들어왔다.

승준이는 동대문을 빠져 충신동으로 들어섰을 때부터, 무엇인지 자기의 걸음이 잘못된 것 같은 생각이 들었다. 달포 전에 그가 뚝섬으로 나갈 때와는 판이한 것이 골목마다 느껴졌다.

이화동에서 연건동 쪽으로 건너가다 붙잡혔을 때에는 가슴이 써늘하였다.

"누구야?"

하는 날카로운 목소리와 함께 검은 그림자 둘이 그의 곁으로 다가왔다.

"누구야, 손 들엇!"

검은 그림자는 총을 겨누며 가까이 다가왔다. 승준이는 자루를 쥔 채 손을 들었다.

"손에 든 건 뭐야?"

"약이야요."

승준이의 울음 섞인 목소리였다.

"약이 뭐야, 이리 냇!"

"아버지 약이야요. 아버지가 죽어 가고 있어요. 어쩜 벌써 죽었을 거여요."

총을 멘 자는 그냥 서 있고, 다른 작자가 자루를 끌었다.

"이게 뭐야?"

하고 아카시아 뿌리를 집어 들었다.

"그게 아버지 약이야요. 소동 나무 뿌리야요."

승준이의 두 볼에는 눈물이 번질번질하였다.

그자는 아카시아 뿌리를 먼저 승준이의 발 앞에 집어 던졌다. 그러고는 쌀자

◆ **유엔군** 세계 평화와 안전 유지를 위해 국제연합이 편성한 국제 군대.
◆ **놀** '노을'의 준말.

루도, 처음엔 아까운 듯이 가지고 있더니, 어떻게 생각했는지 그냥 던져 주며,

"어서 갓!"

했다.

6

한 번 위험한 고비를 지나고 나니 용기가 솟았다. 다음엔, 붙잡히더라도 지금 막 이화동에서 조사를 받았다고 말하면 통과되기가 쉬우리라 믿었기 때문이었다. 그리고 아버지가 죽어 간다고 하면, 아무리 괴뢰군이라 하더라도 놓아주리라 생각했던 것이다.

그러나 원서동에서는 형편이 좀 달랐다. 그는 원서동 큰 골목 어귀에서 붙잡히자, 이내 동회 사무소 가까이 있는 어떤 낯선 집으로 끌려 들어갔다. 큰 집이었다. 사랑채◆ 뒤를 돌아가니 지하실이 있었다. 깜깜한 어둠 속, 그 속으로 그는 끌려 들어갔다. 이미 먼저 들어온 사람들이 있는 모양이었으나, 처음엔 그저 눈이 빼인 것 같은 어둠 속이라, 무엇이 무언지 정신의 갈피를 잡을 수 없었다.

한 시간쯤 지나니 대략 20명쯤 되는 사람이라고 짐작이 되었다. 12시쯤 되어, 문 여는 소리가 나더니,

"당원◆ 이리 나와!"

하는 소리가 들렸다. 그러자 5, 6명이나 되는 사람이 기침을 하며 밖으로 나갔다.

"당원 없어?"

하는 날카로운 소리와 함께, 또 한 사람이 일어나 기침을 하며 밖으로 나갔다. 그러고는 다시 문이 닫히고 말았다.

한 30분 지나니, 먼저 나갔던 사람 가운데서 네 사람이 도로 들어왔다.

"아니, 같은 당원을 이러면 어떻게 되나?"

한 사람이 말하자, 또 한 사람이,

"남로당원◆은 본디 별도로 보니까."

했을 뿐, 그러고는 아무도 입을 떼지 않았다.

새벽 세 시쯤 되었을 때였다. 문 여는 소리가 나더니,

"한 사람씩 밖으로 나왓!"

하는 소리가 들렸다.

아무도 먼저 일어나는 사람이 없었다. 방 안은 무덤 속같이 고요할 뿐이었다. 이번에는 손전등을 켜서 방 안을 비추며,

"무스게 하는 거야, 빨리 나오쟁이코."

하더니 다시,

"당원부터 먼저 나왓."

하는 사투리 소리가 나더니 뒤이어,

"맨 나중 나온 자를 반동분자◆로 취급하겠어."

하고 위협까지 하였다.

그러자 열 몇이나 되는 사람들이 서로 다투어 앞에 나가려고, 한꺼번에 두세 사람씩 문설주◆에 머리를 부딪곤 하였다. 승준이가 맨 끝이 되었다.

◆ **사랑채** 주로 집안의 남자 주인이 머물며 손님을 접대하는 곳.
◆ **당원** 정당의 구성원이 된 사람. 여기서는 공산당원을 뜻함.
◆ **남로당원** 1946년 11월 서울에서 결성된 공산주의 정당인 남조선노동당(남로당)에 소속되어 있는 사람.
◆ **반동분자反動分子** 발전적인 움직임을 반대하여 가로막는 행위를 하는 자.
◆ **문설주** 문짝을 끼워 달기 위하여 문의 양쪽에 세운 기둥.

"동무는 손에 든 게 뭐야?"

하고, 다른 괴뢰군이 승준이를 보며 물었다.

"아, 아버지 약이야요, 아, 아버지가 주, 죽어 가구 있어요."

승준이는 엉엉 우는 소리로 이렇게 대답했다. 그의 두 볼에서는 정말 눈물이 줄줄 흘러내리고 있었다.

"잉, 동무는 효자요, 앵?"

먼젓번의 사투리가 가슴에 안은 따발총을 자랑삼아 내밀며, 정말인지 핀잔인지 이렇게 한마디 내던졌다.

키 큰 괴뢰군이 앞에 나서며,

"한 줄로 나란히 서요."

하더니 이내,

"번홋!"

하는 호령이었다.

하낫, 둘, 셋, 넷, 다섯, 여섯…… 열넷, 모두 열네 사람이었다.

"지금 부른 번호 순서대로, 일렬종대*로 내 뒤를 따라와요."

하고 키 큰 괴뢰군이 앞장을 섰다. 중간에는 당원 같은 자가 둘이서, 하나는 권총을 들고 하나는 방망이를 들고 따라왔다. 그리고 맨 뒤에는 사투리의 따발총이 따라왔다.

원서동 막바지 승준이의 집이 보이는 옆 골목을 돌아 산기슭으로 올라갔다.

산등성이를 한 50미터나 올라가 조금 펑퍼짐한 자리에 일렬로 가서 앉으라고 했다.

"여기서 동무들 신분 조사를 하겠어. 조사한 결과에 따라서 각각 동무들 원하는 데로 보내 주게스리."

하는 사투리 소리를 뒤이어, 이번에는 권총을 들고 따라오던 자가,

"자, 그럼 모두 저쪽으로 향해 돌아앉으시오."

하고 산골짜기 쪽을 가리켰다.

일동은 무슨 주문에나 걸린 것처럼 산골짜기 쪽을 향해 돌아앉았다.

승준이는 아까부터 그의 아버지가 잠을 깨어 그들의 뒤를 따라오고 있는 것이라고 착각을 일으키고 있었다. 그들이 막 그의 집이 보이는 옆 골목을 돌아 산기슭으로 오르고 있을 때, 어디선지 쑤군쑤군하는 소리와 함께 개 짖는 소리가 들리었고, 그때 잠을 깬 그의 아버지가 기침을 하며 그들의 뒤를 따라오고 있는 것이라 하였다.

지금 막 산골짜기로 향해 돌아앉으라고 했을 때, 그 어두운 산골짜기 아래서 그의 아버지의 기침 소리가 나며 승준아, 하고 부르는 소리가 들린 것과 같은 순간에, '버러럭' 하는 따발총 소리가 났다고 기억되었다.

…… 승준이는 골짜기로 굴러 떨어지고 있었다. 산등성이에서는 아직도 와글와글하는 사람 소리가 들려왔다. 승준이는 총알이 그의 왼쪽 귀 끝을 스쳐 갔다고 느껴졌다. 그는 골짜기에서 그냥 구르듯이 산기슭 아래로 미끄러져 내려갔다.

승준이의 집은 다행히 바로 산기슭 밑이었다. 그는 가만히 방문을 열었다.

"순녀야."

승준이의 가는 목소리였다.

"어서 들어오너라."

그의 아버지는 눈을 뜬 채 누워 있었다.

순녀는 어느덧 일어나 앉았다.

승준이는 두근거리는 가슴을 누르며

◆ **일렬종대**一列縱隊 앞뒤로 길게 줄을 지어 한 줄로 늘어선 대형.

가만히 경과* 이야기를 했다. 괴뢰군이 그의 뒤를 밟아서 따라오고 있는 듯했기 때문이었다.

"아버지, 나 우선 이웃에 어디 숨을 데 없겠어요?"

"……."

그의 아버지도 잠자코 고개를 끄덕거렸다. 그러고는 조금 있더니,

"순녀를 저쪽 조합집에 보내서 사정해 봐라."

했다.

순녀가 나갔다. 개 짖는 소리가 났다. 어느덧 순녀가 붙잡히지 않았나 하고, 그동안에도 승준이는 겁이 더럭 났다.

그러나 순녀는 무사히 돌아왔다.

"오빠, 보내래."

순녀의 가는 목소리. 조합집에서도 둘째 아들 석이를 집 안에 숨기고 있다는 것은 이웃 간에서 은근히 알고 있는 터였다. 승준이는 그 집 석이와 함께 숨기로 되었다.

7

9·28*을 맞이한 승준이는 맨 먼저 뚝섬 아저씨를 찾아갔다. 여름 동안에 신세진 것을 인사도 할 겸, 앞으로 계속하여 일을 시켜 달라고 다시 부탁도 드려야 할 형편이었던 것이다.

6·25를 같이 난 뚝섬 아저씨는 이번에는 승준이를 친조카나 보듯이 반가이 맞아 주었다.

"일거리는 얼마든지 있다. 그렇지만 네가 일만 해서 어쩌느냐?"

하고 승준이의 전도*까지 걱정해 주었다.

그러나 승준이는 6·25 이전부터 다니던 야간학교가 있어서, 학과는 그대로 계속할 수 있다고 믿음직하게 대답하였다. 그리하여 그는 또 6·25 때와 같이 뚝섬 아저씨네 리어카를 빌어서는, 무와 배추를 실어 내다 팔고 이익의 일부를 나누어 가지게 되었다. 그 일은 김장 때까지 계속되었다.

그러나 또다시 걱정거리는 유엔군이 도로 후퇴를 한다는 소문이었다. 12월 초순께부터 슬금슬금 남쪽으로 내려가는 사람들이 늘어 갔다.

12월 열흘께나 되니 기차로 배로 트럭으로 피난의 행렬은 그칠 줄을 몰랐다.

열흘에서 스무날께까지가 한 고비였다. 벌써 크리스마스 전날부터는 서울 안이 휑뎅그렁해졌다.*

6·25 때 죽을 고비를 넘긴 승준이라, 이번에는 자기도 어떠한 일이 있든지 기어코 남하*하리라 결심하였다. 그러나 정작 떠나겠다고 생각하니 아득하였다. 돈이 없다거나, 남쪽에 연고자*가 없는 것은 오히려 둘째 문제라 하였다. 병들어 누워 있는 아버지가 문제였다.

아버지는 처음부터 자기 걱정은 말고서 순녀나 데리고 떠나가라고 했지만, 자리에서 잘 일어나지도 못하는 병든 아버지를 혼자 두고 떠나간다는 것은 차마 할 수 없는 노릇이었다. 더욱이 식량과 연료도 자기가 떠나면 며칠 가지 않아 떨

◆ 경과經過 일이 되어 가는 과정.
◆ 9·28 1950년 9월 28일. 한국전쟁 중 북한 공산군에게 점령되었던 수도(서울)를 되찾은 날.
◆ 전도前途 장래. 앞으로 나아갈 길.
◆ 휑뎅그렁하다 속이 비고 넓기만 하여 매우 허전하다.
◆ 남하南下 남쪽으로 내려감.
◆ 연고자緣故者 관계 맺고 있거나 인연이 있는 사람.

어질 것이요, 또 설사 있다고 하더라도 누가 밥을 지어 주며 병을 돌봐 줄 것인가.

나중 아버지는, 승준이가 자기로 말미암아 애를 태우며 떠나지 못하는 것을 보자, 정 그러면 순녀를 자기에게 남겨 두고 떠나라고 했다. 그러자 승준이로서는 그것도 할 수 없는 노릇이었다.

온 동네가 다 비는데, 순녀가 있은들 어디 가서 무슨 재주로 식량과 연료를 구해 온단 말인가. 연료는 혹시 남겨 두고 떠난 사람이 있으니 그것을 어떻게 돌려쓴다 하더라도, 식량을 남겨 두고 떠나는 집은 좀처럼 있을 것 같지 않았다. 또 있다고 한들 어린 순녀가 무슨 재주로 그것을 꺼내 올 수 있단 말인가. 순녀를 두고 간다면 아버지와 순녀마저 굶겨 죽이고 말 것이라고 승준이는 생각하였다.

리어카에나마 아버지를 태워서, 자기가 밀고 가는 대로 가 보리라고 결심한 것은 스무엿샛날이었다. 그길로 승준이는 뚝섬으로 뛰어갔다. 그러나 뚝섬 아저씨네 집에서는 이미 스무하룻날 떠나 버렸고, 두 개나 있던 리어카도 다 어디로 갔는지 빈 뜰에는 무 시래기만 이리저리 흩어져 있을 뿐이었다. 그것을 본 승준이는 순간 무서운 생각이 들었다. 동시에, 진작 리어카를 하나 빌어다 두지 않았던 자기 자신이 밉고 원망스러워 견딜 수 없었다. 그는 처음부터 최악의 경우에는 리어카에라도 아버지를 태워 가리라 하는 생각이 없었던 것은 아니다. 그러면서도 그러한 최악의 경우가 오지 않기를 바라던 나머지 그 리어카마저 손에 넣지 못하고 말았던 것이다.

언제나 불행한 환경 속에서도 희망과 용기를 잃지 않던 승준이도 섣달그믐께는 거의 암담한 절망 상태에 빠졌다.

마지막으로 신문사를 찾아가 호소할 결심을 한 것은 정월 초하룻날이었다. 그때는 이미 서울 포기도 결정적으로 되어 있었다.

승준이의 사정 이야기를 대강 들은 신문사의 아저씨는 저녁때 다시 와 보라고 말했다. 승준이는 저녁때까지 신문사에서 떠나지 않았다. 그러자 다시 내일 아침에 와 보라고 했다.

이튿날 아침 일찍이 신문사로 달려간 승준이는 거기서, 내일 오후 한 시까지 서울역으로 나오라는 놀라운 소식을 들었다.

"저의 아버지는 제가 떠나 버리면 혼자서 죽게 돼요. 전 죽더라도 혼자서 떠날 수는 없겠어요."

승준이의 두 눈에서는 또 눈물이 흘러내렸다.

"그렇지만 어떡하니? 서울역까지만 모셔 오란 말야. 기차에 타는 건 내가 책임지고 말해 줄 테니까."

"그럼 전 아저씨만 믿겠어요. 저의 동생도 있어요. 열한 살 난 계집애여요."

"글쎄, 서울역까지만 나오래두."

"그럼 아저씨만 믿겠어요."

승준이는 그제야 한숨을 내쉬며 집으로 돌아갔다. 서울역까지만 아버지를 업고 나갈 수 있다는 자신이 들었기 때문이었다.

승준이가 집에 들어가자, 아버지와 순녀는 겁에 질린 듯한 퀭한 두 눈으로 그를 쳐다보았다.

"오빠, 안 가?"

순녀의 가늘게 떨리는 목소리였다.

"······."

아버지도 걱정스러운 듯한 얼굴로 승준이를 쳐다보았다.

"아버지, 인제 됐어요."

승준이는 힘 있는 목소리로 먼저 이렇게 말을 시작했다.

그러자 순녀는 기쁜 낯으로 방긋이 웃어 보이며, 벌써 여러 날 전부터 꾸려 두었던 보따리들을 어루만졌다.

그러나 아버지는 도로 천장만 쳐다보고 가만히 누워 있더니,

"내가 어떻게 간단 말이냐?"

하고 힘없이 중얼거렸다.

"서울역까지만 모시고 나오랬어요. 염려 마셔요."

승준이는 단호한 결의를 가진 얼굴이었다.

이튿날 아침 일찍이 승준이와 순녀는 짐을 하나씩 가지고 역으로 나갔다. 그리하여 순녀는 거기서 그것을 지키고 있게 하고, 승준이는 혼자서만 또 한 번 짐을 메어다 날랐다.

세 번째는 아버지를 업어 갈 차례였다.

"아버지, 염려 마세요."

승준이는 아버지를 안아 일으키며 또 한 번 다지었다. 그때는 이미 아버지도 모든 것을 승준이에게 맡겼다는 듯이 힘이 없으면서도 부드러운 목소리로,

"오냐."

했다.

"아버지, 담요를 단단히 머리까지 푹 쓰셔요."

승준이는 등에 업힌 아버지가 의외로 가볍다고 느끼며, 눈바람이 휘몰아치는 원서동 골목을 빠져나와 서울역으로 향해 걸어가고 있었다.

김동리
金東里, 1913~1995

경상북도 경주에서 태어난 작가 김동리의 본명은 김시종金始鍾입니다. '동리東里'라는 필명은 동양철학자로 잘 알려진 큰형 김범부가 지어 준 것입니다. 김동리는 학창 시절부터 문학에 소질을 보여 '글 잘 쓰는 아이'로 자자했습니다. 집안 형편이 어려워 열여섯 살에 학교를 중퇴한 뒤에는 본격적으로 문예 창작에 몰두하였습니다. 시인 서정주, 박목월, 김달진 등과 친분을 쌓다가 22세에 시인으로 등단하였고, 다시 소설을 쓰기 시작하여 〈화랑의 후예〉로 이름을 알리게 되었습니다.

해방 이후에 김동리는 정치 성향을 가진 문학인들에 반대하여 순수문학을 주장했고, 이를 계기로 한국 문단에 중요한 자리를 차지하게 되었습니다. 또 1955년에는 《현대문학》의 창간을 주도하였습니다. 《현대문학》은 현재 우리나라에서 가장 오래된 순수 문예지로서, 지금까지 수백 명의 뛰어난 시인과 소설가를 배출했습니다.

일찍부터 동양, 서양의 종교 및 철학에 심취한 김동리는 소설 속에서 종교와 운명의 문제를 그려 낸 작가로 잘 알려져 있습니다. 대표적인 작품으로는 토속 종교와 외래 종교의 대립을 그려 낸 〈무녀도〉, 한 가족의 엇갈린 운명을 담아낸 〈역마〉, 인간의 구원을 주제로 한 《사반의 십자가》, 〈등신불〉 등이 있습니다. 이러한 소설들은 삶에 대한 한국인의 전통적인 사고방식을 잘 보여 준 것으로 평가되고 있습니다.

김동리는 토속적이고 민족적인 문학만이 진정한 세계 문학이 될 수 있다고 생각한 작가였습니다.

"전 죽더라도 혼자서 떠날 수는 없겠어요"

　이 작품은 1950년 한국전쟁이 발발한 시기를 배경으로, 위기 상황을 슬기롭게 헤쳐 나간 소년의 모습을 그리고 있습니다.

　승준이는 여섯 살 때 아버지를 잃고 새아버지 밑에서 자라게 됩니다. 새아버지를 속상하게 하면 집에서 쫓겨날 거라는 어머니의 말에 승준이는 새아버지 앞에서 마음을 놓지 못합니다. 하지만 노동일을 하시는 새아버지는 넉넉지 않은 형편에도 퇴근길에 떡과 과일을 사 오는 인자한 분입니다. 그리고 가난한 형편 속에서도 승준이가 계속 공부할 수 있도록 배려하는 등 친자식처럼 아끼고 사랑해 줍니다.

　승준이가 열여섯이 되던 해, 어머니는 심장병으로 세상을 떠나고 새아버지마저 일터에서 허리를 다치게 되었습니다. 승준이는 생계를 위해 아버지가 다니던 채석장에 나가 일을 합니다. 그러던 와중에 전쟁이 터지고, 북한군이 서울을 점령하게 됩니다. 승준이는 북한군이 시키는 일을 닥치는 대로 하였으나, 도망친 사람을 잡아 오라는 명령만은 따를 수 없어 뚝섬 채소밭에 새 일자리를 구합니다. 그해 8월, 젊은이들은 북한군에게 잡혀가거나, 그렇지 않은 사람들은 멀리 도망쳤습니다. 아픈 아버지와 어린 동생을 돌봐야 하는 승준이는 채소밭에 숨어 지내기로 합니다.

　한 달 후 유엔군이 서울에 들어온다는 소식이 들리자, 승준이는 아버지 건강이 걱정되어 집으로 향합니다. 그러나 동네 어귀에서 북한군에게 잡히고, 다른 사람들과 함께 지하실에 갇혀 있다가 산으로 끌려갑니다. 그곳에서 북한군은 사람들을 뒤돌아서게 하고는 기관총을 쏘아 댑니다. 그 순간 골짜기에서 굴러 떨어져 간신히 목숨을 건진 승준이는 집으로 돌아갔다가 이웃집에 몸을 숨깁니다. 9월 28일, 유엔군이 서울에 들어오자 승준이는 다시 뚝섬 일을 시작할 수 있게 되었습니다.

그러나 12월 초, 다시 유엔군이 후퇴를 한다는 소문이 들려오면서 사람들은 너나 할 것 없이 피난을 떠납니다. 승준이는 어떡해서든 병든 아버지와 어린 동생을 데리고 가기 위해 신문사에 찾아가 사정을 호소합니다. 다행히 신문사 아저씨는 서울역까지만 오면 피난 열차를 태워 주겠다는 약속을 했습니다. 승준이는 눈바람이 휘몰아치는 날, 아버지를 업고 동생과 함께 서울역으로 떠납니다.

 ## 1950년 한국전쟁의 현장 속으로

한국전쟁은 한민족인 남한과 북한이 서로에게 총을 겨눠야 했던 불행한 사건이었습니다. 광복 후 한반도는 남한과 북한으로 나뉘어 미국과 소련의 통치를 받았고, 크고 작은 분쟁을 벌이다가 전쟁이 터지고 만 것입니다. 〈아버지와 아들〉은 이러한 역사적 사건들을 바탕으로 하고 있습니다. 즉, 작가는 허구적인 이야기 속에 실제 사건을 집어넣어 사실적인 느낌을 주고 있습니다.

소설 속의 시간은 1950년 12월에서 멈추지만, 한국전쟁은 1953년 7월 휴전을 맺을 때까지 계속되었습니다. 그로 인해 많은 사람이 죽거나 다쳤고, 살아남은 사람들도 가난과 질병에 시달릴 수밖에 없었습니다. 이 작품의 시간적 배경이 되고 있는 1950년의 전쟁 상황을 소설 속 내용과 비교하면 다음과 같습니다.

유엔군이 압록강 근처까지 진격했으나, 중국이 인민군에게 병력을 지원함으로써 다시 후퇴하기 시작함. 결국 1951년 1월 4일, 서울을 빼앗김. 당시 수많은 피난민이 남쪽으로 향함.

병력을 재정비한 유엔군과 한국군이 연합작전을 펼쳐 1951년 3월 14일 서울을 되찾음. 이후 38선 근처에서 지루한 공방전을 벌였는데, 이때 쳤던 방어선이 휴전선으로 자리 잡음.

남한을 지원하기 위해 조직된 유엔군이 인천에 상륙하여 서울을 되찾게 됨.

미국, 소련, 중국이 참여한 여러 차례의 회담을 거쳐 판문점에서 휴전 협정 체결.

새벽 4시 북한의 인민군이 남침하여 28일까지 서울 장악.

| 1950. 6. 25 | 1950. 9. 28 | 1951. 1. 4 | 1951. 3. 14 | 1953. 7. 27 |

16세의 승준이는 채석장 일을 그만둔 뒤, 동위원회에서 시키는 일을 함. 그러나 사람을 잡으러 다니는 것이 싫어서 뚝섬에 새 일자리를 구함.

1950년 12월 유엔군이 후퇴한다는 소문이 들려오자 승준이는 아버지와 여동생을 데리고 피난길에 오름.

8월, 승준이는 의용군으로 끌려가지 않으려고 뚝섬 채소밭에 숨어 살며 일을 함. 유엔군이 한강을 건넌다는 소식에 북한군은 23일부터 서울을 버리고 떠나면서 서울 곳곳에서 전투가 벌어짐. 승준이는 집으로 돌아가는 길에 인민군에 붙잡히지만 총살을 당하려는 순간 목숨을 건져 집으로 돌아옴. 9월 28일부터는 다시 뚝섬에서 일을 함.

'말하기'와 '보여 주기'의 차이

소설에서 인물의 성격이나 심리를 나타내는 방식은 여러 가지가 있습니다. 그중 가장 많이 쓰이는 것이 '말하기'와 '보여 주기'입니다. '말하기'는 인물의 성격이나 심리를 소설 속에 직접적으로 드러내는 것을 뜻하며, '보여 주기'는 대화나 행동을 통해 간접적으로 드러내는 것을 의미합니다.

예를 들어 여러분이 작가가 되어 외로운 소년에 관한 소설을 쓴다고 생각해 봅시다. 여러분이 "소년은 무척 외로웠다."고 감정의 상태를 직접 쓴다면 이것은 말하기에 해당됩니다. 반대로 "소년의 주변은 아무도 없었다. 소년은 고개를 숙이고 눈물을 흘렸다."라고 행동을 묘사한다면 보여 주기가 되는 것입니다.

말하기의 방식을 사용하면 사건이 요약적으로 제시되면서 소설이 빠르게 진행됩니다. 반대로 보여 주기를 사용하면 한 사건이 좀 더 자세하고 생생하게 그려지게 됩니다. 그렇다면 〈아버지와 아들〉은 말하기와 보여 주기 중 주로 어떤 기법을 사용하고 있을까요? 소설의 한 부분을 살펴봅시다.

> "승준이의 어린 마음에는, 어머니의 집에서 쫓겨난다면 죽는 것과 같았기 때문에, 어떻게 해서든지 새아버지의 애를 태워 드려서는 안 되리라고 결심하였다."

인용된 부분에는 승준이의 심리가 말하기를 통해 직접적으로 드러나고 있습니다. 만일 이 부분을 승준이의 걱정스러운 표정이나 말로 대신했다면 보여 주기가 되었을 것입니다.

　이처럼 김동리는 〈아버지와 아들〉에서 말하기 방식을 주로 사용하고 있습니다. 그 이유는 무엇일까요? 아마도 짧은 분량 안에 10여 년의 이야기를 담아야 했기 때문일 것입니다. 즉, 말하기의 방식은 일제 강점기에서 한국전쟁에 이르는 기간에 생겨난 많은 사건을 요약적으로 전개할 때 더욱 효과적인 방식이라고 볼 수 있습니다. 이를 통해 작가는 계속되는 가난과 고통 속에서도 힘을 합쳐 그것을 극복해 나가는 가족의 이야기를 속도감 있게 그려 내었습니다.

김동리의 정신적 지주였던 큰형

〈아버지와 아들〉에서 어린 승준이는 새아버지의 보살핌으로 훌륭하게 자라납니다. 새아버지는 가난한 살림에도 승준이를 학교에 보내 주었고, 덕분에 승준이는 열심히 공부할 수 있었습니다.

〈아버지와 아들〉의 승준이에게 새아버지가 있었다면 작가 김동리에게는 큰형 김범부가 있었습니다. 한학자이자 동양철학자로 잘 알려진 그는 아우에게 '동리'라는 호를 지어 주기도 하였습니다.

김동리의 기억에 따르면, 그의 형제들은 술을 좋아했던 아버지 대신 큰형에게 많이 의지했습니다. 김범부 또한 그런 동생들을 아껴 따뜻하게 보살펴 주었다고 합니다. 동생에 대한 형의 사랑을 알 수 있는 일화가 있습니다.

평생 학자의 길을 걸었던 김범부는 딱 한 번 서점을 운영한 적이 있습니다. 김동리가 6학년이 될 무렵, 돈을 벌기 위해서가 아니라 동생들에게 책을 읽히기 위해서였습니다.

김범부는 김동리에게 문학가의 길을 권한 인물이기도 합니다. 집안 형편이 어려워져 김동리가 학교를 그만두고 방황할 때 그 모습을 본 김범부는 글을 써 보라고 조언하였고, 김동리는 그 말에 용기를 얻어 소설 쓰기에 몰두합니다. 그의 작품 중 〈화랑의 후예〉나 〈등신불〉은 김범부의 영향으로 쓰게 된 작품이라고 알려져 있습니다.

● 이 이야기 속에서 승준이가 의용군으로 끌려가지 않기 위해 숨어
  있던 곳은 어디인가요?

  ① 채석장   ② 뚝섬   ③ 이화동   ④ 서울역   ⑤ 남양

● 이 이야기 속에서 승준이 가족의 피난을 도와준 사람은 누구였나요?

  ① 순녀   ② 채소밭 주인   ③ 신문사 아저씨   ④ 윤 생원   ⑤ 석이

● 이 작품에서 새아버지는 승준이에게 감참외를 깎아 주곤 합니다.
  여기서 감참외가 의미하는 것은 무엇일까요?

● 이 작품을 보면 피난을 앞두고 아버지와 승준이는 서로 의견이 달랐습니다. 각자의 의견은 어떠했으며, 그 이유는 무엇이었는지 이야기해 봅시다.

● 이 작품은 승준이가 아버지를 업고 피난 열차를 타러 떠나는 장면에서 끝을 맺고 있습니다. 다음에 제시된 이 소설의 마지막 문장을 읽어 보고, 무엇을 암시하는 것인지 생각해 봅시다.

> "승준이는 등에 업힌 아버지가 의외로 가볍다고 느끼며, 눈바람이 휘몰아치는 원서동 골목을 빠져나와 서울역으로 향해 걸어가고 있었다."

● 이 이야기 속에서 승준이가 의용군으로 끌려가지 않기 위해 숨어 있던 곳은 어디인가요?

　① 채석장　　② 뚝섬　　③ 이화동　　④ 서울역　　⑤ 남양

답 ②번.

● 이 이야기 속에서 승준이 가족의 피난을 도와준 사람은 누구였나요?

　① 순녀　② 채소밭 주인　③ 신문사 아저씨　④ 윤 생원　⑤ 석이

답 ③번.

● 이 작품에서 새아버지는 승준이에게 감참외를 깎아 주곤 합니다. 여기서 감참외가 의미하는 것은 무엇일까요?

　감참외는 새아버지가 가장 좋아하는 과일입니다. 돈이 부족하여 감참외를 하나밖에 살 수 없으면 새아버지는 그것을 맛만 본 후 승준에게 줍니다. 새아버지의 이러한 행동에 승준이는 그가 좋은 사람이라는 것을 깨닫고 신뢰하게 됩니다. 그러므로 감참외는 이들의 사이를 가까워지게 만들어 준 매개이자 승준이에 대한 새아버지의 애정을 의미하고 있습니다.

● 이 작품을 보면 피난을 앞두고 아버지와 승준이는 서로 의견이 달랐습니다. 각자의 의견은 어떠했으며, 그 이유는 무엇이었는지 이야기해 봅시다.

　승준이는 피난을 떠나야 한다는 것을 알았지만 쉽사리 결정을 하지 못합니다. 병든 아버지가 험한 피난길에서 버텨 낼 수 있을지 확신이 없었기 때문입니다. 아버지는 그런 승준이의 마음을 헤아려 자신을 두고 순녀와 떠나라고 말합니다. 그러나 승준이는 아

버지를 두고 피난을 가려 하지 않습니다.

이렇게 의견이 부딪힌 까닭은 자신보다 서로를 먼저 생각했기 때문입니다. 혼자 걸을 수 없는 병든 아버지와 함께 피난을 떠나는 것은 승준이에게 큰 부담이었을 것입니다. 또한 아버지 입장에서 언제 전투가 벌어질지 모르는 서울에 혼자 남는 것은 두려운 일이었을 것입니다. 그러나 이들은 서로를 위해 자신을 희생하고자 하였습니다. 그리고 그 마음 덕에 결국 함께 피난 열차를 탈 수 있는 기회를 얻게 됩니다.

● **이 작품은 승준이가 아버지를 업고 피난 열차를 타러 떠나는 장면에서 끝을 맺고 있습니다. 다음에 제시된 이 소설의 마지막 문장을 읽어 보고, 무엇을 암시하는 것인지 생각해 봅시다.**

> "승준이는 등에 업힌 아버지가 의외로 가볍다고 느끼며, 눈바람이 휘몰아치는 원서동 골목을 빠져나와 서울역으로 향해 걸어가고 있었다."

윗 문장에서 눈바람은 이들 앞에 놓인 시련을 의미합니다. 이들이 앞으로 겪게 될 피난길 역시 쉽지 않을 것임을 암시하는 것이지요. 그러나 아버지를 업고 힘차게 눈바람을 헤쳐 나가는 승준이의 모습은 그들이 결국 그 고통을 극복할 수 있으리라는 사실을 짐작하게 합니다.

후조 候鳥

: 오영수 :

사람들은 절친한 친구 사이를 이야기할 때 '관포지교'라는 한자 성어로 표현하곤 합니다. 관포지교란, 중국 춘추 시대의 인물인 '관중'과 '포숙'의 우정을 뜻하는 말로, 관중이 죽을 고비에 이르자 포숙이 위험을 무릅쓰고 구해 주었다는 일화에서 비롯되었습니다. 훗날 관중은 "나를 낳아 준 사람은 부모지만, 나를 알아준 사람은 포숙이었다." 라는 말을 남겼다고 합니다.

여러분에게는 관포지교의 우정을 나누는 친구가 있나요? 또 서로 나이나 성별이 다른 사람들 사이에도 우정을 나누거나 서로를 깊이 믿어 주는 일이 가능할까요?

친구를 위해 여러분은 어떤 믿음과 용기를 보여 줄 수 있을지 생각해 봅시다.

더우면 오고 추우면 돌아간다.
또 추우면 오고 더우면 가기도 한다.

언제나 패를 짜서 먹이를 찾아갔다가 떼를 지어서 돌아온다.

이것은 후조◆의 생리◆다.

그러나 반드시 그렇지만도 않은 후조도 있다.

지난가을, 포도◆ 위에 가로수 잎이 깔릴 무렵이니까 아마 시월 중순경인가 보다.

민우가 을지로 6가로 해서 동대문 밖 숙소로 돌아오니까 웬 구두닦이 아이놈이 불쑥 앞을 막아서면서 양복 소매를 잡아 흔든다.

그때 민우는 뭣 때문인지 마음이 좀 우울한 데다, 갓 지어 입은 양복을 그 때 묻은 손에다 잡힌 것도 좀 불쾌해서,

"안 닦는다, 임마!"

하고 빽 고함을 질렀다.

그러나 아이놈은 조금도 탓하지 않고 연신◆ 거머잡은 소매를 흔들면서,

"아니요, 선생님 지 몰라요?"

그리고 보니 어디서 많이 본 얼굴 같기도 하다. 그러나 얼른 생각이 나지 않는다.

"부산서요, 늘 선생님 신 닦잖았어요?"

민우는 비로소 기억이 또렷해진다.

"오오 인젠 알겠다. 구칠이 응 그래 너 이놈 언제 서울 왔니?"

"봄에 왔어요!"

◆ 후조候鳥 철새. 철을 따라 이리저리 옮겨 다니는 새.
◆ 생리生理 생활하는 습성이나 본능.
◆ 포도 사람이나 자동차가 다닐 수 있도록 꾸민 길.
◆ 연신 잇따라 자꾸.

"그래 왜 부산 재미없던?"

구칠이는 그제야 잡았던 소매를 놓고 입이 실쭉해지면서 발끝을 내려다본다. 그와 함께 구두코에 눈물 한 방울이 뚝 떨어진다.

영문 모른 채 민우도 마음이 언짢다.

팔꿈치에 구멍이 나고 소매 끝이 터실터실* 풀린 도꼬리* 셔츠, 번들번들 윤이 나도록 때가 묻은 검정 쓰봉,* 이런 몰골은 이런 아이들에게서 흔히 볼 수 있지만, 제 발이 한꺼번에 둘이라도 들어갈 만큼 크고, 유독 코가 뭉툭한 군화를 신은 것이 거추장스럽고 우습기도 하다.

민우는 담배를 꺼내면서,

"그래 너 혼자만 왔냐?"

구칠이는 대답 대신 민우의 소매를 잡아끌면서,

"이리 오이소."

민우는 끄는 대로 옆 골목 안으로 따라 걷는다.

어느 집 블록 담 밑에다 구칠이는 그 간단한 나무 의자를 놓고 민우를 앉으라고 한다.

신부터 닦자는 것이다.

민우는 연모통* 위에다 한 발을 올려놓으면서,

"네게 신 닦는 것도 참 오랜만이다. 한 일 년도 넘지?"

"이 신 아직도 그때 그 신이네요?"

이놈은 고향이 충청도라면서 부산 말투를 제법 잘 흉내를 낸다.

"그래 그 신이다. 근데 왜 서울 왔니, 학교 재미없던?"

구칠이는 쇠갈퀴로 신창*에 끼인 흙을 파내면서,

"학교 말 마이소, 혼났어요!"

"혼났다니 왜?"

"선생님 서울 가시고 얼마 안 돼서요……."

"그래서?"

"사무실에서 돈이 없어졌어요, 칠천 환요."

"흠 그래?"

"그래, 그걸 내가 훔쳤다고 훈육 선생[*]이 창고로 끌고 가서 막 때리잖아요."

"그 최 선생 말이지?"

"네, 그래 안 가져갔대도……."

"그래 그 돈은 어쩐 돈인데?"

"호국단[*]비 받은 거래요!"

"그래 어쨌니?"

"내일까지 바른 대로 안 대면 경찰에 넘긴다고……."

"그래서?"

"이쪽 발 올리세요."

"그래서?"

"그다음 날은 손가락 새 연필을 끼워서 막 비틀잖아요. 정말 죽을 뻔했어요."

"그래?"

"그래 내가 그랬다고 했지요. 그러니까 이 새끼 진작 대잖고, 그러면서 돈 어쨌냐고 하잖아요."

"그래 뭐랬니?"

"아파 못 견데서 그랬지만 정말 난 모

◆ **터실터실** 매끈하지 않고 거칠거나 보풀이 일어난 모양.
◆ **도꼬리** 목까지 올라오는 스웨터를 이르는 일본 말.
◆ **쓰봉** 양복바지를 뜻하는 일본 말.
◆ **연모통** 일을 할 때에 쓰는 기구와 재료를 담아 놓은 통.
◆ **신창** 신의 바닥에 대는 고무나 가죽.
◆ **훈육訓育 선생** 학생들이 지켜야 할 규범이나 품성을 가르쳐 기르는 선생.
◆ **호국단護國團** 나라를 보호하고 지키기 위하여 뭉친 단체.

른다고 하니까, 이 새끼가 사람을 놀린다면서 걸상 다리를 가지고
막……."

"얘, 대강대강 닦아 둬라, 그래서?"

"나중 어떻게 됐는지 몰라요. 눈을 떠 보니까 소사◆ 영감이 낯에 물
을 자꾸 끼얹잖아요."

"흐음, 그래?"

"그래 소사 영감이 집으로 보내 주었어요. 집에 가서 내 앓았어요."

"대강대강 해 두라니까."

"때를 좀 빼야겠어요. 그래 앓아누웠으니까 우리 동무가 와서 최 선
생이 오란다고 했어요. 그래서 우리 누나가 날 데리고 갔어요. 쩔뚝쩔
뚝 절고 갔어요."

"그래 뭐라던?"

"돈 훔친 놈을 알았다면서, 미안했다고 돈 이백 환 주면서 개장국◆
사 먹으래요."

"그래 훔친 놈은 누군데?"

"급사◆ 새끼래요!"

"그래 그 돈 가지고 개장 먹었냐?"

"막 눈물이 나서요. 자꾸 울기만 했어요. 우리 누나도 울었어요."

"그래?"

"그래 돈 싫다고 그대로 와 버렸어요. 선생님 생각이 자꾸 나서요."

"그래 서울로 왔냐?"

"앓아누워서 돈벌이도 못 한다고 새엄마가 마구 나가라고 하잖아
요. 우리 아버지도 술 먹고 막 때리고, 그래서 서울 오는 우리 동무
패에 끼어서 와 버렸지요."

"흐음!"

"선생님 이거 보이소."

그러면서 내보이는 둘째 손가락과 셋째 손가락 새가 푸르스름한 죽은 살이고 뼈마디가 반대로 조금 불거졌다. 그때 비틀려서 그랬다는 것이다.

민우는 불거진 데를 조금 눌러 보고 도로 놓으면서,

"지금도 아프냐?"

"……"

"신 아직 멀었냐?"

"다 됐어요."

민우는 이놈이 돈은 안 받을 게고 어디 데리고 가서 요기*나 시킬까 하고 일어서자, 약속이나 된 것처럼 구칠이도 연모통을 거둬 메고 따라선다.

계림 극장 앞에까지 오자 구칠이는 또 민우 소매를 잡고 극장 간판을 가리키면서,

"선생님, 저거 구경했어요?"

민우는 고개만 가로흔든다.

"선생님, 구경하이소. 내 구경시켜 드리께요."

민우는 어이가 없어 한동안 발을 멈추고 구칠이를 내려다본다.

"선생님, 저 이쪽에 한쪽 눈 깜고 권총 들었지요. 자알 합니데이."

"그럼 내가 구경시켜 주지."

◆ **소사**小使 관청이나 회사, 학교, 가게 따위에서 잔심부름을 시키기 위하여 고용한 사람.
◆ **개장국** 개고기를 여러 가지 양념, 채소와 함께 고아 끓인 국.
◆ **급사**給仕 소사와 같은 말.
◆ **요기**療飢 시장기를 겨우 면할 정도로 조금 먹음.

"아니요. 나는 봤어요. 선생님 구경하이소. 나는 돈 안 주고 구경할 수 있어요. 오이소, 갑시더."

"그럼 이담 존 거 오면 내가 시켜 주지, 오늘은 좀 바빠서……."

구칠이는 그만 울상을 하고 더욱 소맷자락을 검잡고◆ 당기면서,

"싫에요, 구경하이소, 오이소, 가입시더."

구경을 시키지 않고는 놓지 않을 작정이다.

난처하다. 그러나 그대로 떨쳐 버리기도 민망하다. 민우는 한동안 망설이다 말고,

"그럼 가자!"

구칠이는 극장 옆에다 제 연모와 함께 민우를 세워 놓고 출입구로 달려가서 뭐라고 한동안 교섭을 한다.

이윽고 구칠이는 한 팔을 번쩍 들고 그 거추장스러운 양키 군화를 뚜벅거리면서 달려온다. 연모통부터 어깨에 메고 한 손에 의자를 들고는 한 손으로 민우를 잡고 끌면서,

"됐어요, 오이소, 가입시더."

사실 구칠이 말대로 극장은 아무런 천착◆ 없이 들여 주긴 주었다.

극장 안에 들어서자 구칠이는 부리나케 앞으로 다가가서 자리를 잡아 민우를 앉히고는 귀에다 대고,

"선생님, 연속임더, 아시지요? 이거 마치면 또 첨부터 시작합니더. 보고 기이소, 내 저 사람들 신 닦아 놓고 올게요."

그러고는 나가 버린다.

영화는 어느 서부극이었다. 화면을 바라보고는 있으나 민우의 머릿속은 딴 생각에 잠겨 버린다.

민우가 수복◆ 전까지 부산 W중학교에 교편◆을 잡고 있을 때다.

학교라지만 임시변통◆의 울◆도 담도 없는 천막 교사◆였다.

딴 장사치들도 그랬지만 유독 구두닦이 아이들이 모여들었다.

어떤 때는 칠팔 명씩도 몰려왔다.

좁은 사무실에 사십여 명 직원들이 서로 등을 맞대고 비비적거리는 판에, 구두까지 닦이느라고 북새◆를 이루었다.

민우는 환경 정리를 맡고 있는 책임상 이놈들을 몰아내는 데 골치를 앓았다.

쫓고 몰아내도 돌아서면 또 모이고, 이건 마치 썩은 고기에 파리 떼 엉기듯 했다.

때로는 사무실 옆에 이놈들이 제법 진을 치고, 구슬따기 아니면 제기차기까지도 했다.

어느 날 민우는 아침부터 모여드는 아이들을 일단 몰아내고 변소를 다녀오는데 언제 따라왔는지 구두닦이 한 놈이,

"선생님, 신 닦으이소."

하고 의자를 내려 민다.

민우는 금세 내쫓았는데, 하고 반 짜증 반 웃음 겸 주먹을 쳐들었다. 그러나 이놈은 쓰봉 포켓에서 약통을 꺼내 보이면서,

"선생님, 이거 미제 젤 존 게요, '큐' 아시지요, 어제 샀심더, 마수걸이◆ 하이소."

민우는 마침 첫 시간도 없고 해서 그만 발을 내맡겼다.

이놈은 신바람을 내고 침을 뱉어 가면

◆ **검잡다** '거머잡다'의 준말. 손으로 휘감아 잡다.

◆ **천착穿鑿** 어떤 원인이나 내용 따위를 따지고 파고들어 알려고 하는 것.

◆ **수복收復** 잃었던 땅이나 권리를 되찾음. 여기서는 한국전쟁 때 북한군이 점령했던 서울을 다시 되찾은 것을 의미한다.

◆ **교편教鞭** 교사가 수업을 할 때 필요한 것을 가리키기 위하여 사용하는 가느다란 막대기. '교편을 잡다'는 교사 생활을 한다는 뜻으로 쓰임.

◆ **임시변통臨時變通** 갑자기 터진 일을 우선 둘러맞추어 처리함.

◆ **울** 울타리.

◆ **천막 교사校舍** 천막으로 지은 임시 학교 건물.

◆ **북새** 많은 사람이 소란스럽게 떠드는 일.

◆ **마수걸이** 맨 처음으로 물건을 파는 일. 또는 거기서 얻은 이익.

서 한 짝을 닦고 나서,

"선생님."

"왜?"

"구두 닦는 애들이 너무 많지요?"

"골칫거리다, 이놈아!"

"그런데 선생님예, 내가 말예요, 선생님들 신 이십 환씩에 닦아 드릴 테니까요, 젤 존 약으로요, 그래 저만 와서 닦도록 좀 해 주이소, 예."

"이놈 욕심도 많구나."

"좀 그래 주이소, 선생님."

그것도 그럴 성하다. 한 놈만 지정을 해 두면 딴 놈은 안 올 게고, 또 삼십 환을 이십 환에 한다면 선생들도 싫어하지는 않을 것이다.

"내 한번 의논해 보지."

"꼭 좀 그래 주이소."

그래서 그날 오후 종례 때 민우는 제의를 했다.

교장 교감 이하 누구도 반대하는 사람은 없었다.

표식은 팔에다 완장◆을 끼도록 하기로 했다.

다음 날 민우는 노랑 천에다 W자를 쓴 완장을 만들어 구두닦이 아이놈들을 모아 놓고 선언을 했다.

"이 완장을 낀 아이에게만 신을 닦일 테니 그 밖에는 와도 소용없다. 그러니까 딴 데로 가라."고. 그러나 이놈들은 모두 불평들이었고 어떤 놈들은 제법 따지고 들었다. 다 같이 피난살이가 아니냐고, 너무 불공평하다고, 하루 걸러 교대로 하자느니, 일주일씩 하자느니……

민우는, 네들 말도 그리 틀린 말은 아니다. 그러나 이미 결정한 것은 어쩔 수가 없다, 이렇게 간신히 타일러 보내기는 하면서도 '다 같은 피난살이'라는 데는 코허리가 씨잉 해 오는 것을 어쩔 수 없었다. 민우 역시 이북*에 고향을 둔 피난 교사이기 때문이었다.

그러나 완장을 받은 놈은 아침 일찍부터 나와서 선생들에게 일일이 꿈벅꿈벅 절을 하고 교장이 출근하면 부리나케 슬리퍼를 들고 가서 대신 구두를 가져다 닦기 시작했다.

어느 날 시간이 빈 틈을 타서 민우가 신을 닦으면서,

"하루 평균 몇이나 닦나?"

"학생들까지 스물쯤 돼요!"

"이이는 사, 사백 환으로 수지가 맞냐?"

"괜찮아요!"

"전보다 나아?"

"낫고말고요, 전에는 하루 이백 환 벌래도 힘들었어요!"

"근데 네 이름이 뭐지?"

"이 구철이요!

이때 마침 체육 선생이 지나다 '구철이' 그 틀렸다, 구두 칠한다고 '구칠이'로 해라 해서 구철이는 끝내 구칠이로 통해 버렸다.

고향은 충청도고 제 아버지는 부두에서 짐을 진다고 했다.

구칠이는 점심시간이 제일 바쁘다. 점심을 먹으면서 신을 닦이는 선생도 있다.

좁은 사무실에서 때로는 궁둥이를 채이기도 하고 출석부로 머리를 얻어맞기도 했다.

그러나 급하면 선생들 점심도 시켜 오고 급사 놈 대신 자질구레한 심부름도 했다.

◆ **완장腕章** 신분이나 지위를 나타내기 위해 팔에 두르는 띠.
◆ **이북以北** 북한.

교장이 바뀌자 민우도 학교를 그만두고 환도*를 했다. 그와 함께 구칠이에 대해서도 까맣게 잊어버렸다.

최 선생의 구칠이에 대한 오해나 매질은 어쩌면 최 선생의 민우에 대한 감정이 겹쳐 더 심했는지도 모른다.

구칠이가 민우에게는 굳이 돈을 받지 않은 것도 최 선생으로서는 못마땅했을 게다.

이런 일도 있다.

구칠이는 열 번을 닦았다고 하는데 최 선생은 여섯 번인가 일곱 번밖에 닦지 않았다고 우겼다. 종내는 인격 운운까지 하면서 호되게 구칠이의 뺨을 후려갈긴 일.

또 언젠가는 단골 식당에 점심을 시켰는데 민우 것만 먼저 가지고 온 데서 최 선생은 노골적으로 민우와 구칠이를 못마땅해 했다.

하마터면 민우와 충돌을 할 뻔도 했다.

직원회 같은 것이 있어 술잔이나 먹게 되면 민우가 오징어 대강이*나 과자 부스러기를 모아 두었다가 구칠이를 주는 것도 최 선생으로서는 못마땅했을 게고, 구호물자*를 나눠 받아 필요 없는 것들을 구칠이에게 줘 버린 것도 못마땅했을 게다. 자기가 미워하는 놈을 민우가 두둔하기 때문에 민우가 못마땅한지, 민우가 못마땅해서 구칠이를 더 미워했는지는 알 수 없으나, 민우 역시 최 선생을 못마땅해 한 것도 사실이었다.

최 선생은 좀 잔인한 데가 있었다.

이를테면 공부 시간에 뭣을 어쨌다는 아이 두 놈을 데려다 맞세워 놓고 한 놈을 시켜 상대 놈의 뺨을 갈기라고 한다. 그러나 이놈들은 서로 눈치를 보아 가면서 계면쩍게 웃기만 한다. 그러나 옆에서 매를 들고 위협을 하니까 할 수 없이 상대 놈의 뺨을 살짝 때린다. 그러면

맞은 놈을 시켜 도로 때려 갚으라고 한다. 할 수 없이 맞은 정도로 때린다. 그러나 맞은 놈은 제가 때린 것보다 좀 세다고 생각했는지 이번에는 아까 번보다 좀 더 세게 때린다. 맞은 놈은 또 제보다 훨씬 세다고 생각하고 제법 세차게 갈긴다. 이렇게 되면 때려라 마라 여부가 없다. 서로 기를 쓰고 마구 갈겨 댄다.

나중에 귀와 볼이 홍당무가 되고 부어오르게까지 된다.

이것을 옆에서는 재미난다는 듯이 웃고들 있다.

이런 최 선생을 눈앞에 그리면서 아무래도 구칠이는 민우로 해서 더 무진* 매를 맞은 것이리라 하는데,

"선생님, 지금 말에서 떨어졌지요, 저거 거짓말임더, 안 죽심더, 인자 보이소, 저 말 뺏어 타고 달아납니더, 자알 합니데이."

구칠이는 언제 들어왔는지 이렇게 옆에 앉아 설명을 하는 것이었다.

구칠이는 매양* 길목에서 민우를 기다린다.

으레 신을 닦자고 한다. 출근 시간이 바쁘다고 하면 솔질이라도 하고야 만다.

때로 구칠이가 신 닦기에 여념이 없을 때는 민우는 그만 알은체를 않고 그대로 지나쳐 버린다.

다음 날 만나면 어제는 왜 출근을 안 했으며 어데를 갔더냐고 묻고는 어둡도록 기다렸다고 한다.

어느 날인가는 민우가 좀 늦게 돌아오는데 구칠이가 양손을랑 쓰봉 주머니에

◆ **환도**還都 정부가 한때 수도를 버리고 다른 곳으로 옮겼다가 다시 옛 수도로 돌아옴. 여기서는 민우가 서울로 갔음을 의미한다.
◆ **대강이** '머리'를 속되게 이르는 말.
◆ **구호물자**救護物資 어려움에 처한 사람을 돕기 위한 물자.
◆ **무진**無盡 다함이 없을 만큼 매우.
◆ **매양** 번번이. 매 때마다.

찌르고 발로는 박자를 맞춰 가면서 휘파람을 불고 있었다.

'고향이 그리워도' 어쩌고 하는 그런 유행곡이었다.

"너 여태 안 가고 뭐 하니?"

"선생님 기달랐어요……."

그러고는 얼른 연모통을 메고 따라 걷는다.

"왜 뭣 하게?"

"그저요!"

동대문 기동차 정거장 앞까지 오면 구칠이는 꿉벅 절을 하고,

"선생님 가입시더!"

그뿐이다.

구칠이는 기동차 정거장을 빠져 나가 냇가 언덕 위로 일자로 놓인 맨 끝에서 둘째 번 천막에 있다.

한번은 번번이 정거장 안으로 들어가는 구칠이가 수상해서 숙소가 어디냐고 물어보았다.

그때 구칠이는 민우 소매를 잡아끌고 출찰구＊에서 바라보이는 천막을 가리켜 주었다.

콩나물을 길러 파는 할머니와 같이 있다고 했다.

민우는 되도록이면 빨리 돌아오기로 한다.

구칠이가 기다리고 있기 때문이다. 어느새 민우의 마음 한구석에는 구칠이가 자리를 잡고 떠나지 않는다.

이것은 남의 집 개도 꼬리를 치면 미워 못하는 민우의 약점인지도 모른다. 아니면 이북에서 지금은 뭣을 하고 있는지 알 길조차 없는 그의 끝엣조카 때문인지도 모른다. 구칠이만 보면 무척 그를 따르던

그의 조카 놈이 눈시울에 떠오르곤 한다.

"너 언제까지나 신만 닦을 텐?"

"왜요?"

"신 닦기는 아이들이나 하는 거니까 말야."

"……."

"너 인제 몇 살이지?"

"설 쇠면 열다섯 돼요!"

"장차는 목수나 철공소 직공◆ 같은 그런 것 싫냐?"

민우는 벌써부터 마음속으로 그럴 생각이었고 또 그렇게 해서 야간 학교에라도 보낼 작정이었다.

"……."

"어, 뭐가 하고 싶냐?"

"나는 돈 벌어서요, 구둣방을 하나 낼래요."

"흠, 구둣방을……?"

"우리 집 들어가는 그 앞에다가요."

"왜 하필 네 집 앞에다……?"

"그 새끼 좀 보라고요."

"그 새끼라니 누구?"

"새엄마가 데리고 온 그 새끼요."

"그래도 너하곤 형제 아냐?"

"체! 그 새끼 미워 죽겠어요, 그 새끼 때문에 얼매나 맞았다고요, 우리 누나도 그 새끼 때문에 늘 맞아요, 우리 누나 참 불쌍해요. 내가 구둣방 내면 우리 누나

◆ **출찰구出札口** 차나 배에서 내린 손님이 표를 내고 나가거나 나오는 곳.

◆ **직공職工** 자기 손 기술로 물건을 만드는 일을 직업으로 하는 사람.

하고 같이 살 끼요.”

“구둣방을 내자면 돈이 얼마나 드는데, 너 돈 좀 모았냐?”

구칠이는 민우를 쳐다보고 씩 한번 웃고는 광내기 헝겊에 더 힘을 주고 문지르면서,

“서울 와서 육천 환 모았어요, 또 콩나물 할머니 밑천 구백 환 대주고요.”

“그 할머니는 아는 할머니?”

“콩나물 통을 좀 여* 달래는데 말씨가 충청도라서 그래서 알았지요.”

“할머니는 혼자?”

“할아버지는 작년에 죽었대요, 아들도 전쟁에 나가 죽고요.”

크리스마스 전전날이었다.

그동안 이틀거리고 사흘거리로 닦은 신도 신이지만 구칠이가 하도 추워 봬서,

“엣다, 샤쯔* 하나 사 입어라. 그 옷으로 어디 겨울 나겠냐.”

그러고는 돈 이천 환을 쥐어 주었다.

구칠이는 얼떨떨한 눈으로 돈을 보고 민우를 쳐다보고 하다가 슬그머니 돈을 도로 민우 포켓 속에 넣어 주면서,

“싫에요, 돈 싫에요.”

민우는 돈을 도로 꺼내서 구칠이 코밑에다 대고,

“아나 받아라.”

“싫에요!”

“받아 빨리.”

“……”

“임마, 내가 너 덕을 봐서야 되겠?”

"……."

민우는 구칠이 앞에다 돈을 내던지고 돌아섰다. 그러나 구칠이는 그 육중한 구두를 터덜대면서 민우 앞을 가로막아 서고,

"돈 싫에요, 싫에요, 이잉."

이렇게 또 돈을 도로 내밀면서 주먹으로 눈물을 문지르고 문지르고 한다.

길 가는 사람들이 기웃거린다.

"자식이, 울긴 왜 울어."

"그래두 싫에요, 돈."

난처하다.

"그럼 연장들 가지고 내 따라와."

구칠이는 기어코 돈을 민우 오버 포켓 속에다 도로 넣어 버리고는 의자랑 연모통을 메고 왔다.

음식점으로 들어갔다.

만둣국을 둘 시켰다.

"너 뭐 때문에 매일 날 기다리냐?"

구칠이는 눈을 깔고 고개를 숙여 버린다.

"뭣 땜에 그렇게 기다리니, 어 말해 봐?"

"선생님 좋아서요."

"좋다니 뭐가?"

"그저요."

"그저? 허 자식도 참……."

만둣국이 나왔다.

"근데 이봐 구칠이……."

◆ **여** 물건을 머리 위에 얹는 행동을 뜻하는 '이어'의 줄임말.
◆ **샤쯔** 셔츠.

민우는 다시 돈을 꺼내서,

"너가 내 신 닦아 주는 거나 내가 너 샤쯔 한 벌 사 주는 거나 마찬가지야, 어 알겠지, 또 크리스마스에는 그렇게 하는 거야. 그러니까 이것 가지고 샤쯔 하나 사서 내일부터 입고 나와. 어 알았지?"

"그래도 돈은 싫에요."

"자식이 꽤 고집이 세군, 내 말 안 들으면 말야 응, 난 인제부터 이리로도 안 다니고, 네게 신도 안 닦는다. 어, 좋냐?"

"이잉……."

"국에 콧물 떨어진다, 임마."

구칠이는 눈물 섞인 콧물을 훅 들이켜고 나서 원망 서린 눈으로 민우를 한번 흘기고는 그제야 슬그머니 돈을 받아 넣는다.

음식점을 나와 나란히 걸어오면서 민우가,

"구칠이 구경 보여 줄까?"

"아니요, 빨리 가야 해요!"

"왜?"

"할머니 요새 밤 되면 눈이 잘 안 봬요!"

"그럼 어떡허니?"

"물도 긷고 콩도 가려 줘야 해요!"

다음 날은 일요일이었다.

그다음 크리스마스 날 아침에 구칠이는 민우를 보자 싱글벙글하면서, 헌옷 가게에서 사 입었다는 잠바를 팔을 번쩍 들어 보이고 그리고 또 남은 돈으로 약 한 통을 샀다면서 꺼내 보였다. 민우도 뭔지 마음이 흐뭇해서,

"잘 됐다, 근데 그, 머리도 좀 깎잖고……."

구두닦이 세월은 역시 개나리가 피기 시작하기부터라고 한다.

겨울 동안 움츠렸다가 날이 풀리자 모두 밖으로 나오게 되고 그래서 또 몸맵시♦도 내게 되는 때문이라고 한다.

구칠이에게도 제법 손♦들이 달았고 하루 수입이 겨울날 이틀치는 된다고 한다.

그런 어느 날 구칠이는 민우 구두를 닦으면서,

"선생님 구두 인제 다 됐어요."

"그렇다, 한 켤레 살 참이다!"

"가만 기시요, 내 아는 아이에게 미제 근사한 거 하나 사 드리께요."

그러고는 노끈으로 치수를 재 넣는다.

그로부터 며칠 뒤 구칠이는,

"선생님 구두 부탁했어요, 근사한 것 가지고 온대요, 중고라도 좋지요?"

"값은?"

"건마 우리한테는 비싸게 안 받아요, 한 사천 환이나 오천 환쯤……."

"그게 헐해?"♦

"시장에서는 미제 존 거면 중고라도 만 환 넘어요."

그 뒤 구칠이는 민우 신을 닦을 때마다 걱정을 했다.

"새끼가 어제도 만났는데 곧 가지고 온다면서……."

하고 혼자 투덜거렸다.

오월 초순 어느 토요일, 이날 민우는 여느 때보다 좀 일찍 돌아왔다.

의자랑 연모통은 그대로 버려둔 채 구칠이는 보이지 않았다.

♦ **몸맵시** 몸을 보기 좋게 매만진 모양.
♦ **손** '손님'의 뜻.
♦ **헐하다** 값이 싸다.

변소에라도 갔나 하고 민우는 의자에 앉아 담배를 꺼냈다.

옆 뒤 골목 안이 왁자하다.◆

각다귀◆들의 싸움이거니 하고 민우는 담배를 피우면서 한동안 기다렸으나 구칠이는 쉬이 돌아오지 않는다.

싸움 구경이라도 하나 보다 하고 민우는 골목 안으로 몇 걸음 들어선다.

구두닦이 아이 놈이랑 네댓 둘러선 가운데 뒤 꼴로 봐서도 말쑥하게 차린 청년 하나가 누군지를 마구 쥐어박고 있다.

청년은 고무신을 끌고 한 손에 구두 한 켤레를 들었다.

맞고 있는 아이가 혹 구칠이가 아닌가 해서 다가가자니까,

"선생님 가시요, 오지 마이소, 아무 일도 아임더."

코피로 해서 얼굴이 엉망이 된 구칠이다.

"아니, 구칠이 이게……."

구칠이는 연신 피를 뱉고 입 언저리를 문지르고 하면서 이렇게 거의 절망적인 소리를 지른다.

"선생님은 가이소, 아무 일도 아니요, 가시요, 선생님."

그러자 청년이 험상궂게 민우를 돌아보면서,

"당신은 누구요?"

민우는 얼른 무슨 말이 나오질 않아 한동안 머뭇거리다,

"아니 누구라기보다도 이게 대체……."

이 틈을 타서 구칠이는 그만 골목 막바지로 사생결단◆ 내달아 버렸다.

구칠이가 골목 막바지에서 옆으로 꺾일 때에야 비로소 청년은 당황하면서,

"요런 쌍……."

그러고는 뒤를 쫓는다.

민우는 속으로, 어떻게 됐건 우선은 구칠이가 잡히지나 않았으면 하고 모여 선 아이들에게 뭐냐고 물어본다.

그러나 이놈들은 모두 약속이나 한 것처럼 아무것도 아니라고만 하고 비실비실 달아나 버린다.

민우는 되돌아 나오면서도 가 볼까? 어쩔까? 하고 망설이는데 한 아이가 와서 구칠이 연장들을 거둔다.

아는 아이기 때문에 맡아 뒀다가 주겠다는 것이다.

민우는 꼭 좀 그렇게 해 달라고 부탁을 하고 일부러 신을 닦이면서,

"얘, 그 뭐 땜에 그러니?"

이놈은 민우를 한번 쳐다보고는,

"요 앞에 식당에서 신을 훔치다 들켰어요."

"아니 구칠이가?"

"또 한 아이하고 둘이서 그랬는데 한 아이는 달아나고 구칠이만 잡혔어요."

민우는 머리가 띵해지고 눈앞이 아슬아슬해진다.

눈을 감고 한동안 진정을 한다.

'역시 그래서 그랬구나.' 하니 괘씸한 생각과 측은한 마음이 한꺼번에 겹쳐 든다.

'이놈을 만나면 호되게 혼을 내 놔야지, 괘씸한 놈.' 그러나 이놈을 만나면 아무래도 울음부터 먼저 터지고야 말 것만 같다.

"하, 고놈 새끼 잡기만 했으면 대갱이를 알밤 까듯 해 놀 텐데……."

◆ **왁자하다** 정신이 어지러울 만큼 떠들썩하다.
◆ **각다귀** 벼나 보리의 뿌리를 잘라 먹는 해충. 흔히 남의 것을 뺏어 먹고 사는 사람을 비유하여 이른다.
◆ **사생결단死生決斷** 죽음을 각오하고서라도 끝장을 내려고 함.

하고 아깟번 그 청년이 씨근거리면서 돌아왔다.

"어떻게 됐어요?"

"놓쳤어요!"

민우는 우선 마음이 놓였다. 속으로 '잘됐다.' 했다.

"아 이거 봐요, 사서 아직 일주일도 채 못 신은 신인데……."

그러고는 고무신과 바꿔 신고는 전찻길을 건너가 버린다.

그런 다음 날부터 구칠이는 보이지 않는다.

나흘째 되던 날 민우는 기동차 정거장 밖 콩나물 할머니 천막을 찾아갔다.

그런 할머니가 있기는 한데 시장에 나갔는지 문이 걸려 있었다.

민우는 아침저녁 출퇴근 때 구칠이가 신을 닦던 그 앞에 오면 버릇처럼 발이 멎는다.

열흘 가까이 해서 구칠이가 펴던 자리에는 딴 아이가 앉았다.

민우는 신발을 내맡기고,

"전에 여기서 신을 닦던 구칠이란 아이 모르냐?"

"알아요, 일선 지구 양키 부대로 갔어요!"

"혼자?"

"아니요, 여럿이 패를 짜서 가는 데 끼어서요."

해마다 여름이 되면 구두 닦는 아이들이 패를 짜서 양키 부대를 찾아 돈벌이를 간다고 한다.

언제 오느냐니까 가을에 온다고 한다.

팔월도 지났다. 지루한 여름이었다.

구월도 저물었다. 더디 오는 가을이었다.

포도 위에 가로수 잎이 깔리기 시작하는 어느 날 민우는 문득 하늘을 쳐다본다.

어디선가 기러기 한 떼가 ∧ 이런 꼴로 정연히 열을 지어 날아오고 있다.

인제는 구칠이도 오려나, 하니 민우는 몹시도 가슴이 설레기 시작했다.

오영수

吳永壽, 1914~1974

경남 울주군에서 태어난 작가 오영수는 보통학교_{초등학교}를 졸업한 뒤에는 가난한 환경 탓에 면사무소와 우체국 등에서 일을 하며 생계를 꾸려야 했습니다. 청년이 되어서는 일본 오사카로 건너가 못다 한 공부를 마쳤습니다.

이후 만주로 건너가 방랑 생활을 하다가 고국으로 돌아온 뒤부터는 문학에 관심을 갖게 되었습니다. 그러다가 해방이 되자 부산에서 미술과 국어 교사로 활동하였는데, 그 무렵 소설가 김동리와 각별한 친분을 맺게 되었습니다. 그리고 김동리의 추천을 받은 〈남이와 엿장수〉가 발표되어 등단하였습니다.

오영수는 유년기의 기억을 회상하거나 향토적인 정서를 담은 단편 소설을 주로 썼습니다. 가장 많이 알려진 작품으로는 〈요람기〉, 〈누나별〉, 〈갯마을〉 등입니다. 그는 전쟁 이후의 궁핍한 현실을 살아가는 소외 계층의 삶을 서정적으로 그렸습니다. 또한 사회 현실을 비판하기보다는 인간에 대한 따뜻한 시선으로 자연과 조화를 이루며 살아가는 삶을 조명했습니다.

오영수는 단편소설에서 보여 줄 수 있는 한순간의 감동과 정서를 제대로 전달하고자 하는 고집스러운 열정을 가진 작가였습니다. 그래서 평생 동안 단 한 편의 장편소설도 쓰지 않은 작가로 유명합니다.

"너 뭐 때문에 매일 날 기다리냐?"

이 작품은 한국전쟁 직후 1950년대 부산과 서울을 배경으로, 구두 닦이 소년 구칠이와 중학교 교사 출신 민우가 나이를 초월하여 따뜻한 교감을 나누는 이야기를 담고 있습니다.

전쟁이 터져 부산으로 피난을 갔던 민우는 W중학교의 천막 학교에서 아이들을 가르칩니다. 이곳에는 많은 구두닦이 아이들이 모여들었는데, 민우는 그중의 한 명이었던 '이구철'을 알게 됩니다. 구철이는 구두에 구두약을 칠한다고 하여 '구칠'이라고 불리는 소년으로, 붙임성 있고 생활력이 강한 아이입니다.

구칠이는 민우에게, 가격을 깎아 줄 테니 학교 선생님들의 구두 닦는 일을 자기에게만 맡겨 달라고 합니다. 민우는 구두닦이 아이들 때문에 학교가 소란스러운 상황도 피할 겸 구칠이의 부탁을 들어주었습니다.

얼마 후 민우는 학교를 그만두고 서울로 돌아왔고, 구칠이에 대해서도 잊어버립니다. 그러다 10월 중순경 동대문 밖 숙소로 돌아오던 길에서 우연히 구칠이와 마주쳤습니다. 구칠이는 민우의 구두를 닦아 주면서 부산을 떠나오게 된 사연을 들려줍니다. 호국단 비를 훔친 도둑으로 몰려 훈육 선생인 최 선생에게 심하게 맞았는데, 그 일로 앓아눕자 아버지와 계모는 돈벌이를 못 한다고 구칠이를 구박했습니다. 그래서 동무 패거리에 끼어 서울로 온 것입니다. 구칠이는 구두를 다 닦고 나서 민우를 극장으로 데려가 영화 구경을 시켜 줍니다.

이날 이후로, 구칠이는 매일 민우가 퇴근하기를 기다려 반갑게 인사하고 구두를 닦아 줍니다. 구둣방을 차리겠다는 꿈을 지닌 구칠이가 온갖 궂은일을 마다않고 씩씩하게 살아가는 모습에서 민우는 이북에 두고 온 막내 조카를 떠올리며 애정을 느낍니다.

봄이 되자 구칠이는 민우에게 구두를 구해 주겠다고 약속합니다. 그러던 어느 날, 민우는 웬 남자에게 얻어맞다가 달아나는 구칠이를 목격합니다. 그리고 구칠이가 자신에게 미제 구두를 선물하기 위해 남의 구두를 훔치려 했음을 알게 됩니다. 열흘 뒤, 민우는 구칠이가 미군 부대로 떠났으며 가을에 돌아올 거라는 소식을 듣게 됩니다.

지루한 여름이 지나고 드디어 가을이 오자, 민우는 하늘을 날아가는 기러기 떼를 바라보며 구칠이가 다시 돌아오기를 고대합니다.

전쟁이 남긴 풍경, 천막 교사와 구두닦이 소년

한국전쟁 중 서울이 점령되자 많은 사람들이 남쪽으로 피난을 떠났고, 1950~1953년까지 부산은 임시 수도였습니다. 〈후조〉는 이 무렵에 부산에서 만난 구두닦이 소년과 중학교 교사의 인연을 통해 전쟁 직후 어지러운 한국 사회의 한 단면을 보여 주고 있습니다.

민우가 아이들을 가르쳤던 곳인 '천막 교사'는 피난지에 세워진 임시 학교를 말합니다. 변변한 학교 건물 없이 천막을 친 채 칠판만 걸어 둔 학교로, 전쟁이 벌어진 와중에도 교육을 중요하게 여겼던 우리 민족의 교육열을 알 수 있습니다.

한편, 생계를 위해 닥치는 대로 일을 해야 하는 구칠이 같은 소년에

게 공부란 사치였습니다. 일
제 강점기를 벗어난 지 얼마
안 되어 전쟁이 터졌기 때문
에, 가난한 집의 아이들은 거
리에 나와 돈벌이를 해야 했
습니다. 변변한 기술이 없는
아이들은 구두닦이, 신문팔

한국전쟁 직후의 구두닦이 소년들

이, 우산 장사 등을 하면서, 푼돈을 벌기 위해 아침부터 밤까지 길거
리를 뛰어다녔습니다.

구칠이를 비롯해 구두닦이 소년들이 서로 경쟁하는 모습을 보면, 당
시 전쟁으로 인한 생활고가 어느 정도였는지 짐작할 수 있을 것입니다.

소설 제목의 다양한 역할

작가가 작품을 쓸 때 가장 신경 쓰는 부분 중 하나는 작품의 제목입
니다. 제목은 독자들에게 기대심과 호감을 갖게 하는 요소이자 그 글
의 첫인상을 결정짓는 얼굴 역할을 하기 때문입니다.

이 작품의 제목인 '후조'는 철새를 이르는 말로, 돈을 벌기 위해 부산
에서 서울로, 미군 부대로 전전하는 구칠이의 처지를 상징하고 있습니
다. 작가는 이 작품의 첫머리에서 더우면 오고 추우면 돌아가는 것이
철새의 생리이지만 "반드시 그렇지만도 않은 후조도 있다."고 말합니
다. 비록 구칠이가 철새처럼 이리저리 떠돌지언정, 민우에 대한 한결같

은 마음만은 철새에 견줄 수 없다는 뜻입니다.

결국 '후조'라는 제목은 '철새 같은 삶'과 '한결같은 정'을 대비시켜, 전쟁 후의 각박한 현실 속에서도 따뜻하게 오고 가는 사람 사이의 정을 두드러지게 해 줍니다.

이렇듯 제목은 주제를 상징적으로 제시하기도 하지만, 그 밖에도 다양한 역할을 합니다. 주인공을 비롯한 등장인물을 강조하는 경우, 작품의 시공간적 배경이나 상황을 제시하는 경우, 작품의 주된 소재를 제시하는 경우 등이 있습니다.

우선 주인공을 비롯한 등장인물을 강조하는 경우의 예로는 전광용의 〈꺼삐딴 리〉, 채만식의 〈이상한 선생님〉 등을 들 수 있습니다. 작품의 시공간적 배경이나 상황을 제시한 경우로는 현진건의 〈고향〉, 김동인의 〈붉은 산〉 등이 있고, 작품의 주된 소재를 제시한 경우로는 박태원의 〈영수증〉, 김유정의 〈동백꽃〉 등이 있습니다.

앞으로 소설을 읽을 때, 제목이 어떤 방식으로 지어졌는지 살펴보면서 작가의 의도를 파악해 봅시다.

서정적인 농촌을 배경으로 한 두 작품
〈누나별〉과 〈요람기〉

〈후조〉는 부산과 서울이라는 도시를 배경으로 한 작품이지만, 오영수의 주요 작품은 대부분 농촌을 배경으로 삼고 있습니다. 대표작인 〈누나별〉과 〈요람기〉 또한 농촌을 배경으로 한 짧은 소설입니다. 두 작품 모두 소년의 시점으로 쓰였고 짙은 서정적 분위기를 자아내고 있습니다.

〈누나별〉은 누나를 그리는 소년의 애절한 그리움을 담은 소설입니다. 산골 마을에 사는 소년의 가족은 전쟁을 피해 피난을 가게 됩니다. 그러나 늙은 할머니와 다리를 저는 누나는 집에 남고, 소년만 부모를 따라 나섭니다. 자신을 아껴 주던 누나를 그리워하며 밤마다 하늘의 별을 바라보는 소년의 애틋한 마음이 아름답게 묘사되어 있습니다.

〈요람기〉는 오염되지 않은 자연과 그 자연만큼 순수한 소년 시절을 그리워하는 화자의 회상을 담은 소설입니다. 소년들은 봄이면 들불놀이와 너구리 잡기를 하고, 여름에는 밤밭골에서 소에게 풀을 먹이고 멱을 감습니다. 가을이면 콩서리를 해서 먹고, 겨울이면 연날리기를 합니다. 이처럼 자연과 하나가 된 듯한 동심童心의 세계는 마치 한 편의 수채화처럼 서정적입니다. 다음은 〈요람기〉의 일부입니다.

기차도 전기도 없었다. 라디오도 영화도 몰랐다. 그래도 소년은 마을 아이들과 함께 마냥 즐겁기만 했다. 봄이면 뻐꾸기 울음과 함께 진달래가 지천으로 피고, 가을이면 단풍과 감이 풍성하게 익는, 물 맑고 바람 시원한 산간 마을이었다.

먼 산골짜기에 얼룩얼룩 눈이 녹기 시작하고 흙바람이 불어오면, 양지쪽에 몰려 앉아 볕을 쬐던 마을 아이들은 들로 뛰쳐나가 불놀이를 시작했다. (중략) 바람 없는 날, 불꽃은 잘 보이지 않으면서도 마치 흡수지가 물을 빨아들이듯 꺼멓게 번져 가는 잔디 언덕이나, 큰 먹구렁이가 굼실굼실 기어가듯 타 들어가는 논밭 두렁을 바라보고 있노라면, 아지랑이는 온통 현기증이 나도록 하늘로 피어올랐다. _〈요람기〉 중에서.

이렇듯 작가 오영수는 자신의 경험을 바탕으로 농촌 생활에 대한 그리움을 진솔하게 풀어내고 있습니다. 그는 궁핍하고 어려운 성장기를 거치면서도 아름다운 고향의 모습만은 그의 마음 깊숙한 곳에 간직하고 있었던 것입니다.

● 이 소설의 배경은 한국전쟁이 진행 중인 부산과 서울입니다. 당시 시대상을 보여 주는 단어가 <u>아닌</u> 것은 무엇인가요?

  ① 환도   ② 수복   ③ 천막 교사   ④ 구두닦이 아이들   ⑤ 영화

● 이 소설에는 서술자가 등장인물의 성격과 상황을 직접 들려주는 장면이 있는가 하면, 간접적으로 묘사하는 장면도 있습니다. 작품 속에서 구칠이의 어려운 처지를 직접적으로 서술한 부분을 찾아봅시다.

● 이 작품의 주인공인 구칠이는 민우를 위해 남의 구두를 훔치려고 했습니다. 여러분이 민우라면 구칠이의 이런 행동에 대해 어떤 이야기를 할 수 있을까요?

● 이 작품의 제목인 '후조'는 철새를 뜻하는 말입니다. 작가가 후조를 통해 드러내고자 했던 것은 무엇일까요? 구칠이의 처지와 관련하여 말해 봅시다.

● 구두닦이로 일하는 구칠이의 생활환경과 여러분의 환경은 어떻게 다른가요? 또 구칠이처럼 형편이 어려운 친구들을 어떻게 대해야 할지 생각해 봅시다.

● 이 소설의 배경은 한국전쟁이 진행 중인 부산과 서울입니다. 당시 시대상을 보여 주는 단어가 <u>아닌</u> 것은 무엇인가요?

① 환도　② 수복　③ 천막 교사　④ 구두닦이 아이들　⑤ 영화

답 ⑤번.

● 이 소설에는 서술자가 등장인물의 성격과 상황을 직접 들려주는 장면이 있는가 하면, 간접적으로 묘사하는 장면도 있습니다. 작품 속에서 구칠이의 어려운 처지를 직접적으로 서술한 부분을 찾아봅시다.

"팔꿈치에 구멍이 나고 소매 끝이 터실터실 풀린 도꼬리 셔츠, 번들번들 윤이 나도록 때가 묻은 검정 쓰봉, 이런 몰골은 이런 아이들에게서 흔히 볼 수 있지만, 제 발이 한꺼번에 둘이라도 들어갈 만큼 크고, 유독 코가 뭉툭한 군화를 신은 것이 거추장스럽고 우습기도 하다."

● 이 작품의 주인공인 구칠이는 민우를 위해 남의 구두를 훔치려고 했습니다. 여러분이 민우라면 구칠이의 이런 행동에 대해 어떤 이야기를 할 수 있을까요?

'나'를 향한 구칠이의 마음은 애틋하지만, 그 방법이 잘못되었으므로 꾸짖을 수밖에 없을 것입니다. 어떤 일을 진행할 때는 그 일의 목적뿐만 아니라 방법까지도 올바른 것이어야 한다는 점을 알려 주어야 합니다. 그러나 어떡해서든 구두를 구해 주려 한 구칠이의 마음을 헤아려, 그의 마음 씀씀이에 대해서는 고마워 해야 할 것입니다.

● 이 작품의 제목인 '후조'는 철새를 뜻하는 말입니다. 작가가 후조를 통해 드러내고자 했던 것은 무엇일까요? 구칠이의 처지와 관련하여 말해 봅시다.

철새는 먹이를 따라 서식지를 옮겨 다니는 새입니다. 구칠이 또한 생계를 위해 부산, 서울, 미군 부대 등지를 떠돌아다닙니다. 구칠이뿐만 아니라 당시 가난한 환경에 처한 사람들은 어느 한곳에 정착하지 못하고 이곳저곳으로 돈벌이를 찾아 떠돌아다녀야 했습니다.

작가는 '후조'를 통해 좁게는 구칠이라는 인물을, 넓게는 한국전쟁 속에서 가난하게 살아가는 우리 민족의 현실을 드러내고 있는 것입니다.

● 구두닦이로 일하는 구칠이의 생활환경과 여러분의 환경은 어떻게 다른가요? 또 구칠이처럼 형편이 어려운 친구들을 어떻게 대해야 할지 생각해 봅시다.

어린 나이에 돈벌이에 내몰려 힘들게 살아야 했던 구칠이의 상황은 오늘날 여러분의 환경과는 매우 다릅니다. 여러분은 부모로부터 떨어져 돈을 벌기 위해 구두통을 메고 다녀야 하는 처지는 아닐 것입니다.

그러나 현재 우리 사회에도 구칠이와 같이 불행한 처지에 있는 친구들이 있습니다. 그들에게 필요한 것은 경제적인 도움뿐만 아니라 이 작품 속의 구칠이와 민우처럼 서로에 대한 관심과 우정입니다. 각자 어렵고 힘든 환경에 처한 친구들을 도와줄 방법을 생각해 봅시다.

자전거 도둑

: 박완서 :

사람들은 때때로 자기도 모르게 양심에 어긋나는 행동을 하곤 합니다. 평소에는 정직하지만 순간적으로 욕심이 생기거나 두려움이 닥치면 잘못을 저지를 수 있습니다. 그럴 때는 잘못한 점을 지적해 주고 올바른 충고를 해 줄 사람이 필요합니다.

여러분은 어떠한가요? 여러분이 양심을 속이는 행동을 했을 때 바로잡아 준 사람이 있었나요? 충고를 해 준 사람은 누구였으며, 여러분은 어떤 마음으로 충고를 받아들였는지 생각해 봅시다.

수남이는 청계천 세운 상가 뒷길의 전기용품 도매상의 꼬마 점원이다.

수남이란 어엿한 이름이 있는데도 꼬마로 통한다. 열여섯 살이라지만 볼은 아직 어린아이처럼 토실하니 붉고, 눈 속이 깨끗하다. 숙성한 건 목소리뿐이다. 제법 굵고 부드러운 저음이다. 그 목소리가 전화선을 타면 점잖고 떨떠름한 늙은이 목소리로 들린다.

이 가게에는 변두리 전기 상회나 전공◆들로부터 걸려 오는 전화가 잦다. 수남이가 받으면,

"주인 영감님이십니까?"

하고 깍듯이 존대를 해 온다.

"아, 아닙니다. 꼬맙니다."

수남이는 제가 무슨 큰 실수나 저지른 것처럼 황공해 하며 볼까지 붉어진다.

"짜아식, 새벽부터 재수 없게 누굴 놀려. 너 이따 두고 보자."

이런 호령이라도 들려오면 수남이는 우선 고개를 움츠려 알밤을 피하는 시늉부터 한다. 설마 전화통에서 알밤이 튀어나올 리는 없는데 말이다. 실수만 했다 하면 알밤 먹을 것을 예상하고 고개가 자라 모가지처럼 오그라드는 게 수남이가 이곳 전기 상회에 취직하고 나서부터 얻은 조건 반사이다.

이곳 단골손님들은 우락부락한 전공들이 대부분이어서 성질들이 거칠고 급하다. 자기가 요구하는 것을 수남이가 빨리 알아듣고 척척 챙기지 못하고 조금만 어릿어릿하면 '짜아식' 하며 사정없이 밤송이 같은 머리에 알밤을 먹인다.

◆ **전공電工** 전기공. 전기 장치를 설치하거나 수리하는 일을 하는 사람.

수남이는 그 숱한 전기용품 이름을 척척 알아들을 수 있을 만큼 일에 익숙해질 때까지 숱한 알밤을 먹었다.

그런데 일에 익숙해진 후에도 수남이는 심심찮게 까닭도 없는 알밤을 얻어먹는다. 이 거친 사내들은 그런 짓궂은 방법으로 수남이를 귀여워하는 것이다. 예쁜 아이를 보면 물어뜯어 울려 놓고 마는 사람이 있듯이, 이 사내들은 그런 방법으로 수남이에게 애정 표시를 했다.

"짜아식, 잘 잤냐?"

"짜아식, 요새 제법 컸단 말야. 장가들여야겠는데, 짜아식 좋아서……."

그러곤 알밤이다. 주먹과 팔짓만 허풍스럽게 컸지, 아주 부드러운 알밤이다. 그러니까 수남이는 그만큼 인기 있는 점원인 셈이다.

수남이는 단골손님들에게만 인기가 있는 게 아니라, 주인 영감님에게도 여간 잘 뵌 게 아니다. 누구든지 수남이에게 알밤을 먹이는 걸 들키기만 하면 단박 불호령이 내린다.

"왜 하필 남의 머리를 쥐어박어? 채 굳지도 않은 머리를. 그게 어떤 머린 줄이나 알고들 그래, 응? 공부 많이 해서 대학도 가고 박사도 될 머리란 말야. 임자들 같은 돌대가리가 아니란 말야."

그러면 아무리 막돼먹은 손님이라도 선생님 꾸지람에 떠는 초등학생처럼 풀이 죽어서 수남이에게 진심으로 미안해 했다. 그러고는,

"꼬마야, 그럼 너 요새 어디 야학♦이라도 다니니?"

하며 은근히 부러워하는 눈치까지 보였다. 그러면 영감님은 딱하다는 듯이 혀를 차며,

"아니, 야학은 아무 때나 들어가나. 똥통 학교라면 또 몰라. 수남이는 내년 봄에 시험 봐서 들어가야 해. 야학이라도 일류로, 그래서 인

석이 그저 틈만 있으면 책이라고. 허허……."

수남이는 가슴이 크게 출렁인다. 수남이는 한 번도 주인 영감님에게 하다못해 야학이라도 들어가 공부를 해 보고 싶단 말을 비친 적이 없다. 맨손으로 어린 나이에 서울에 와서 거지도 안 되고 깡패도 안 되고 이런 어엿한 가게의 점원이 된 것만도 수남이로서는 눈부신 성공인데, 벼락 맞을 노릇이지, 어떻게 감히 공부까지를 바라겠는가.

그러면서도 자기 또래의 고등학생만 보면 가슴이 짜릿짜릿하던 수남이다. 처음 전기용품 취급이 서툴러 시험을 하다 툭하면 손끝에 감전이 되어 짜릿하며 화들짝 놀랐던 것처럼, 고등학교 교복은 수남이의 심장에 짜릿한 감전을 일으키며 가슴을 온통 마구 휘젓는 이상한 힘이 있었다.

그런 수남이의 비밀을 주인 영감님은 알고 있었던 것이다. 수남이는 부끄럽고도 기뻤다.

그래서 수남이는 "내년 봄에 시험 봐서 들어가야 해. 야학이라도 일류로……." 할 때의 주인 영감님이 그렇게 좋을 수가 없다. 그 소리를 듣기 위해서라면 그까짓 알밤쯤 하루 골백번을 맞으면 대수랴 싶다. 그런 소리를 자기를 위해 해 주는 주인 영감님을 위해서라면 뼛골이 부러지게 일을 한들 눈꼽만큼도 억울할 것이 없을 것 같다. 월급은 좀 짜게 주지만, 그 감미로운 소리를 어찌 후한 월급에 비기겠는가.

수남이의 하루는 눈코 뜰 새 없이 고단하지만 행복하다. 내년 봄, 내년 봄은 올봄보다는 멀지만 오기는 올 것이다. 그리고 영감님이 잘못 알아서 그렇지 시험 볼 때는 봄이 아니라 겨울이다. 겨울은 봄보다 이르다.

♦ **야학夜學** 밤에 공부하는 야간학교를 줄여 이르는 말.

수남이는 온종일 눈코 뜰 새 없이 바쁘게 일을 하고 밤에는 가게 방에서 숙직을 한다. 꾀죄죄한 다후다◆ 이불에 몸을 휘감고 나면 방바닥이야 차건 더웁건 잠이 쏟아진다.

그럴 때 "인석은 그저 틈만 있으면 책이라고." 하던 주인 영감님의 목소리가 생생하게 들려온다. 수남이는 낮 동안 책은커녕 신문 한 귀퉁이 읽은 적이 없다. 도대체가 그럴 틈이 없다. 점원이 적어도 세 명은 있어야 해낼 가게 일을 혼자서 해내자니 여간 벅찬 것이 아니다. 그래도 수남이는 혹사 당하고 있다는 억울한 생각 같은 것은 전혀 없다. 어쩌다 남들이 영감님에게,

"꼬마 혼자 데리고 벅차시겠습니다. 좀 큰 애 하나 더 쓰셔야죠."

영감님은 그런 소리를 제일 싫어한다. 벌레라도 씹어 먹은 듯이 이상야릇한 얼굴로 상대방을 흘겨보며,

"누가 뭐 사람 더 쓰기 싫어 안 쓰나. 어디 사람 같은 놈이 있어야 말이지. 깡패 놈이라도 걸려들어 봐. 우리 수남이가 물든다고. 이런 순진한 놈일수록 구정물 들긴 쉽거든."

얼마나 고마운 주인 영감님인가. 이런 고마운 어른을 위해 그까짓 세 사람이 할 일 혼자 못 할까 하고 양팔의 근육이 팽팽히 긴장한다.

그런 고마운 어른이 보지도 않는 책을 틈만 있으면 본다고 남들에게 자랑을 한 뜻은 밤에라도 잠만 자지 말고 열심히 공부해 두라는 뜻일 것이다. 수남이가 그렇게 풀이한 것이다. 그런 생각을 하면 눈이 말똥말똥해지며 잠이 저만큼 달아난다. 혹시나 하고 보따리 속에 찔러 가지고 온 중학교 때 교과서랑 고등학교까지 다닌 형이 쓰던 참고서 나부랭이를 이렇게 유용하게 쓸 줄은 정말 몰랐다. 책이라야 통틀어 그것뿐이다.

주인 영감님이 심심할 때 사 본 주간지 같은 것이 굴러다닐 적도 있어서 소년다운 호기심이 동하지 않는 것도 아니었지만 "인석이 그저 틈만 있으면 책이라고." 하며 주인 영감님이 가리키는 책이란 결코 이런 주간지 조각이 아닐 것이라는 영리한 짐작으로 수남이는 결코 그런 데 한눈을 파는 법이 없다. 시간이 아까워서라도 그렇게는 할 수 없다.

가게를 닫고 셈을 맞추고 주인댁 식모가 날라 온 저녁을 먹고 나서 혼자가 될 수 있는 시간은 거의 열한 시경이다.

그때부터 공부라고 해야 되는 것이다. 그리고도 수남이는 이 동네 가게의 누구보다도 먼저 일어나야 하는 것이다. 수남이의 부지런함은 이 근처에서도 평판이 자자했다.

제일 먼저 가게 문을 열고, 물뿌리개로 골목길에 물을 뿌리고는 긴 골목길을 남의 가게 앞까지 말끔히 쓸고 나서 가게 안 물건 먼지를 털고, 어떡하면 보기 좋을까 연구를 해 가며 다시 진열을 하고 제 몸단장까지 개운하게 끝낸다. 그제야 주인 영감님이 나온다.

주인 영감님은 만족한 듯 빙긋 웃고 '짜아식' 하며 손으로 수남이의 머리를 더듬는다. 그러나 알밤을 먹이는 일은 한 번도 없었다. 따뜻하고 큰 손으로 머리를 빗질하듯 두어 번 쓸어내려 주고는, 부드러운 볼로 해서 둥근 턱까지를 큰 손바닥에 한꺼번에 감쌌다가는 다시 한 번 '짜아식' 하곤 놓아준다. 수남이는 그 시간이 좋다. 그래서 남보다 일찍 일어나야 하는 것이다.

아직은 육친애◆에 철모르고 푸근히 감싸여야 할 나이다. 그를 실제 나이보다 어려 뵈게 하는, 아직 상하지 않은 순진성이 더욱 그에게 육친애를 목마르게 한

◆ **다후다** 나일론 섬유를 이르는 일본 말.
◆ **육친애**肉親愛 혈통이 이어진 사람들 사이의 애정.

다. 주인 영감님의 든든하고 거친 손에서 볼과 턱을 타고 전해 오는 따뜻함, 훈훈함은 거의 육친애적이었고 그래서 수남이는 그 시간이 기다려질 만큼 좋았고, 꿀같이 단 새벽잠을 떨쳐낸 보람을 느끼고도 남을 충족된 시간이기도 했다.

그 어느 해보다도 긴 겨울이 가고 봄이 왔다. 내년 봄이 아니라 올봄이 온 것이다. 캘린더에는 벚꽃이 만발해 있었다. 그런데도 그 어느 해보다도 길게 해먹은 겨울은 뭘 아직도 덜 해먹었는지 화창한 봄날에 끼어들어 심술을 부렸다. 별안간 기온이 급강하하더니 바람까지 세차게 몰아쳤다.

낮 동안 떼어서 세워 놓은 가게 판자문이 요란한 소리를 내고 나자 빠지는가 하면, 가게 함석 지붕은 얇은 헝겊처럼 곧 뒤집힐 듯이 펄럭대고, 골목 위 공중을 가로지른 전화줄에서는 온종일 귀신의 휘파람 같은 이상한 소리가 났다.

낮에는 이 가게 골목에서 사고까지 났다. 전선을 도매하는 집 아크릴 간판이 다 마른 빨래처럼 훨훨 나는가 했더니, 곧장 땅으로 떨어지면서 때마침 지나가던 아가씨의 정수리를 들이받고 떨어졌다.

피가 아가씨의 분결 같은 볼을 타고 흘러 흰 스웨터에 선명한 붉은 반점을 줄줄이 그렸다. 피를 보자 다 큰 아가씨가 어린애처럼 앙앙 울어댔다.

가게마다에서 사람들이 뛰어나왔으나 아가씨를 부축해서 병원으로 달려간 것은 바람에 간판을 날린 전선 도매집 주인 아저씨였다.

사람들은 모두 치료비를 톡톡히 부담해야 할 그 아저씨를 동정했다. 지랄스런 바람이지, 그 아저씨가 무슨 잘못이 있기에 생돈을 빼앗기냐고, 그렇지만 돈지갑 옆구리에 차고 부는 바람 못 봤으니, 그 재수 나쁜 아가씬들 그 재수 나쁜 아저씨한테 떼를 쓸밖에 도리 없지 않 겠느냐고 사람들은 쑥덕댔다.

하여튼 수남이가 알 수 있는 것은 그 아가씨도 그렇고 그 아저씨도 그렇고 오늘 재수 옴 붙었다◆는 것뿐이었다.

수남이는 문득 자기도 재수 옴 붙을 것 같은 예감이 들었다. 그래서 화들짝 놀라 큰 간판을 다시 점검하고 힘껏 흔들어 보고, 대롱대롱 매달린 아크릴 간판은 아예 떼어서 안에다 갖다 두고, 떼어 세워 놓 은 빈지문◆은 좁은 옆 골목 변소 앞에 끼워 놓았다.

바람 부는 서울의 뒷골목은 흉흉하고◆ 을씨년스러웠다.◆ 먼지는 물 론 온갖 잡동사니들이 다 날아들어 가게 앞에 쓰레기 무더기를 만들 었다. 쓸어도 쓸어도 당해 낼 도리가 없었다.

손님도 딴 날보다 적고 수남이는 까닭없이 마음이 울적했다.

시골의 바람 부는 날 풍경이 생생하게 떠올랐다. 보리밭은 바람을 얼마나 우아하게 탈 줄 아는가, 큰 나무는 바람에 얼마나 안달맞게 들까부는가,◆ 큰 나무와 작은 나무가 함께 사는 숲은 바람에 얼마나 우렁차고 비통하게 포효◆하는가, 그것을 알고 있는 것은 이 골목에서 자기 혼자뿐 이라는 생각이 수남이를 고독하게 했다.

전선 가게 아저씨가 어두운 얼굴을 하 고 돌아왔다. 가게 주인들이 우르르 전선 가게로 모였다. 아가씨의 안부보다도 그 아저씨 손해가 얼마인가, 모두 그것이 궁 금한 모양이었다.

수남이네 주인 영감님도 가더니, 한참

◆ **재수 옴 붙다** 재수가 아주 없음을 이 르는 말.
◆ **빈지문** 한 짝씩 끼웠다 떼었다 하게 만든 문.
◆ **흉흉하다** 분위기가 술렁술렁하여 매 우 어수선하다.
◆ **을씨년스럽다** 날씨나 분위기 따위가 몹시 스산하고 쓸쓸한 데가 있다.
◆ **들까불다** 위아래로 심하게 흔든다.
◆ **포효咆哮** 사나운 짐승이 울부짖는 듯, 거친 소리를 비유적으로 이르는 말.

만에 돌아오면서 하늘을 쳐다보며 욕지거리를 했다.

"육시랄 놈의 바람, 무슨 끝장을 보려고 온종일 이 지랄이야."

아마 전선 가게 아저씨 손해가 대단했던 모양이다. 그래서 동정 삼아 그렇게 화를 내는 눈치다. 하긴 그런 일이 아니더라도 서울 사람들에게는 바람이 손톱만큼도 반가울 리가 없겠다. 바람의 의미를, 간판이 날아가는 횡액,♦ 한없이 날아오는 먼지, 쓰레기 그것밖에 모르니까.

봄바람이 게으른 나무들에게, 잠든 뿌리들에게, 생경한 꽃망울들에게 얼마나 신기한 마술을 베풀고 지나갔나를 모르니까. 봄바람이 한차례 지나고 거짓말같이 화창하고 아늑하게 갠 날, 들판이나 산등성이에 있어 본 적이 없을 테니까.

수남이는 다시 한번 울고 싶도록 고독해진다.

전화를 받은 주인 영감님이 좀 생기가 나더니 계산서를 작성해 주면서 ××상회에 20와트, 형광 램프 다섯 상자만 배달해 주고 오란다. 가까운 데 있는 소매상♦에서는 이렇게 전화 주문으로 배달까지를 부탁해 오는 수가 많다. 수남이는 자전거도 잘 타 배달이라면 문제도 없다.

그래도 오늘은 바람이 유난해서 조심하느라 형광 램프 상자를 밧줄로 꼼꼼히 묶는다. 주인 영감님까지 묶는 걸 거들어 주면서,

"인석아, 까불지 말고 조심해. 사고 내 가지고 누구 못할 노릇 시키지 말고."

오늘 장사가 좀 잘 안 돼서 그런지 말씨가 퉁명스럽긴 했지만, 나쁜 말은 아닌데도 수남이는 고깝게♦ 듣는다.

꼭 네깟 놈 다칠 게 걱정이 아니라 나 손해볼 게 겁난다는 소리로 들린다.

수남이는 보통 때 같으면 "할아버지 다녀오겠습니다." 하고 신바람

나게, 그리고 붙임성 있게 외치고는 방긋 웃어 보이고 나서야 페달을 밟고 씽 달렸을 터인데, 오늘은 왠지 그래지지가 않는다. 아무 말 안 하고 자전거를 무거운 듯이 질질 끌다가 뭉기적 올라타면서 느릿느릿 페달을 젓는다. 주인 영감님이 뒤에서 악을 쓴다.

"인석아 조심해. 까불지 말고."

주인 영감님의 목소리가 회오리바람을 타고 이상하게 날카롭고 기분 나쁘게 들린다. 수남이는 '쳇' 하고 혀를 차고는 도망치듯 씽 자전거의 속력을 낸다.

형광 램프를 ××상회에 부리고◆ 나서 수금◆하는 데 또 한참이 걸린다. 장사꾼의 생리란 묘한 데가 있다.

수남이는 아직도 그 생리만은 이해가 안 될 뿐더러 문득문득 혐오감까지 느끼고 있다.

금고에 돈을 수북이 넣어 놓고도 꼭 땡전 한푼 없는 얼굴을 하고 도무지 돈을 내주려 들지를 않는다. 조금 있다 오란다. 그동안에 수금이 되면 주겠다는 것이다.

그러나 이쪽에선 그 수에 넘어가지 말고 악착같이 지키고 서서 받아 내야 하는 것이다. 그것이 수남이가 서울에 와서 점원 노릇하면서 배운 상인 철학 제1항이었다.

"아유, 오늘 더럽게 장사 안 된다."

××상회 주인은 니코틴◆이 새까맣게 달라붙은 이빨 안쪽을 드러내고 크게 하품을 한다. 돈을 빨리 안 주는 변명 같기도 하고, '인석아, 하루 종일 기다려 봐라, 누

◆ 횡액橫厄 뜻밖에 닥쳐오는 불행.
◆ 소매상小賣商 물건을 생산자에게 사 들여 직접 소비자에게 파는 가게.
◆ 고깝다 섭섭하고 야속하여 마음이 언짢다.
◆ 부리다 사람의 등에 지거나 자동차나 배 따위에 실었던 것을 내려놓다.
◆ 수금收金 받을 돈을 거두어들임.
◆ 니코틴 담배에 들어 있는 해로운 물질 중 하나.

가 돈을 호락호락 내줄 줄 아니.' 하는 공갈 같기도 하다.

그러나 수남이는 들은 척도 안 하고 장승처럼 버티고 서 있다. 저런 수에 넘어가 호락호락 물러가면 주인 영감님에게 야단맞는 것도 맞는 거려니와, 앞으로 열 번도 넘게 헛걸음을 해야 수금을 끝마칠 수 있기 때문이다.

그것도 목돈◆이 아니라 오백 원, 천 원씩 푼돈을 녹여서 말이다.

이럴 때 수남이는 이 세상에 장사꾼처럼 징그러운 족속이 또 있을까 싶은 생각이 나서 한숨이 절로 난다. 그러면서도 자기도 어느 틈에 장사꾼다운 징그러운 수를 쓰고 만다.

"오늘 물건 대금◆은 꼭 결제해 주셔야 돼요. 은행 막을 돈이란 말예요."

수남이는 은행 막는다는 말의 정확한 뜻을 잘 모른다. 그 번들번들하고 위엄 있는 은행이 뒤로 어디 큰 구멍이라도 뚫려 있단 소린지, 뚫려 있기로서니 왜 장사꾼이 막아야 하는지 잘 모르는 채로, 급하게 돈을 받아 내려는 장사꾼들이 으레 심각한 얼굴을 하고 그런 소리를 하길래 수남이도 그래 보는 것이다.

"짜아식, 알았어. 기다려 봐. 돈 들어오는 대로 줄게."

주인이 퉁명스럽게 대답하곤 수남이의 머리에 힘껏 알밤을 먹인다. 수남이는 잽싸게 고개를 움츠러뜨렸는데도 눈에 눈물이 핑 돌 만큼 독한 알밤이다.

장사 더럽게 안 된다는 주인 말과는 달리 손님이 쉴 새 없이 들락거린다. 정말로 가게는 조그맣지만 길목이 아주 좋다. 수남이는 좁은 가게에서 이리 밀리고 저리 밀리면서 잘 버틴다. 버틸 뿐 아니라 속으로 돈이 얼마나 들어오나 암산까지 하고 있다.

소매상이라 큰돈은 안 들어와도 그동안 들어온 돈이 어림잡아 만

원은 됨 직하다. 수남이는 비실비실 안 나오는 웃음을 웃으며,

"어떻게 결제 좀 해 줍쇼."

하고 또 한 번 빌붙는다. 주인은 '짜아식' 하며 또 한 번 알밤을 먹이곤 오백 원짜리, 백 원짜리 합해서 만 원을 세 번이나 세어 보더니 아까운 듯이 내준다.

"짜아식 끈덕지기가 꼭 뙤놈♦ 같다니까, 됐어."

칭찬인지 욕인지 모를 소리를 하고 찍 웃는다. 수남이는 주인이 세 번씩이나 세어서 준 돈을 또 두 번이나 센다. 그러고 나서야 "고맙습니다. 안녕히 계십쇼." 하고는 저만큼 자전거를 세워 놓은 쪽으로 횡하니 달음질친다.

바람이 여전하다. 저만큼서 흙먼지가 땅을 한 꺼풀 벗겨 홑이불처럼 둘둘 말아 오는 것같이 엄청난 기세로 몰려온다. 골목 안의 모든 것이 '뎅그렁', '와장창', '우르릉' 하고 제각기의 음색으로 소리 높이 비명을 지른다.

드디어 흙먼지 홑이불이 집어삼킬 듯이 수남이의 조그만 몸뚱이를 덮친다. 수남이는 눈을 꼭 감고 숨을 죽인다.

바람이 지난 후 수남이는 눈을 뜨고 침을 탁 뱉는다. 입속에 모래가 들어와 깔깔하고 목구멍이 알싸하니♦ 아프다. 다시 자전거 쪽으로 걷는다. 조금 전만 해도 서 있던 자전거가 누워 있다. 그래도 날아가진 않았으니 다행이다.

자전거뿐 아니라 골목의 모든 것이 다 제자리에 그대로 있다. 수남이는 그것이 신기하다. 누워 있는 자전거를 일으켜 세

♦ **목돈** 비교적 많은 돈.
♦ **대금代金** 물건의 값으로 치르는 돈.
♦ **뙤놈** 되놈. 중국 사람을 낮잡아 이르는 말.
♦ **알싸하다** 콧속이나 혀끝이 아리고 쏘는 느낌이 있다.

우고 날렵하게 올라타 막 페달을 밟으려는데, 어디선지 고함 소리가 벽력*같이 들린다.

"이놈아, 어딜 도망가는 거야, 게 섰거라. 꼼짝 말고."

수남이는 자기에게 지르는 고함은 아니겠지 싶어 그대로 페달을 밟는다.

"아니 이놈이, 어디로 도망을 가려고 이래."

뒷덜미를 사납게 붙들린다. 점잖고 깨끗한 신사다. 이런 신사가 자기에게 어떤 볼일이 있다는 것인지, 수남이는 도시 짐작을 할 수 없다. 게다가 신사는 몹시 화가 나 있다. 신사를 화나게 할 일을 자기가 저질렀다고는 더구나 생각할 수 없다.

"임마, 꼼짝 말고 있어."

신사의 말이 아니더라도 꼼짝할래야 할 수 있을 처지가 아니다. 꼼짝은커녕 숨도 제대로 쉴 수 없을 만큼 수남이의 뒷덜미는 신사의 손에 잔뜩 움켜쥐어져 있다.

"임마, 네놈의 자전거가 쓰러지면서 내 차를 들이받았단 말야. 이런 고급차를 말야. 이런 미련한 놈, 왜 눈은 째려, 째리긴. 그러니 내 차에 흠이 안 나고 배겼겠냐. 내 차는 임마, 여자들 손톱만 살짝 닿아도 생채기*가 나는 고급차야 임마, 알간?"

그러고는 거울처럼 티 하나 없이 번들대는 차체*를 면밀히 훑어보더니 "그러면 그렇지." 하고 환성*을 질렀다. 아마 생채기를 찾아낸 모양이다.

"일은 컸다. 임마, 칠만 살짝 긁혔어도 또 모르겠는데 여 봐라, 여기가 이렇게 우그러지기까지 했으니 일은 컸다, 컸어."

신사가 덩칫값도 못하게 팔짝팔짝 뛰면서, 잘 봐 두라는 듯이 수남이의 얼굴을 차에다 바싹 밀어붙였다.

수남이는 차체에 비친 울상이 된 자기 얼굴을 볼 수 있을 뿐이었다. 꼭 오늘 재수 옴 붙은 일이 날 것 같더라만 이런 끔찍한 일이 일어나고 말았구나. 울음이 왈칵 솟구친다. 그러자 제 얼굴도, 차체의 흠도 아무것도 안 보이고 온 세상이 부옇게 흐려 보일 뿐이다.

"울긴, 임마. 너 한 달에 얼마나 버냐?"

신사의 목청이 다분히 누그러지며 목소리에 연민*이 담긴 것을 수남이는 재빨리 알아차린다. 그러자 흑흑 소리까지 내어 운다.

"울긴 짜아식, 할 수 없다. 너나 나나 오늘 재수 옴 붙은 걸로 치고 반반씩 손해 보자. 오천 원만 내."

수남이는 너무 놀라 울음까지 끄르륵 삼키고 신사를 쳐다본다. 그 사이 사람들이 큰 구경이나 난 것처럼 모여들어 신사와 수남이를 에워싼다.

누군가가 뒤에서 "빌어, 이놈아. 그저 잘못했다고 무조건 빌어." 하고 속삭인다. 수남이는 여러 사람들이 자기를 동정하고 있다고 느끼자 적이* 용기가 난다.

"아저씨, 잘못했습니다. 한 번만 용서해 주십시오. 네, 아저씨."

제법 또렷한 소리로 용서를 빈다.

"용서라니, 이만큼 했으면 됐지 어떻게 더 용서를 해."

"아저씨, 그러시지 말고 한 번만 봐주셔요. 네, 아저씨."

수남이는 주머니에 든 만 원 생각을 하면 얼굴이 화끈대고 공연히 무섭기까지

- ◆ **벽력**霹靂 벼락.
- ◆ **생채기** 손톱 따위로 긁히어서 생긴 작은 상처.
- ◆ **차체**車體 자동차의 몸체.
- ◆ **환성**歡聲 기쁘고 반가워서 지르는 소리.
- ◆ **연민**憐憫 불쌍하고 가련하게 여김.
- ◆ **적이** 꽤 어지간한 정도로.

하다. 그렇지만 주인 영감님을 위해 그 돈만은 죽기를 무릅쓰고 지킬 각오를 단단히 한다.

"아니 요석이 이제 보니 이런 큰일 저지르고 그냥 내뺄 심사 아냐? 요런 악질 녀석 같으니라고."

신사의 표정은 은은히 감돌던 연민이 싹 가시고 점잖게 무표정해진다.

그러고는 옆에 섰던 운전사인 듯한 남자에게,

"안 되겠네. 요런 악질 깡패 녀석하고 시비해 봤댔자 공연히 시간만 낭비니, 자네 자물쇠 하나 마련해다 주게. 이 녀석 자전걸 잡아 놓기로 하세. 언제든지 오천 원 가져와서 찾아가라고."

그러고는 주머니에서 오백 원짜리를 한 장 꺼내서 운전사에게 주는 것이었다. 수남이로서는 전혀 예기치 못했던 사태였다.

주머니의 만 원에 대해서만 생각했었지 자전거에 대해선 전혀 생각이 미치지 못했었다.

운전사는 금방 커다란 자물쇠를 하나 사 가지고 왔다. 신사는 다시 네놈은 쳐다보기도 싫다는 듯이 수남이를 전혀 상대 안 하고, 묵묵히 자전거 바퀴에다 자물쇠를 채우고, 앞에 빌딩을 가리키면서,

"나 저기 삼백육 호실에 있으니까 돈 오천 원 갖고 와. 그러면 열쇠 내줄 테니."

하고는 수남이를 힐끗 흘겨보고 유유히 빌딩 속으로 사라져 갔다.

수남이는 울지도 못하고 빌지도 못하고 그냥 막연히 서 있었다. 수남이와 신사의 시비를 흥미진진하게 구경하던 사람들도 헤어지지 않고 그냥 서 있었다. 아마 수남이가 앙앙 울거나, 펄펄 뛰면서 욕을 하거나 그런 일이 일어나 주기를 기다리는 눈치였다.

수남이는 바보가 돼 버린 아이처럼 조용히 멍청히 서 있었다. 누군가가 나직이 속삭였다.

"토껴라 토껴.♦ 그까짓 것 갖고 토껴라."

그것은 악마의 속삭임처럼 은밀하고 감미로웠다. 수남이의 가슴은 크게 뛰었다. 이번에는 좀 더 점잖고 어른스러운 소리가 나섰다.

"그래라, 그래. 그까짓 거 들고 도망가렴. 뒷일은 우리가 감당할게."

그러자 모든 구경꾼이 수남이의 편이 되어 와글와글 외쳐 댔다.

"도망가라, 어서어서 자전거를 번쩍 들고 도망가라, 도망가라."

수남이는 자기 편이 되어 준 이 많은 사람들을 도저히 배반할 수 없었다. 이상한 용기가 솟았다. 수남이는 자전거를 마치 검부러기♦처럼 가볍게 옆구리에 끼고 질풍♦같이 달렸다.

정말이지 조금도 안 무거웠다. 타고 달릴 때보다 더 신나게 달렸다. 달리면서 마치 오래 참았던 오줌을 시원스레 내깔기는 듯한 쾌감까지 느꼈다.

주인 영감님은 자전거를 옆에 끼고 질풍처럼 달려온 놈을 눈을 휘둥그렇게 뜨고 바라볼 뿐이었다. 오늘 바람이 세더니만 필시 이 조그만 놈이 바람에 날아왔나, 설마 그럴 리야 없을 텐데 내 눈이 어떻게 된 것인가 그런 눈치였다.

수남이는 너무 숨이 차서 이런 주인 영감님의 궁금증을 시원히 풀어 주지 못하고 한동안 헉헉대기만 한다.

"임마, 말을 해. 무슨 일이야? 네놈 꼴이 영락없이 도둑놈 꼴이다, 임마."

도둑놈 꼴이라는 소리가 수남이의 가슴에 가시처럼 걸린다. 수남이는 겨우 숨을

♦ **토끼다** '도망가다'를 속되게 이르는 말.
♦ **검부러기** 가느다란 마른 나뭇가지, 마른 풀, 낙엽 따위의 부스러기.
♦ **질풍疾風** 몹시 빠르고 거세게 부는 바람.

가라앉히고 자초지종을 주인 영감님께 고해바친다. 다 듣고 난 주인 영감님은 무엇이 그리 좋은지 무릎을 치면서 통쾌해 한다.

"잘했다, 잘했어. 맨날 촌놈인 줄만 알았더니 제법인데, 제법이야."

그러고는 가게에서 쓰는 드라이버니 펜치를 가지고 자전거에 채운 자물쇠를 분해하기 시작한다. 엎드려서 그 짓을 하고 있는 주인 영감님이 수남이의 눈에 흡사◆ 도둑놈 두목 같아 보여 속으로 정이 떨어진다. 주인 영감님 얼굴이 누런 똥빛인 것조차 지금 깨달은 것 같아 속이 메스껍다.

마침내 자물쇠를 깨뜨렸나 보다. 영감님 얼굴에 회심◆의 미소가 떠오르더니 자유롭게 된 자전거 바퀴를 시험이라도 하려는 듯이 자전거로 골목을 한 바퀴 빙그르르 돌아 들어와서는,

"네놈 오늘 운 텄다."

그러고는 수남이의 머리를 쓰다듬고 볼과 턱을 두둑한 손으로 귀여운 듯이 감싼다. 영감님이 기분이 좋을 때면 수남이에 대한 애정의 표시로 으레 그렇게 했었고, 수남이도 그걸 좋아했었다.

그런데 오늘은 싫다. 영감님의 손이 싫다. 그것이 운 트기는커녕 재수 옴 붙었다는 생각이 여전하고, 수남이는 그날 온종일 우울했다. 그러나 자기가 왜 그렇게 우울한지 그걸 차분히 생각할 새도 없는 바쁜 하루였다.

가게 문을 닫고 주인댁에서 날라 온 저녁밥을 먹고 나면 비로소 수남이 혼자만의 시간이다. 꿀 같은 시간이었다. 책을 펴놓고 영어 단어를 찾고, 수학 문제를 풀어 보고, 턱을 괴고 소년답게 감미로운 공상에 잠길 수 있는 그런 시간이었다.

그러나 오늘 수남이는 그게 되지를 않았다. 책을 집어던졌다.

낮에 내가 한 짓은 옳은 짓이었을까? 옳을 것도 없지만 나쁠 것은

또 뭔가. 자가용까지 있는 주제에 나 같은 아이에게 오천 원을 우려내려고 그렇게 간악하게♦ 굴던 신사를 그 정도 곯려 준 것이 뭐가 나쁜가? 그런데도 왜 무섭고 떨렸던가. 그때의 내 꼴이 어땠으면, 주인 영감님까지 "네놈 꼴이 꼭 도둑놈 꼴이다."고 하였을까.

그럼 내가 한 짓은 도둑질이었단 말인가. 그럼 나는 도둑질을 하면서 그렇게 기쁨을 느꼈더란 말인가.

수남이는 몸을 부르르 떨면서 낮에 자전거를 갖고 달리면서 맛본 공포와 함께 그 까닭 모를 쾌감을 회상한다. 마치 참았던 오줌을 내깔길 때처럼 무거운 억압이 갑자기 풀리면서 전신이 날아갈 듯이 가벼워지는 그 상쾌한 해방감, 한번 맛보면 도저히 잊혀질 것 같지 않은 그 짙은 쾌감, 아아 도둑질하면서도 나는 죄책감보다는 쾌감을 더 짙게 느꼈던 것이다.

혹시 내 피 속에 도둑놈의 피가 흐르고 있기 때문이 아닐까. 순간 수남이는 방바닥에서 송곳이라도 치솟은 듯이 후닥닥 일어서서 안절부절을 못하고 좁은 방 안을 헤맸다.

수남이의 눈앞에는 수갑을 차고, 순경들에게 끌려와 도둑질 흉내를 그대로 내보이던 형의 얼굴이 환히 떠오른다. 그리고 서울 가서 무슨 짓을 하든지 도둑질만은 하지 말라고 신신당부하던 아버지의 얼굴도 떠오른다.

수남이의 형 수길이는, 온 집안 식구가 기대를 걸고 고등학교까지 마쳐 준 보람도 없이 집에서 빈들대다가,♦ 어느 날 갑자기 서울 가서 돈 벌고 성공해서 돌아오겠다는 말 한마디를 남기고 훌쩍 집을 나갔다.

♦ **흡사**恰似 거의 같은 정도로 비슷한 모양.

♦ **회심**會心 마음에 흐뭇하게 들어맞음.

♦ **간악**奸惡하다 간사하고 악독하다.

♦ **빈들대다** 부끄러운 줄 모르고 게으름을 피우며 뻔뻔스럽게 놀기만 하다.

편지 한 장, 하다못해 인편*에 안부 한마디 없는 이 년이 지났다. 그 동안 아버지는 푹 노쇠하고, 어머니는 뼈만 남게 야위어서 수남이랑 동생들이랑을 들볶았다.

들볶는 푸념 속에서 무정한 장남에 대한 원망과 함께 그래도 행여 나 하는 기대가 곁들여 있는 것을 수남이는 느낄 수 있었다.

수남이도 뭔가 형에 대한 기대를 안 할 수가 없었다. 동생들이 발바 닥이 다 닳아 없어져 웃더껑이*만 남은 운동화를 신고 다니는 걸 봐 도 "조금만 참아, 큰형이 돈 많이 벌어 가지고 오면 운동화랑 잠바랑 다 사 줄게." 하는 말을 할 지경이었다.

형이 돈을 많이 벌어 오면…… 이런 기대에 온 집안 식구가 하루하루를 매달려 살았다. 어느 날 밤, 형은 돌아왔다. 옷과 운동화와 과자와 고기 를 한 짐이나 되게 사 가지고. 형이 정말 돈을 벌어서 별의별 것을 다 사 가지고 온 것이었다. 아버지는 밤중이지만 동네 사람을 모아 큰 잔치를 벌이지 못해 안달을 했다. 형이 험악한 얼굴을 하고 안 된다고 했다.

잔치는커녕 동생들이 좋아서 떠드는 것도 못 하게 윽박질렀다.*

수남이는 지금도 그날 밤 일이 생생하다. 그날 밤 형의 누런 똥빛 얼 굴은 정말로 못 잊겠다. 꼭 악몽 같다.

다음 날 형은 읍내에서 온 순경한테 수갑이 채워져 붙들려 갔다. 형은 악을 써서 변명을 하며 갔다.

"이 년 만에 빈손으로 집에 들어갈 수는 없었단 말야. 도저히 그럴 수는 없었단 말야."

그래서 읍내 양품점을 털어 돈과 물건을 훔친 것이다. 다음에 수남 이가 형을 본 것은 읍내에 현장 검증인가를 나왔을 때다. 도둑질한 것을 다시 한 번 되풀이해 보여 주는 것인데, 딴 구경꾼들 틈에 섞여 수남이는 몸서리를 치면서 그것을 봤다. 그 도둑놈과 형제간이란 게 두고두고 생각해도 몸서리가 쳤다.

아버지는 화병*으로 몸져눕고 집안 형편은 말이 아니었다. 수남이는 드디어 어느 날 형이 그랬던 것처럼 서울 가서 돈 벌어 오겠다고 집을 나섰다. 아버지는 말리지 않았다. 문지방을 짚고 일어나 앉아서 띄엄띄엄 수남이를 타일렀다.

"무슨 짓을 하든지 그저 도둑질을 하지 말아라, 알았쟈."

그런데 도둑질을 하고 만 것이다. 하지만 수남이는 스스로 그것은 결코 도둑질이 아니었다고 변명을 한다.

그런데 왜 그때, 그렇게 떨리고 무서우면서도 짜릿하니 기분이 좋았던 것인가? 문제는 그때의 그 쾌감이었다. 자기 내부에 도사린 부도덕성이었다. 오늘 한 짓이 도둑질이 아닐지 모르지만 앞으로 도둑질을 할지도 모르겠다는 생각이 들었다. 형의 일이 자기와 정녕 무관한 일이 아니란 생각이 들었다.

소년은 아버지가 그리웠다. 도덕적으로 자기를 견제*해 줄 어른이 그리웠다. 주인 영감님은 자기가 한 짓을 나무라기는커녕 손해 안 난 것만 좋아서 "오늘 운 텄다."고 좋아하지 않았던가.

수남이는 짐을 꾸렸다. 아아, 내일도 바람이 불었으면. 바람이 물결치는 보리밭을 보았으면.

마침내 결심을 굳힌 수남이의 얼굴은 누런 똥빛이 말끔히 가시고, 소년다운 청순*함으로 빛났다.

◆ 인편人便 오거나 가는 사람의 편.
◆ 웃더껑이 물건의 위에 덮어 놓는 물건을 이르는 말.
◆ 윽박지르다 심하게 짓눌러 기를 꺾다.
◆ 화병火病 울화병. 화로 인해 난 병.
◆ 견제牽制 일정한 작용을 하여 상대편이 지나치게 자유롭게 행동하지 못하게 억누름.
◆ 청순淸純 깨끗하고 순수함.

박완서

朴婉緒, 1931~

　황해도에서 태어난 작가 박완서는 세 살 때 아버지를 여의고 서울로 옮겨 왔습니다. 서울대학교 국문학과에 입학하였으나 곧 한국전쟁이 발발하여 학업을 포기할 수밖에 없었습니다. 이후 결혼하여 평범한 가정주부의 삶을 살다가 마흔 살이 되던 해에 소설가로 등단하였습니다. 화가 박수근에 대한 이야기를 소재로 삼아 쓴 장편소설《나목裸木》이 그의 첫 소설이었습니다.

　박완서는 작가 자신이 겪은 전쟁의 기억을 토대로 한 작품을 많이 써 왔습니다. 특히 전쟁과 분단의 체험이 일상을 살아가는 사람들에게 안겨 주는 상처에 주목하여, 그 상처를 치유하는 과정을 중년 여성 특유의 섬세하고 폭넓은 시선으로 그려 내었습니다. 그리하여 그의 작품에는 도덕적으로 마비된 사회를 고발하고 인간의 위엄성을 지키고자 하는 정신, 고귀한 생명의 소중함을 일깨우는 사상이 담겨 있습니다.

　박완서는 평범한 가정주부로 살다가 뒤늦게 소설가가 되었지만 꾸준히 작품을 발표하고 있습니다. 그는 현재 한국에서 가장 많은 독자들의 사랑을 받고 있는 작가인 동시에, 가장 유명한 여성 작가이기도 합니다.

　대표적인 작품으로는, 작가 자신의 유년 경험을 토대로 쓴《그 많던 싱아는 누가 다 먹었을까》라는 소설이 있으며, 어른과 아이가 함께 읽을 수 있는 동화집으로《자전거 도둑》,《세 가지 소원》,《옛날의 사금파리》,《나 어릴 적에》등이 있습니다.

"무슨 짓을 하든지 그저 도둑질을 하지 말아라"

이 작품은 순박한 시골 소년이 비정한 어른들의 세계를 확인하는 과정을 통해 양심에 따라 살기로 결심하는 이야기를 담고 있습니다.

수남이는 청계천 세운 상가의 전기용품 도매상에서 일하는 점원입니다. 낮에는 눈코 뜰 새 없이 일하고 밤에는 가게 한켠에 마련된 방에서 잠을 자는 고된 생활을 하지만, 불평 없이 부지런히 일하여 주인 영감과 단골손님들에게 귀여움을 받습니다. 주인 영감은 수남이가 야학에 들어가려고 항상 책을 읽는다며 남들 앞에서 칭찬을 늘어놓곤 합니다. 그런 주인 영감이 큰 손으로 볼을 쓸어 줄 때마다 수남이는 부모의 정을 느끼며, 주인에게 보답하기 위해서라도 열심히 일하겠노라고 다짐합니다.

봄바람이 심하게 부는 어느 날, 전선 가게 아크릴 간판이 떨어지는 바람에 길 가던 아가씨가 다치는 일이 벌어졌습니다. 사람들은 병원 치료비를 물어내게 된 전선 가게 아저씨를 동정하면서 몹쓸 바람이라고 욕을 합니다. 하지만 수남이는 고향에서는 고맙기만 한 봄바람이 서울에서 푸대접을 받는다는 생각에 쓸쓸해집니다.

곧 수남이는 자전거에 물건을 싣고 배달을 나갔습니다. 물건값을 주지 않으려는 가게 주인과 실랑이를 하여 결국 돈을 받아 나오는데, 한 신사가 나타나 수남이의 자전거 때문에 자신의 고급 승용차에 상처가 났다고 윽박지릅니다. 그러고는 수리비를 가져오지 않으면 자전거를 내줄 수 없다며 자전거 바퀴에 열쇠를 채웠습니다. 이 광경을 지켜보던 구경꾼들은 수남에게 자전거를 들고 도망가라고 부추기고, 수남은 얼떨결에 자전거를 들고 도망쳐 왔습니다. 주인 영감은 수남에게 잘했다며 칭찬을 해주지만, 수남은 도둑질을 한 것 같은 죄책감을 느낍니다.

수남이는 자신의 형이 도둑질을 하여 수갑을 차고 끌려가던 모습을 떠올립니다. 가족들은 서울로 간 형이 돈을 벌어다 주기를 바랐으나 2년 만에 돌아온 형은 읍내 양품점에서 훔친 돈으로 선물을 사 들고 왔습니다. 형의 뒤를 이어 수남이도 돈을 벌기 위해 서울로 떠나올 때 아버지는 절대로 도둑질을 해서는 안 된다는 당부를 했습니다. 그때의 일을 떠올리던 수남이는 고향으로 돌아갈 결심을 하고 짐을 꾸립니다.

1970년대, 일하는 청소년들의 풍경

이 소설은 1970년대의 세운 상가를 배경으로 하고 있습니다. 1970년대는 기술 및 공업 분야가 활기차게 발전하던 시대입니다. 많은 노동력이 필요했고, 돈을 벌기 위해 수많은 농어민들이 도시로 모여들었습니다.

이 소설의 무대가 되는 세운 상가는 산업 발전을 도모하기 위해 1966년 청계천에 세워진 대규모 주상 복합 단지입니다. 서울 종로구 종로 3가와 퇴계로 3가를 잇는 이 상가 단지에는 주로 전기·전자·조명 용품을 판매하는 가게들이 밀집해 있었습니다. 한때는 전자 제품 상가로 전성기를 누렸으나 현재는 쇠락하여 일부만이 남아 있습니다.

당시에는 수남이처럼 고등학교도 진학하지 못한 근로 청소년들이 서울에 많았습니다. 그들은 아침부터 밤늦도록 일을 하지만 월급은 적었으며, 방도 없이 가게 한구석에서 잠을 자곤 했습니다. 이들이 이토록

열악한 환경을 버텨 내야 했던 것
은 빚을 갚아야 하는 처지이거나
고향에 돌봐야 할 가족들이 있었
기 때문입니다.

이 작품 속에서 수남이는 야학
에 들어가고 싶어 합니다. 야학_{夜學}
이란 근로 청소년들이 야간에 공
부하는 학교로, 대학생들이 자원
봉사로 공부를 지도해 주었습니
다. 경제가 발전한 요즘에는 야학

1970년대 세운 상가 정경

풍경이 거의 사라졌지만, 당시만 해도 공장이나 상가 주변에는 늦은
밤을 밝히는 주경야독_{畫耕夜讀}의 불빛들을 볼 수 있었습니다.

감정의 변화를 통해 작품을 이해하자

소설 작품을 깊이 있게 이해하기 위해서는 주인공이 겪는 감정의 변
화 과정을 살펴보는 것도 좋은 방법입니다. 이 소설에 등장하는 순박
한 주인공은 어른들이 드러내는 비도덕적인 태도와 마음에 따라 다양
한 감정의 변화를 겪습니다. 수남이가 마음의 상처를 입고, 그것을 극
복해 나가는 과정을 통해 작품의 주제를 살펴보도록 합시다.

장면	감정
청계천 세운 상가에서 주인 영감과 주변 어른들의 귀여움을 받으며 야학에 들어갈 꿈을 키우는 장면.	**밝고 씩씩함** : 적은 월급에 세 명이 할 일을 떠넘기는 주인 영감의 속셈을 모르는 수남은 오히려 주인 영감에게 감사하며 열심히 일하겠다고 다짐한다.
봄바람에 간판이 떨어져 지나가던 아가씨가 다치게 되자, 주위 사람들은 다친 사람을 걱정하기보다는 병원비를 치르게 된 가게 주인을 걱정하는 장면.	**우울하고 외로움** : 영업에 방해가 되는 봄바람을 탓하는 어른들의 모습을 보며, 고향에서 느낀 봄바람의 고마움을 자신만 알고 있는 것 같아 외롭다.
배달 나간 가게에서 돈을 주지 않으려고 버티는 주인과 실랑이를 벌여 수남이 끝내 돈을 받아 내는 장면.	**쓸쓸함** : 어느새 장사꾼같이 행동하는 자신의 모습을 발견하고 쓸쓸해진다.
자동차 주인이 고급 자동차에 흠집을 냈다고 윽박지르는 장면.	**슬픔** : 서러움이 북받쳐 눈물을 떨군다.
구경꾼들이 부추기자 자전거를 들고 도망치는 장면.	**공포 속의 쾌감** : 자전거를 들고 몰래 달아나는 상황이 두렵기도 하지만 그 속에서 묘한 쾌감을 느낀다.
도둑질을 해서는 안 된다고 당부하던 아버지를 떠올리고 짐을 꾸리는 장면.	**그리움** : 자신의 양심을 올바르게 견제해 줄 아버지가 그립다. 마침내 고향으로 돌아가기로 한 순간 수남의 얼굴은 '누런 똥빛'이 가시고 '청순함'으로 빛난다.

한국 문단의 거목, 박완서

박완서는 평범한 가정주부로 살다가 마흔이라는 다소 늦은 나이에 작가 생활을 시작했습니다. 그러나 등단 이후 40여 년이라는 긴 시간 동안 작품 활동을 지속하면서 문단의 젊은 작가들에게 귀감이 되고 있습니다. 여든을 바라보는 지금까지 작가로 활동할 수 있었던 것은 굴곡 많았던 그의 인생과 밀접한 관련이 있습니다.

박완서는 1950년에 서울대 국문과에 입학했지만 한국전쟁으로 중퇴했고, 그 잔혹한 전쟁 속에서 무수한 죽음을 목격합니다. 그중에는 숙부와 오빠의 죽음도 포함되어 있습니다. 작가는 사랑하는 가족들을 잃는 슬픔을 겪으며 '언젠가는 이것을 글로 쓰리라.' 마음먹었다고 합니다. 작가에게 문학이란 죽어 간 가족들에 대한 애정의 표현이자, 자신을 치유하는 한 방법이었습니다.

작가와 나이 차이가 많이 나는 20, 30대 독자들도 박완서의 소설을 즐겨 읽습니다. 그의 소설은 젊은 사람들의 언어 감각에 뒤떨어지지 않으며, 세상을 바라보는 날카로운 시선이 여전히 신선하기 때문입니다.

나이가 들어도 부지런히 젊은 작가들의 소설을 읽고, 끊임없이 새로운 작품을 구상하는 박완서는 죽을 때까지 '현역 작가'로 남는 것이 소원이라고 합니다. 그의 바람대로 앞으로도 많은 사람들에게 위로가 되고 힘이 되는 작품이 나오길 기대해 봅니다.

또 다른
이야기
2

따뜻한 교훈이 녹아 있는
〈옥상의 민들레꽃〉과 〈달걀은 달걀로 갚으렴〉

박완서는 환갑이 지나면서 어른과 아이가 다 같이 읽을 수 있는 작품을 여러 편 썼습니다. 그것은 작가가 살아오는 동안 배운 삶의 경험과 지혜를 손자 손녀에게 들려주는 듯한 이야기들입니다. 특히 〈자전거 도둑〉이 그렇듯이, 1970년대를 배경으로 산업화의 그늘에 가려져 있던 휴머니즘의 발견, 즉 우리가 지켜야 할 순수함과 따뜻한 인간애란 무엇인가 하는 생각을 일깨우는 이야기를 많이 썼습니다.

〈자전거 도둑〉과 함께 읽어 봐야 할 작품은, 현대인의 이기적인 모습을 밝힌 〈옥상의 민들레꽃〉이나, 시골 아이들이 상처 받은 마음을 치유하는 과정을 담은 〈달걀은 달걀로 갚으렴〉 등이 있습니다.

〈옥상의 민들레꽃〉은 모든 사람들이 부러워하는 궁전 아파트에서 할머니 한 분이 투신자살을 하는 이야기로 시작됩니다. 대책 회의에 모인 입주민들은 아파트 값이 떨어질까 하는 우려와 더불어 각자 자기의 이익을 지키기에 여념이 없습니다.

어머니를 따라온 어린 '나'는 더 이상의 자살을 막기 위해서는 옥상에 민들레꽃을 심어야 한다고 생각합니다. 얼마 전에 죽으려는 결심으로 옥상에 올라갔을 때 민들레꽃을 보고 희망을 얻었기 때문입니다. 그러나 어른들은 할머니가 죽은 이유 따위는 궁금해 하지도 않습니다. 소년의 말에 귀 기울이지 않는 어른들의 이기적인 모습을 통해 작가는 삶의 진정한 가치를 묻고 있습니다.

〈달걀은 달걀로 갚으렴〉의 이야기는 시골 아이들과 선생님을 중심으로 전개됩니다. 선생님은 아이들에게 암탉을 나누어 주며 잘 키우라고 합니다. 이는 학생들이 스스로의 힘으로 수학여행 경비를 마련하는 경험을 쌓게 하기 위해서입니다. 그러나 '한뫼'는 한사코 암탉을 없애려 합니다. 2년 전에 한뫼도 암탉을 열심히 키워서 도시로 수학여행을 다녀왔는데, 그때 도시 사람들이 삶은 달걀 많이 먹기 게임을 하는 광경에 충격을 받았던 것입니다. 한뫼가 암탉을 키워 정성스럽게 하나하나 모은 달걀을 도시 사람들이 함부로 취급하는 것에 화가 난 것이죠.

한뫼의 이야기를 들은 선생님은 도시의 아이들을 초대하자는 제안을 합니다. 그들에게 자연 그대로의 모습을 보여 주고 시골 밤하늘에 빛나는 별을 보여 주자고 제안합니다. 한뫼가 2년 동안 지니고 있던 마음의 상처는 선생님의 현명한 해법으로 순식간에 치유됩니다.

● 다음 중 이 작품의 주인공인 수남이에 대한 설명으로 잘못된 것은 무엇인가요?

   ① 수남이는 성실하고 순박하다.

   ② 수남이는 돈도 벌고 공부도 하고 싶어 한다.

   ③ 수남이는 도둑질을 즐기는 성격이다.

   ④ 수남이는 올바른 교훈을 해 준 아버지를 존경한다.

● 전기 용품점의 주인 영감은 수남을 아끼는 듯이 행동하지만 진심에서 우러나온 것은 아니었습니다. 주인 영감의 이중적인 모습에 대해 말해 봅시다.

● 시골에서 올라온 수남이는 봄바람을 원망하는 도시 사람들을 보면서 쓸쓸함을 느낍니다. 그 이유는 무엇일까요? 그리고 서울에 부는 봄바람과 시골에 부는 봄바람은 어떻게 다를까요?

● 이 작품의 마지막 대목에서 수남이가 고향으로 내려가기로 결심한 결정적인 이유는 무엇입니까?

● 이 이야기 속에서 수남이가 자전거를 들고 달린 행동에 대해 생각해 봅시다. 여러분은 수남이의 행동에 대해 어떤 비판이나 위로의 말을 해 주겠습니까?

● 다음 중 이 작품의 주인공인 수남이에 대한 설명으로 **잘못된** 것은 무엇인가요?

① 수남이는 성실하고 순박하다.

② 수남이는 돈도 벌고 공부도 하고 싶어 한다.

③ 수남이는 도둑질을 즐기는 성격이다.

④ 수남이는 올바른 교훈을 해 준 아버지를 존경한다.

답 ③번.

수남이는 자전거를 들고 온 것을 도둑질과 같은 것이라고 생각하고, 그 행동에 대해 죄책감을 느낍니다.

● 전기 용품점의 주인 영감은 수남을 아끼는 듯이 행동하지만 진심에서 우러나온 것은 아니었습니다. 주인 영감의 이중적인 모습에 대해 말해 봅시다.

주인 영감은 의리와 정이 많은 사람인 양 행동하지만 사실은 돈을 제일 중요한 가치로 여기는 사람입니다.

수남에게 월급은 조금밖에 안 주면서 세 사람 몫의 일을 시키고 수남이가 공부할 수 있도록 배려해 주지도 않으면서 남들 앞에서는 야학에 들어갈 것이라고 하여 좋은 주인인 척합니다. 수남이가 자전거를 들고 뛰어온 것에 대해서도 손해 볼 일을 만들지 않은 것만을 다행으로 생각하는 사람입니다.

● 시골에서 올라온 수남이는 봄바람을 원망하는 도시 사람들을 보면서 쓸쓸함을 느낍니다. 그 이유는 무엇일까요? 그리고 서울에 부는 봄바람과 시골에 부는 봄바람은 어떻게 다를까요?

수남이가 알고 있는 봄바람은 겨울을 몰아내는 고마운 바람입니다. 수남이는 시골에서 자랐기 때문에 자연을 일깨우는 봄바람의 풍경이 얼마나 아름다운지를 잘 알고 있습니다. 그러나 서울 사람들에게 봄바람은 성가시기만 할 뿐입니다. 자연의 소중함을 못 느끼는 도시 사람들의 모습이 수남이를 쓸쓸하게 한 것입니다.

● **이 작품의 마지막 대목에서 수남이가 고향으로 내려가기로 결심한 결정적인 이유는 무엇입니까?**

청계천 상가에는 수남이에게 올바른 충고를 해 줄 사람이 없습니다. 수남이에게 돈을 내라고 윽박지르거나, 자전거를 들고 도망치라고 하거나, 도망쳐 온 수남이를 칭찬할 뿐입니다.

수남이가 양심의 가책을 느껴 괴로워할 때 자신을 견제해 준 사람은, 무슨 일이 있어도 도둑질을 해선 안 된다고 했던 아버지였습니다. 결국 수남이는 양심을 저버리며 도시에서 살기보다는 자신을 올바르게 인도해 줄 아버지 곁으로 가기로 한 것입니다.

● **이 이야기 속에서 수남이가 자전거를 들고 달린 행동에 대해 생각해 봅시다. 여러분은 수남이의 행동에 대해 어떤 비판이나 위로의 말을 해 주겠습니까?**

수남이의 행동은 올바르다고 볼 수 없습니다. 자동차 주인을 설득하거나 주인 영감에게 부탁하여 문제를 해결하지 않고 자전거를 들고 도망쳤기 때문입니다. 그러나 곧 자신의 잘못을 반성하고 양심에 따라 청계천 상가를 떠나기로 한 수남이의 결정에 대해서는 격려해 주어야 합니다. 수남이가 내린 결정은 현실과 타협하며 이기적으로 살아가지 않겠다는 용기 있는 선택이기 때문입니다.

선생님의 밥그릇

: 이청준 :

얼마 전, 가난하고 귀가 잘 들리지 않는 한 학생을 보살핀 선생님에 대한 기사가 신문에 실렸습니다.

그 학생은 학교생활에 불편을 겪으면서도 자신의 장애를 친구들에게 알리지 않았습니다. 또한 가정환경을 비관하여 점차 성격이 비뚤어지고 있었습니다. 그런데 담임선생님의 정성스러운 보살핌 덕에 그 학생은 탈선하지 않고 대학교까지 무사히 입학할 수 있었습니다.

이처럼 선생님의 관심과 사랑은 제자의 인생을 바꾸어 놓기도 합니다.

여러분은 학교를 다니는 동안 특별히 기억에 남는 선생님이 있었나요? 선생님이 베푼 은혜와 사랑을 헤아려 봅시다.

37년

전의 반 담임선생님을 모신 저녁 회식 자리는 이날의 주빈＊이신 노진 선생님의 옛 기벽＊에 대한 추억으로 처음엔 분위기가 그저 유쾌하기만 하였다.

노진 선생님은 그러니까 50년대 초중반 전란＊의 혼란과 궁핍 속에 어렵사리 중학생모를 쓰게 된 우리 ㅅ중학교의 1학년 3반 담임선생님이셨다. 그런데 중학교 초년 시절 그 남녘 도시 학교의 노진 선생님은, 새 교풍＊과 학과목, 근엄한 표정의 선생님들 앞에 어딘지 기가 조금씩 움츠러든 반 아이들, 특히 이곳저곳 벽지＊ 시골에서 올라와 낯선 도회살이를 갓 시작한 심약한＊ 지방 출신 아이들을 또래 친구처럼 즐겁게 잘 보살펴 주신 분이었다. 한 예로, 방과 후에 뒤에 남아 빈 교실을 정리해야 하는 청소 당번을 몹시 싫어한 우리들에게 선생님은 그날그날 종례 시간에 갑작스런 벌칙을 마련하여 거기에 해당하는 아이들로 하여금 그날의 청소 인원을 충당하곤 하시는 식이었다.

"오늘 아침 운동장 조회 때 똑바로 줄 서지 않았다가 나한테 호명＊ 당한 일곱 명 일어서 봐……. 너희가 오늘 청소 당번이다."

"오늘 체육 시간에 체육복 안 입고 나간 사람 O명 있었는데, 누구누구가……. 너희들 오늘 무엇을 해야 하는 녀석들인 줄 알고 있겠지?"

항상 그런 식이셨다. 어떤 땐 갑자기 책가방 속을 검사하여 놀이용 구슬을 가지고 다니는 아이들을 골라내시기도 하였고, 어떤 땐 저고리 단추나 이름표가 조금 비뚤어진 아이들을 억울하게 골탕 먹이시기도 하였다. 심지어는 선생님

＊ 주빈主賓 가장 중심이 되는 손님.
＊ 기벽奇癖 남달리 기이한 버릇.
＊ 전란戰亂 전쟁으로 인한 난리.
＊ 교풍校風 학교 특유의 기풍.
＊ 벽지僻地 도시에서 멀리 떨어져 있어 교통이 불편하고 문화의 혜택이 적은 곳.
＊ 심약心弱하다 마음이 여리고 약하다.
＊ 호명呼名 이름을 부름.

이 종례 들어오시는 걸 모르고 미처 자리에 앉지 못한 아이들의 이름이 줄줄이 불리게 될 때도 있었고, 그게 그날의 청소 당번이 될 줄 알고 미리 선수를 쳐 "너희들 오늘 청소 당번!" 하고 말했다가 오히려 선생님의 '교편을 모독한 죄'나 '남의 불행을 악용하려는 죄'로 먼저 걸린 아이들을 대신해 엉뚱한 고역 ◆을 떠안게 되는 수도 있었다. 또 책가방 속에 만화책을 숨겼다 들통이 난 아이는 그 허물로 공부를 소홀히 한 죄, 중학생의 품위를 떨어뜨린 죄, 선생님의 주의를 어긴 죄, 그리고 선생님을 속이려 한 죄에다, 자신의 죄목을 헤아려 보라고 했을 때 '선생님의 비상한 눈치와 비행 ◆ 탐지력을 알아보지 못한 죄'를 빠뜨린 허물로 '자신이 반성해야 할 죄의 가짓수도 다 알지 못한 죄'까지 더하여 일주일 동안 연속 벌 청소를 선고 받은 아이의 경우까지 있었다.

반 아이들은 언제 어디서 어떤 벌칙으로 그날의 청소 당번이 정해지게 될지 몰라 선생님 앞에선 늘 마음을 놓을 수가 없었다. 그러나 그것은 긴장이나 원망을 부를 리는 없었다. 그렇게 떠맡게 된 청소 당번이 그닥 ◆ 억울하거나 짜증스러울 수도 없었다. 그것은 일종의 즐거운 유희 ◆나 게임 같은 것이었고, 우리들의 첫 학교생활도 그만큼 부드러운 안정을 얻어 갔다.

그런데 어느 날 오후, 그 노진 선생님이 그간 정년퇴직을 하고 지내시다 이번엔 며칠간 서울에 머무르고 계시다는 한 옛 반 친구의 전화 통문 ◆이었다. 거기다 전에도 가끔 찾아뵌 친구들이 있긴 하지만, 이번 기회에 옛 반우들이 함께 선생님을 모셔 보자는 의견에 따라, 서울에 머무르고 있는 옛 제자 7, 8명이 모처럼 선생님과 함께하게 된 자리가 이날의 회식 자리였다. 그러니까 그 시절 그런저런 반 관리나 아이들 지도법을 무슨 싱거운 기벽쯤으로 말하기는 뭣하지만, 어쨌거나 그 같은 선생님에 대한 추억들로 이날의 회식 자리는 처음엔 그 분위기가 썩 부드럽고 즐거운 편이었다. 그런 유의 모임 자리가 대개 그런 식이듯 어딘지 좀 싱겁고 의례적*이기까지 한 느낌마저 없지 않았을 정도였다.

그런데 몇 순배* 술잔이 비워지고 주 식사가 나왔을 때부터 그런 분위기가 갑자기 달라지기 시작했다. 선생님은 그때 상을 보아 주고 나가는 심부름꾼 아이에게 빈 그릇 하나를 더 부탁하여 당신의 밥을 미리 반쯤이나 덜어내고 식사를 시작하셨는데, 그것을 보고 한 친구가 무심히 알은체를 하고 나선 것이 그 첫 사단*이었다.

"근력이 썩 좋아 보이시지는 못한 편이신데 진지라도 좀 많이 드시지 않으시구요."

"전에도 선생님께선 늘 수저를 드시기 전에 먼저 진지를 많이 덜어내시던데 혹시 소식 요법*이라도 계속하고 계신 거 아니신지요?"

먼저 친구에 이어 그동안 몇 차례 선생님을 찾아뵌 적이 있었다던 다른 한 친구까지 뒷말을 거들고 나서는 소리에, 선생님은 처음 별로 대수롭잖은 일처럼 가벼운 웃음기 속에 대답을 대충 얼버무리고 넘어가셨다.

"아니 이 나이에 무슨 건강 요법은……. 어쩌다 몸에 익어진 내 젊었을 적부터의 버릇이랄까……."

그런데 그다음에 선생님의 표정이나 말

◆ 고역苦役 몹시 힘들어 견디기 어려운 일.
◆ 비행非行 잘못되거나 그릇된 행위.
◆ 그닥 그다지.
◆ 유희遊戱 즐겁게 놀며 장난함.
◆ 통문通文 통지하는 문서. 여기서는 '소식'의 의미.
◆ 의례적 형식이나 격식만을 갖춘.
◆ 순배巡杯 술자리에서 술잔을 차례로 돌림.
◆ 사단事端 사건의 단서. 또는 일의 실마리.
◆ 소식 요법 밥을 적게 먹음으로써 건강을 관리하는 방법.

씀이 좀 심상치가 않아 보이셨다.

"문상훈 군……. 내 자네한텐 아직도 할 말이 없네. 그래, 자넨 그동안 큰 어려움 없이 잘 지내 왔던가?"

제자들의 물음에 왠지 대답을 흐리고 계신 듯싶던 그 선생님의 눈길이 무심결에 문상훈이라는 한 운수회사* 봉직*의 친구에게로 흐르시더니, 무언지 마음속에 혼자 묻어 온 생각이 있으신 듯 조용히 묻고 계셨다. 그 선생님의 어조나 표정 속엔 분명 이때까지와는 유가 다른 어떤 그윽하면서도 새삼스런 감회의 빛이 어리고 있었다. 더욱이 일견 범연스럽게* 보일 수 있는 그 선생님의 물음 앞에 문상훈도 이상하게 얼굴색이 붉어지며 다른 때의 그답지 않게 목소리가 숙연해지고 있었다.

"예, 선생님. 저야말로 그동안 선생님의 은덕*으로 자신을 이만큼이나마 이끌어 온 것 같습니다. 하지만 전 선생님께서 그때 하신 말씀을 오늘까지 이렇게 잊지 않고 계실 줄은 몰랐습니다."

얼핏 들으면 무슨 선문답* 같은 주고받음이었다. 그러나 우리는 이내 그 곡절*을 알게 됐다. 동시에 그 옛 시절 선생님의 또 다른 유희성 단속 놀음 한 가지를 떠올리고들 있었다. 다름 아니라, 그 시절 선생님은 우리들의 점심 도시락 단속에 유난히 더 열을 올리고 계셨다. 거의 종례 시간마다 도시락 통을 검사하여 점심을 거른 아이들에게 예의* 벌 청소 일을 떠맡겨 버리곤 하셨다. 선생님은 장난기를 띠시며 벌 청소감을 찾아내셨지만, 그 어려운 시절 자취방을 얻어 지내는 지방 출신 아이들이나 집안 형편이 어려운 아이들에게는 그것이 여간 힘들고 거북한 부담이 아닐 수 없었다. 어린 시절의 건강을 보살펴 주시려는 선생님의 뜻은 충분히 이해를 하면서도 어쩔 수 없이 점심을 거르고 지내야 하는 몇몇 아이들에겐 그 서글픈 허기 속에 벌 청소까지 안겨 주는 선생님의 처사*가 더없이 비정하고 원망스럽기까지 하였다.

그런데 그 선생님의 잦은 도시락 통 검사 행사가 언제부턴가 슬그머니 자취를 감추고 말았다. 어느 날 그 행사 중에 일어난 한 무참스런* 사건을 계기로 해서였다. 그날도 선생님은 종례 시간에 예의 벌 청소꾼을 모으기 위해 점심을 거른 아이들을 색출*해 내고 계시던 중이었다.

"선생님, 문상훈은 도시락을 싸 오지 않았으면서도 일어서지 않고 있어요."

종례 시간의 들뜬 분위기에다 벌 청소를 할 아이들의 수가 모자라는 것을 보고 그 상훈의 바로 뒤쪽 자리에 앉은 녀석이 제 앞 친구를 장난삼아 고해바치고 나섰다.

그런 고자질에 상훈은 물론 제 책상 위에 꺼내 놓은 도시락 통을 증거로 얼굴을 붉혀 가며 마구 화를 내었다. 그러자 기왕 말을 꺼낸 뒷자리의 고발자도 지지 않고 가차* 없는 증언을 계속했다.

"도시락은 늘 가지고 다녔지만 난 네가 한 번도 점심시간에 도시락을 꺼내 먹는 거 못 봤다. 넌 종례 시간에만 도시락을 내놓고 벌 청소를 빠지더라⋯⋯."

드디어 선생님이 미심쩍은 얼굴로 그 사실을 확인하러 상훈에게 다가가신 건

◆ 운수회사運輸會社 큰 규모로 사람을 태워 나르거나 물건을 실어 나르는 일을 영업으로 하는 회사.
◆ 봉직奉職 일에 종사함.
◆ 범연스럽다 사람을 대하는 태도가 친밀감이 없는 모양.
◆ 은덕恩德 은혜와 덕.
◆ 선문답禪問答 참선하는 사람들끼리 진리를 찾기 위하여 주고받는 대화.
◆ 곡절曲折 이런저런 복잡한 사정이나 까닭.
◆ 예의 이미 잘 알고 있는 바를 가리킬 때 쓰는 말.
◆ 처사處事 일을 처리함.
◆ 무참無慘스럽다 매우 부끄럽다.
◆ 색출索出 샅샅이 뒤져서 찾아냄.
◆ 가차假借 사정을 보아줌.

그때로선 매우 당연한 절차였다. 그리고 도시락 통 뚜껑을 열어 보라는 선생님의 말씀에 상훈이 우물쭈물 조금 열어 보인 그 도시락 통 속 사정은 선생님만이 비밀을 아신 채 두 녀석 간의 다툼은 그것으로 싱겁게 끝이 나고 말았다.

그 상훈의 도시락 통 속을 들여다보시고 난 선생님은 그날의 청소 당번도 다 정해 주지 않은 채 그대로 반 교실을 나가 버리신 것이었다.

이후로도 선생님이 그 일을 다시 입에 담으신 일은 한 번도 없었다. 하지만 그 선생님의 가혹한 도시락 검사와 점심을 거른 아이들의 벌 청소제가 사라진 것은 바로 그 일이 있은 후부터였다.

이후로 그 일을 입에 올리지 않은 것은 우리들 역시 마찬가지였다. 그러나 우리는 말을 하지 않더라도 그 두 녀석 간의 승패나 선생님만이 보고 마신 도시락 통 속 비밀은 모를 사람이 없었다.

다만 우리는, 그 후 선생님이 상훈을 따로 불러 스스로 은밀히 약속하신 일이 있었던 것을 몰랐을 뿐이다.

"이제는 그때 일을 털어놓아도 큰 허물이 안 될 일 같아 말씀드리겠습니다. 그 며칠 뒤엔가 선생님께선 조용히 교무실로 저를 불러 말씀해 주셨지요."

서로가 한동안 아릿한* 회상에 젖어 있던 선생님과 반 친구들 앞에 상훈은 이제 모두가 같은 생각이 아니겠느냐는 듯 거두절미* 침묵을 깨고 그때의 일을 회상하며 말했다.

"이제부터 나는 매끼 내 밥그릇의 절반을 덜어 놓고 먹기로 했다. 비록 너나 네 어려운 이웃들에게 그것을 직접 나눌 수는 없더라도 누가 너를 위해 늘 자기 몫의 절반을 나누고 있다는 것을 기억해라. 그 밥그릇의 절반만큼한 마음이 언제고 너의 곁에 함께하고 있음을 알고 앞으로의 어려움을 잘 이겨 나가도록 하여라……. 선생님께선 그 몇 마디 말씀과 함께 제 등을 한번 툭 건드려 주시는 걸로 다시 저를 돌려보내 주셨지요. 그러곤 다시 그 일을 아는 척을 않으셨고요……. 하지만 전 그 후로 언제 어디서나 그 선생님의 절반 몫의 양식을 제 곁에 가까이 느끼며 지내 왔습니다. 그리고 그 선생님의 사랑과 은덕은 저뿐만 아니라 여기 우리들 모두가 그간 알게 모르게 함께 누려 왔을 것으로 믿고 있고요. 하지만 전 선생님께서 그때의 일을 잊지 않으시고 지금까지도 늘 그렇게 지내 오고 계실 줄은 정말 몰랐습니다."

바로 선생님의 그 덜어 놓기 '버릇'의 내력이었다. 말할 것도 없이 그건 어쩌면 '소식 건강 요법'이나 어쩌다 몸에 익힌 당신의 '버릇'이기보다는 너무도 벅차고 뜨겁고 자애로운 은애♦의 사연이었다.

싱거울 만큼 유쾌하기만 하던 회식의 분위기에 새삼스레 숙연한 감동이 깃들었을 것은 당연한 노릇이었다.

그러나 선생님은 그것이 외려 더 불편하고 쑥스러우신 듯 어정쩡한 어조로 그 이야기의 뒤끝을 맺고 계셨다.

"그야 내 딴엔 제법 생각이 없었던 일이 아니었지만, 아직 너무 세상사를 몰랐었다 할까……. 그런 일을 당하고 보니 나 자신이 너무 설익고♦ 모자라 보이기만 하더구먼. 그래 무슨 교육자랍시고 제 설익은 생각을 남에게 강요하기보다, 우선 내 지닌 몫부터 절반만큼씩 줄여 나눠 가져 보자는 생각에서였을 뿐인데, 그것을 그렇게 크게 받아들여 주었다니 내가 외려 고맙고 민망스러워지네그려. 하긴 나도 그 덕에 좋은 건강법을 익힌 셈이고, 요

♦ 아릿하다 눈앞에 아렴풋하게 어떤 기운이나 추억이 드러나다.
♦ 거두절미去頭截尾 어떤 일의 요점만 간단히 말함.
♦ 은애恩愛 은혜와 사랑을 아울러 이르는 말.
♦ 설익다 완성되지 못하다.

즘같이 교육계가 난경*을 빚고 있는 마당에선 제 몫의 밥그릇을 절반
으로 줄여 살기도 그리 쉬운 일만은 아닐 것 같아 보이네만. 그렇다고
그게 어디 무슨 치하*까지 받아야 할 일인가. 허허……."

◆ 난경難境 어려운 경우나 처지.
◆ 치하 남이 한 일에 대하여 고마움이나
  칭찬의 뜻을 표시함.

이청준

李淸俊, 1939~2008

전라남도 장흥에서 태어난 이청준은 동네에서 소문난 모범생이었습니다. 중학생이 되면서부터 큰 도시인 광주로 유학을 떠나 광주제일고등학교를 거쳐 서울대학교 독어독문학과에 진학했습니다. 어려운 가정 형편에도 불구하고 쉽게 돈을 벌 수 있는 길을 택하지 않고 문학을 공부하고자 마음먹은 것입니다.

이청준은 대학 졸업을 앞둔 1965년에 〈퇴원〉이라는 작품으로 데뷔하여 소설가의 길을 걷게 되었습니다. 대학 졸업 후에는 잡지사에 근무하면서 가정을 꾸리기도 했지만, 곧 소설 창작에 전념하여 많은 작품을 남겼습니다.

이청준은 부조리한 현대 사회의 모순을 성찰하는 지성적인 작가로 알려져 있습니다. 또한 남에게는 겸손하고 자신에게는 엄격한 외유내강의 인품으로써 여러 문학인들에게 존경을 받았던 작가입니다. 그의 대표작으로는 자유와 구속, 권력의 의미에 대해 파헤친 《당신들의 천국》, 전통적인 예술로 한국적인 감성을 표현한 〈서편제〉 등이 있습니다.

이청준은 자신의 어린 시절과 고향으로부터 작품의 소재를 발견하곤 했습니다. 특히 고향인 장흥을 배경으로 한 작품을 서른 편 이상 썼는데, 영화로도 만들어져 널리 알려진 〈서편제〉, 〈소리의 빛〉, 〈선학동 나그네〉 등의 연작 소설 또한 그의 고향이 배경입니다.

이청준은 2006년 여름에 폐암 판정을 받고 2008년에 세상을 떠나, 그토록 사랑하던 고향 땅에 잠들었습니다.

"나는 매끼 내 밥그릇의 절반을 덜어 놓고 먹기로 했다"

〈선생님의 밥그릇〉은 제자를 생각하는 선생님의 따뜻한 사랑을 그린 작품입니다.

어느 날 저녁 37년 전의 담임선생님을 모신 회식자리가 마련되었습니다. 1950년대 ㅅ중학교 1학년 3반이었던 학생들은 어느덧 지긋한 중년이 되어 담임선생님이신 노진 선생님을 맞았습니다.

당시 노진 선생님은 어딘가 기가 움츠러든 아이들, 특히 시골에서 올라와 갓 도회살이를 시작한 지방 출신 아이들이 학교 생활에 잘 적응할 수 있도록 배려해 주시곤 했습니다. 예를 들어 선생님은 아이들이 몹시 싫어하던 청소 당번을 그날그날 종례 시간에 갑작스러운 벌칙으로 정하시곤 했습니다. 반 아이들은 그날의 청소 당번이 될까 봐 선생님 앞에서 늘 마음을 놓지 못하면서도, 벌칙을 즐거운 놀이처럼 여기면서 서서히 학교생활에 익숙해졌습니다.

37년 전의 추억들로 회식 자리는 즐거웠습니다. 그런데 식사가 나왔을 때부터 분위기가 달라지기 시작합니다. 선생님이 밥을 반쯤이나 덜어 내는 것을 본 한 친구가 건강 요법을 하고 계신지 물었습니다. 선생님은 젊었을 때부터의 버릇이라고 얼버무리지만 문상훈이라는 친구를 통해 그 이유가 밝혀집니다.

옛 시절, 선생님의 유희성 단속 놀음 중 한 가지는 점심 도시락 통 검사였습니다. 선생님은 아이들의 건강을 보살펴 주고자 한 것이지만, 가난한 아이들에게는 도시락을 싸 오는 것이 쉽지 않은 일이었습니다. 그러던 어느 날, 선생님은 여느 때처럼 청소 당번을 정하기 위해 도시락 통 검사를 합니다. 그런데 한 친구가 문상훈이 점심시간에 도시락을 꺼내 먹지 않으면서 종례 시간에만 도시락을 내놓는다고 일러바칩니다. 상훈의 빈 도시락 통을 보신 선생님은 그 이후로 도시락 통 검사를 하지 않으셨습니다.

그때 선생님은 상훈을 따로 불러 앞으로 매끼 밥그릇의 절반을 덜어 놓고 먹겠다고 말한 적이 있습니다. 그만큼의 마음이 언제나 함께할 것임을 기억하고 앞으로의 어려움을 잘 이겨 나가라는 뜻이었습니다. 그날 이후로 선생님은 현재까지도 밥을 먹을 땐 절반을 덜어 놓고 먹은 것입니다. 선생님의 은혜로운 마음에 회식 자리는 숙연한 감동이 깃들지만, 선생님은 겸손한 마음으로 그것을 쑥스럽게 여깁니다.

 ## 가난했던 시절,
따뜻한 정을 베푼 스승의 이야기

〈선생님의 밥그릇〉에서 노진 선생님과 학생들이 만났던 시대는 1950년대 초중반입니다. 당시에는 쌀이 없어 밀가루나 옥수수 가루로 끼니를 잇는 사람도 많았고 하루에 세 끼는커녕 한 끼조차 먹지 못하는 사람도 많았습니다. 형편이 그러하니 당연히 학교에 도시락을 싸오기 힘든 학생들도 많았습니다.

〈선생님의 밥그릇〉은 이처럼 끼니를 잇지 못할 정도로 어려웠던 1950년대를 배경으로, 제자에 대한 선생님의 따뜻한 배려와 격려가 담겨 있는 작품입니다. 점심 도시락을 준비하지 못할 정도로 가난한 시대지만, 그러한 어려움을 이겨 낼 수 있도록 용기를 북돋아 주는 선생님의 사랑은 부족하지 않았던 것입니다.

1939년에 태어난 작가 이청준 역시 어려운 가정 형편 속에서 공부했던 경험이 있습니다. 이청준은 그러한 어려움을 이겨 낼 수 있도록 도와주었던 옛 중학교 시절의 선생님을 떠올리며 이 작품을 썼다고 합니다.

소설 속, 이제는 정년퇴직한 노진 선생님은 자기 몫의 밥그릇만 챙기려는 요즘의 교육계 현실을 안타까워합니다. 가난했던 37년 전에 비해 지금은 경제적으로 풍족해졌음에도 불구하고 인정이나 사랑이 부족한 교육계를 걱정하고 있는 것입니다. 변화 속에서도 놓치지 말아야 할 중요한 가치에 대해 다시 한번 생각하게 하는 이야기입니다.

소설은 형식과 내용이 모두 자유로운 이야기다

소설이라고 하면 발단-전개-위기-절정-결말 같이 꽉 짜인 이야기 구조를 갖춰야 한다고 생각하기 쉽습니다. 그러나 〈선생님의 밥그릇〉의 이야기를 보면 어딘가 중요한 부분이 빠진 것 같은 느낌이 들기도 합니다. 왜냐하면 이 이야기에는 '위기'나 '절정'에 해당하는 부분이 포함되어 있지 않기 때문입니다.

흔히 소설의 구성 단계 중 '위기'에서는 이야기 속에서 갈등이 고조되어 읽는 이로 하여금 긴장감을 느끼게 하는 부분이고, '절정'에서는 이 갈등이 최고조에 이르러 사건이 어느 방향으로 해결될지가 드러나는 부분입니다. 그런데 〈선생님의 밥그릇〉에는 이와 같은 부분을 찾아볼 수 없습니다.

그러면 〈선생님의 밥그릇〉은 소설의 장르적 특성을 다 보여주지 못하는 부족한 작품인 것일까요? 그렇지 않습니다. 소설이란 무엇보다 형식이나 내용이 모두 자유로운 이야기입니다. 소설의 5단계라고 하는 것은 소설의 이야기 구조를 설명하기 위해서 편의상 가장 접하기 쉬운 짜임새를 제시한 것일 뿐, 모든 소설이 그런 구조를 가져야 하는 것은 아닙니다.

〈선생님의 밥그릇〉에서는 37년 전 중학교 1학년 담임선생님을 모신 자리에서 옛날의 한 사연을 전달하는 내용으로 이루어져 있습니다. 점심 도시락을 싸 오지 못했던 제자와 선생님의 사연이 소개되고 있으나, 여기에 우리가 생각하는 '위기'나 '절정'은 없습니다. 점심을 굶는 제자의 사연이라든가 선생님이 밥을 덜어 놓는 이유를 전하는 대목은 중요한 부분이지만 이것을 '위기'나 '절정'으로 설명하기는 어렵습니다. 차라리 〈선생님의 밥그릇〉은 인정 많고 자애롭던 선생님에 대한 사연을 자유롭게 쓴 소설이라고 하는 것이 더 타당하겠지요.

이청준의 액자 소설 〈병신과 머저리〉

이청준은 액자 소설 형식의 작품을 많이 남긴 작가입니다. 액자 소설이란 액자 안에 사진이 들어 있는 것처럼 이야기 속에 또 다른 이야기가 들어 있는 소설을 말합니다. 그의 대표작인 〈병신과 머저리〉는 액자 소설의 특징을 잘 드러내고 있습니다.

겉 이야기 '나(동생)'의 형은 성실하고 꼼꼼한 외과의사로, 20여 년 동안 실수 없이 병원을 운영해 온 사람입니다. 그러나 얼마 전에 자신이 수술했던 한 어린 소녀가 죽자, 큰 충격을 받은 듯 병원 문을 닫고 소설을 쓰기 시작합니다. '나'는 형이 받은 상처가 어떤 것인지 가늠해 볼 요량으로 몰래 소설을 훔쳐보기 시작합니다. 소설에는 형이 한국전쟁에서 패잔병이 되었을 때의 체험이 기록되어 있습니다. 그런데 어느 지점부터 소설은 더 이상 진행되지 않습니다.

속 이야기 '나(형)'는 어느 산골에서 갑작스러운 공격을 받고 낙오병이 됩니다. 심한 상처를 입고 낙오한 김 일병도 있습니다. 김 일병을 부축해 어떤 굴을 찾아 들어가나, 그곳에는 훈련병 시절에 김 일병을 모질게 학대했던 오관모 이등중사가 있습니다. 세 사람은 긴장 속에서 초조한 나날을 보냅니다. 김 일병이 부상으로 점점 의식을 잃고 있는 모습을 보며, '나'는 그가 죽어도 좋다고 생각합니다.

겉 이야기 형의 소설은 여기에서 중단됩니다. '나(동생)'는 이전에 형으로부터 전쟁에서 동료를 죽여 탈출했다는 이야기를 들은 적이 있습니다. 몰래 원고를 가져온 '나'는 형이 김 일병을 죽이는 것으로 결말을 짓습니다. 하지만 형은 '나'가 쓴 부분을 잘라 내고 스스로 소설의 뒷부분을 완성합니다. 그 내용은 오관모가 김 일병을 사살하고, 형이 오관모를 사살하는 것으로 끝을 맺습니다. 다시 병원 일을 하던 형은 어느 날 술에 취해 돌아와서 원고를 불태워 버립니다. 그러면서 '나'에게 "관모를 죽인 것으로 생각한 것은 나의 오해였다. 나는 오늘 관모를 만났다."라고 말합니다.

이처럼 〈병신과 머저리〉에서 겉 이야기는 화가인 동생의 서술로, 속 이야기는 외과의사인 형의 소설로 이루어져 있습니다. 동생이 형의 소설을 읽고 설명해 주는 액자 구조를 통해 속 이야기에 대한 이해를 돕고 있습니다. 또한 숨겨진 이야기를 캐내어 훔쳐보는 느낌을 주기도 하며 동생과 형의 시선을 분리시켜 더욱 흥미로운 전개를 끌어내고 있습니다.

선생님의 소중함을 일깨우는 수필 한 편

〈그리운 선생님, 어디계신지요?〉 _방민호

내가 중학교를 다닐 때는 한 반 학생 수가 대개 70명~75명까지 육박하는 콩나물 교실 신세를 면치 못했다. 그런데 어쩐된 일인지 우리 2학년 8반만 학생 수가 그 절반에 불과했다. 이유인즉 교실이 다른 반의 반 토막 크기밖에 안 되는 데 있었다. 교사校舍를 지을 때 그렇게 지은 건지, 아니면 공간을 나눠 쓰다 보니 그렇게 되었는지 알 수 없으나 여하간 나의 2학년 8반은 다른 반에 비해 가족적인 분위기가 완연했다.

그때 우리 담임선생님은 여자 선생님, 우리를 너무나 사랑해 주신 분이었다. 이렇게 그분 이야기를 쓰다 보니, 날씬하다 못해 마른 몸매를 지니셨던 그분이 즐겨 입으시던 흰 블라우스와 무릎 아래까지 내려오는 분홍 치마가 눈앞에서 가벼운 봄바람에 흔들리고 있는 것 같다.

학생 수가 적어서 그랬는지 몰라도 선생님은 우리를 데리고 대전 교외로 반 소풍을 가셨다. 우리는 시내버스를 타고 종점에서 내려 재잘거리며 봄길을 걸어 3월 초봄의 들판 속으로 빨려 들어갔다. 그러다 럭비 놀이를 하기에 안성맞춤일 싱그러운 풀밭을 하나 발견했다. 럭비는 우리 학교의 구기球技였고, 그 때문에 우리는 아무 데서나 럭비를 즐겼다.

누가 먼저랄 것도 없이 우리는 풀밭으로 뛰어 들어가 이리 뛰고, 저리 뛰고, 킥 앤 러시, 러시 앤 킥을 연발하며 누가 오는지 가는지도 모르고 있었다. 그러나 바로 그때……

한 시골 아낙네 분이 고래고래 소리를 지르며 달려와서는, 도대체 어떤 놈들이 남의 보리밭에 들어가 난장판을 만드느냐고, 우리들 옷자락이 잡히는 대로 손찌검을 하고 가방을 빼앗고, 보리농사 다 망치게 생겼으니 집이 어디냐, 어디 다니는 놈들이냐, 돈 물어내라 하는 것이었다. 그날 산으로 도망가 그다음 날에나 만날 수 있었던 친구들이 여럿이었다.

아주머니는 길가에 서서 우리들 노는 광경을 흐뭇하게 바라보고 계시던 선생님을 향해 육두문자를 남발하며, 아니 애들이 철이 없어서 남의 보리밭을 거덜 내는 걸 보고도 말릴 생각도 않고 구경만 하고 있는 당신은 도대체 정신이 제대로 박힌 사람이냐 하는 식으로 따져 대기 시작했다.

대전이 그래도 명색이 도시라고, 선생님도 우리도 봄철 보리밭 구경을 해 본 적이 없었던 것이 화근이었다. 선생님은 얼굴이 새빨갛게 상기되어서는 아무 말씀도 못 하신 채로 곤욕을 치르고 계셨다. 우리는 우리대로 선생님이 선생님인 것이 탄로날까 봐 어정쩡한 낯빛으로 아주머니에게 죄송하다는 말씀만 주억거릴 뿐이었다.

우리들을 데리고 일요일을 쪼개 반 소풍을 가신 선생님, 그분이 아침 조회 때 우리를 위해 하신 일은 칠판에 시 한 편을 쓰시고 우리로 하여금 낭송케 하는 것이었다. 나는 그분을 통해서 국어에 취미를 붙이고, 초등학교 때부터 꿈꿔 오던 문학, 시를 쓰는 일을 해야겠다고 생각하게 되었다.

그리고 바로 그해 담임 선생님이 시집을 가셨다. 남편 되는 분은 병원에서 레지던트 과정을 밟고 있던 분이셨다. 우리는 우리들의 정성을 모아 선생님의 신혼을 위해 조그만 소반 하나를 선물해 드렸지 싶다.

몇 년 전 불현듯 선생님이 생각나 인터넷 사이트를 뒤져 가며 그분이 계실 만한 곳을 찾아본 적이 있었다. 찾을 수 없었다. 아마도 교직을 그만두시고 의사의 아내로 살아가고 계신 모양이었다.

생각하면 더 그리워지는 선생님이다. 한창 꿈을 먹고 자라나던 우리에게 베푸신 사랑의 크기가 지금 이 순간 나의 마음을 먹먹하게 한다. 그렇겠다. 이런 분들이 계셔서 열악하기 그지없는 교육환경 속에서도 소년들은 꿈을 꾸며 자라고, 가슴속에 봄날의 보리밭 한 자락 품은 어른이 되겠다. 선생님, 지금 어디에서 어떻게 살아가고 계신지요?

● 다음 중 이 이야기 속의 선생님이 청소 당번으로 지목하지 <u>않은</u> 경우는 무엇인가요?

　① 운동장 조회 때 똑바로 줄을 서지 않은 경우.

　② 체육 시간에 체육복을 입고 나가지 않은 경우.

　③ 책가방 속에 만화책을 숨겼다 들통이 난 경우.

　④ 저고리 단추나 이름표가 비뚤어진 경우.

　⑤ 도시락을 싸 오지 않은 친구를 고자질한 경우.

● 이 작품에서 선생님이 다양한 벌칙을 찾아내어 청소 당번을 정한 이유는 무엇일까요?

● 이 이야기 속에서 선생님은 아이들의 건강을 염려하여 도시락 통 검사를 하셨습니다. 그러나 도시락을 싸 오지 못하는 아이들은 그 것에 대해 어떠한 감정을 느꼈을까요?

● 이 이야기 속에서 선생님은 식사를 할 때마다 밥그릇에서 절반을 덜어 내고 먹습니다. 그 이유가 드러난 장면을 찾아보고, 그 행동에 담긴 의미는 무엇인지 말해 봅시다.

● 이 작품은 선생님의 대사로 끝맺고 있습니다. 이러한 결말은 읽는 이에게 어떤 느낌을 주고 있나요?

● 다음 중 이 이야기 속의 선생님이 청소 당번으로 지목하지 <u>않은</u> 경우는 무엇인가요?

① 운동장 조회 때 똑바로 줄을 서지 않은 경우.
② 체육 시간에 체육복을 입고 나가지 않은 경우.
③ 책가방 속에 만화책을 숨겼다 들통이 난 경우.
④ 저고리 단추나 이름표가 비뚤어진 경우.
⑤ 도시락을 싸 오지 않은 친구를 고자질한 경우.

답 ⑤번.

친구를 고자질하는 행동은 좋은 행동이라고 할 순 없지만 소설 안에서 청소 당번 벌칙에 해당한 일은 아닙니다.

● 이 작품에서 선생님이 다양한 벌칙을 찾아내어 청소 당번을 정한 이유는 무엇일까요?

청소 당번 정하는 일을 일종의 즐거운 유희나 게임처럼 느끼게 만들어서 아이들이 학교생활에 잘 적응할 수 있도록 도와주기 위해서입니다.

● 이 이야기 속에서 선생님은 아이들의 건강을 염려하여 도시락 통검사를 하셨습니다. 그러나 도시락을 싸 오지 못하는 아이들은 그것에 대해 어떠한 감정을 느꼈을까요?

선생님의 마음을 모르는 것은 아니지만, 가정 형편이 어려워서 어쩔 수 없이 점심을 거르는 것도 서러운데 청소까지 하게 만드니 선생님께 서운한 감정을 품고 있었을 것입니다.

● 이 이야기 속에서 선생님은 식사를 할 때마다 밥그릇에서 절반을 덜어 내고 먹습니다. 그 이유가 드러난 장면을 찾아보고, 그 행동에 담긴 의미는 무엇인지 말해 봅시다.

"이제부터 나는 매끼 내 밥그릇의 절반을 덜어 놓고 먹기로 했다. 비록 너나 네 어려운 이웃들에게 그것을 직접 나눌 수는 없더라도 누가 너를 위해 늘 자기 몫의 절반을 나누고 있다는 것을 기억해라. 그 밥그릇의 절반만큼한 마음이 언제고 너의 곁에 함께하고 있음을 알고 앞으로의 어려움을 잘 이겨 나가도록 하여라……."
이와 같은 말을 통해 제자의 어려움을 함께 나누고자 하는 선생님의 은혜와 사랑을 느낄 수 있습니다.

● 이 작품은 선생님의 대사로 끝맺고 있습니다. 이러한 결말은 읽는 이에게 어떤 느낌을 주고 있나요?

서술자가 별다른 마무리 없이 선생님의 이야기를 인용하면서 끝을 맺음으로써 감동의 여운이 지속되는 효과를 낳습니다. 또한 독자 스스로 작품의 분위기를 느끼고 그 주제를 생각하도록 합니다.

기억 속의 들꽃

: 윤흥길 :

여러분의 할머니 할아버지들은 한국전쟁의 고통을 겪은 분들입니다. 당시에는 전쟁에 참여했다가 죽거나 큰 부상을 입은 사람도 있고, 집과 재산을 다 빼앗긴 채 피난민이 되어 타지를 떠도는 사람도 있었습니다.

이처럼 전쟁은 많은 사람들에게 고통스러운 상처를 남겼습니다. 현재에도 전쟁의 고통을 직접 겪고 계신 분들이 있습니다. 바로 이산가족이지요.

이 작품을 읽으면서 전쟁이 사람에게 끼치는 영향을 생각해 보고, 할머니 할아버지의 젊은 시절은 어떠하였는지 알아봅시다.

한 떼거리의 피난민들이 머물다 떠난 자리에 소녀는 마치 처치
하기 곤란한 짐짝처럼 되똑*하니 남겨져 있었다. 정갈한 청
소부가 어쩌다가 실수로 흘린 쓰레기 같기도 했다. 하얀 수염에 붉은
털옷을 입고 주로 굴뚝으로 드나든다는 서양의 어느 뚱뚱보 할아버
지가 간밤에 도둑처럼 살그머니 남기고 간 선물 같기도 했다.

아무튼 소녀는 우리 마을 우리 또래의 아이들에게 어느 날 아침 갑
자기 발견되었다. 선물치고는 무척이나 지저분하고 망측스러웠다.*
미처 세수도 하지 못한 때꼽재기* 우리들 눈에 비친 그 애의 모습은
거의 거지나 다름없을 정도였다. 우리들 역시 그다지 깨끗한 편이 못
되는데도 그랬다.

먼저 쫓기는 사람들의 무리가 드문드문 마을에 나타나기 시작했다.
그리고 곧이어 포성이 울렸다. 돌산을 뚫느라고 멀리서 터뜨리는 남
포*의 소리처럼 은은한 포성*이 울릴 때마다 집 안의 기둥이나 서까
래*가 울고 흙벽이 떨었다. 포성과 포성의 사이사이를 뚫고 피난민의
행렬이 줄지어 밀어닥쳤고, 마을에서 잠시 머물며 노독*을 푸는 동안
에 그들은 옷가지나 금붙이 따위 물건을
식량하고 바꾸었다. 바꿀 만한 물건이 없
는 사람들은 동냥을 하거나 훔치기도 했
다. 그러다가 전보다 더 많은 사람들이 꽁
무니에 포성을 매단 채 새롭게 밀어닥치
면 먼저 왔던 사람들은 들어올 당시와 마
찬가지로 몇 가지 살림살이를 이고 지고
다시 홀연히 길을 떠났다.

어느 마을이나 다 사정이 비슷했지만

◆ **되똑** 오똑 솟은 모양.
◆ **망측스럽다** 차마 보기가 어려운 데가
있다.
◆ **때꼽재기** 더럽게 엉기어 붙은 때의 조
각이나 부스러기.
◆ **남포** 도화선 장치를 하여 폭발시킬 수
있게 만든 다이너마이트.
◆ **포성砲聲** 대포를 쏠 때에 나는 소리.
◆ **서까래** 지붕의 처마를 받치기 위해 일
정한 간격으로 연결한 나무.
◆ **노독路毒** 먼 길에 지치고 시달려서 생
긴 피로나 병.

특히 우리 마을로 유난히 피난민들이 많이 몰리는 것은 만경강◆ 다리 때문이었다. 북쪽에서 다리를 건너 남쪽으로 내려오다 보면 자연 우리 마을을 통과하도록 되어 있었다. 우리가 알기로는 세상에서 제일 긴 그 다리가 폭격에 의해 아깝게 끊어진 뒤에도 피난민들은 거룻배◆를 이용하여 계속 내려왔다. 인민군◆한테 앞지름을 당할 때까지 피난민들의 발길은 그치지 않았다.

어른들은 피난민을 별로 달가워하지 않았다. 난생 처음 들어 보는 별의별 이상한 사투리를 쓰는 그들이 사랑방이나 헛간이나 혹은 마을 정자에서 묵다 떠나고 나면 으레 집 안에서 없어지는 물건이 생긴다는 것이었다. 굶주린 어린애를 앞세워 식량을 애원하는 그들 때문에 어른들은 골머리를 앓곤 했다. 언제 끝날지 모르는 전쟁 때문에 뒤주◆ 속에 쌀바가지를 넣었다 꺼내는 어머니의 인심이 날로 얄팍해져 갔다.

그러나 우리 어린애들은 전혀 달랐다. 어른들 마음과는 아무 상관 없이 누나와 나는 피난민들을 마냥 부러워하고 있었다. 세상의 저쪽 끝에서 와서 다른 저쪽 끝까지 가려는 사람들 같았다. 무거운 짐을 들고 불편한 몸을 이끌며 길을 떠나는 그들의 모습이 오히려 우리들 눈에는 새의 깃털만큼이나 가벼워 보였다. 그들처럼 마음 내키는 대로 세상을 여기저기 떠돌아다니지 않고 우리는 왜 마을에 붙박혀 살아야 하는지 도무지 이해할 수가 없었다. 그래서 우리도 피난을 떠나자고 아버지한테 조르기로 작정했다.

"밥을 굶어야 된다. 밥도 안 먹고 잠도 안 자고, 알었지야? 툇돌◆에서 오줌 누고 뜰팡◆에다 똥 싸고, 알었지야?"

삽짝◆ 밖에서 누나가 내 귀에 대고 연신 끈끈한 목소리로 속삭였다. 집안에서 내 청이라면 웬만한 것은 다 들어주는 아버지의 성미를 누나는 십분♦ 이용할 셈이었다. 나는 누나가 시키는 대로 했다. 그러나 아무리 그렇게 울고 떼를 써도 아버지 입에서는 좀처럼 허락이 내리지 않았다.

아버지한테서 마침내 피난을 가도 좋다는 말이 떨어진 것은 만경강 다리가 무시무시한 폭격에 의해 허리를 잘리고 난 그 이튿날이었다. 아직은 제법 멀찌막이서 노는 줄만 알았던 전쟁이란 놈이 어느새 어깨동무라도 하려는 기세로 바투♦ 다가와 있었으므로 우리 마을도 이젠 안심할 수가 없게 되었다. 그래서 아버지는 할머니 편에 우리 오뉘♦를 묶어 마을에서 삼십여 리 떨어진 고모네 집에 잠시 피난시킬 작정이었다. 어버지하고 어머니는 마을에 남아 집을 지키기로 이야기가 되었다.

간단한 옷 보따리를 챙겨 누나와 나는 할머니의 손을 잡고 피난길을 떠났다. 그토록 바라고 바라던 피난인지라 누나와 나는 원족♦이라도 떠나는 즐거운 기분이었다. 한길엔 한여름 햇볕만이 쨍쨍할 뿐 강아지 새끼 한 마리 얼씬하지 않았다. 소리개♦ 한 마리가 멀리 보이는 길가 공동묘지 위에 높이 떠 마치 하늘에다 못으로 고정시켜 놓은 박제의 표본인 양 오랫동안 꼼짝도 하지 않았다.

다 늦게 피난을 떠나는 사람은 아무도 없었다. 더구나 여느 피난민의 물결을 거슬러 북쪽을 향해서 먼 길을 가는 사람

♦ **만경강萬頃江** 전라북도 완주군에서 시작하여 익산, 김제, 군산 등지의 호남평야를 거쳐 서해 바다로 흘러 들어가는 강.
♦ **거룻배** 돛이 없는 작은 배.
♦ **인민군** 북한의 군대.
♦ **뒤주** 쌀 따위의 곡식을 담아 두는 물건.
♦ **툇돌** 집채의 앞뒤에 오르내릴 수 있게 놓은 돌층계.
♦ **뜰팡** '뜰'의 사투리.
♦ **삽짝** '사립짝'의 준말로, 나뭇가지를 엮어서 만든 문짝.
♦ **십분十分** 아주 충분히.
♦ **바투** 두 대상이나 물체의 사이가 썩 가깝게.
♦ **오뉘** '오누이'의 준말.
♦ **원족遠足** 소풍.
♦ **소리개** 솔개. 우리나라에서는 겨울에 흔한 철새로 몸빛은 어두운 갈색을 띤다.

은 우리들뿐이었다. 고모네가 살고 있는 마을은 북쪽 산골이었다. 거기 말고는 달리 피난 갈 만한 데가 없었다.

적막◆에 싸인 공동묘지 옆을 지나가면서도 나는 조금도 무서운 줄을 몰랐다. 남들처럼 우리도 지금 피난을 가고 있다는 흥분에 사로잡혀 임자 없는 무덤에 뻥 뚫린 여우 구멍을 보면서도 아무렇지도 않았다. 누나는 오히려 한 수 더 떴다. 길가 아카시아 나무에서 잎을 따 손에 들고 한 개씩 똑똑 떼 내면서 누나는 학교 운동장에서나 하는 노래를 입속으로 흥얼거리고 있었다. 여우야 여우야 뭐어 하니. 밥 먹느은다. 무슨 반찬. 개구리 반찬…… 이불 밑에 이 잡아먹고 송장 밑에 피 빨아 먹고……

갑자기 누나가 노래를 뚝 그쳤다. 그때 한길 저쪽 멀리에서 뿌연 먼지 구름을 끌면서 달려오는 오토바이를 나는 보았다. 눈 깜짝할 사이에 나뭇가지와 잡초로 뒤덮인 두 개의 작은 언덕이 우리들 바로 코앞으로 확 다가들었다. 속력을 줄이는 척하다가 오토바이들은 양쪽 겨드랑이를 스칠 듯이 무서운 기세로 우리를 그냥 지나쳐 갔다. 오토바이가 지나갈 때 나는 초록 덤불로 그럴싸하게 잘 위장된 그 가짜 언덕 속에 숨어서 우리를 뚫어지게 쏘아보는 날카로운 눈초리와 쇠붙이에 반사되는 햇빛의 파편들을 볼 수 있었다. 난생처음 인민군하고 맞닥뜨리는 순간이었다. 몸체 옆구리에 행랑채◆까지 달린 괴상한 모양의 오토바이들이 지나간 다음에도 우리는 한동안 손과 손을 맞잡은 채 부들부들 떨면서 한길 복판에 오도카니 서 있었다.

"이불 밑에 이 잡아먹고……."

누나의 입에서 간신히 이런 중얼거림이 흘러나왔다. 그것은 이미 노래가 아니었다. 누나는 얼이 쑥 빠진 눈동자를 하고 있었다.

"송장 밑에 피 빨어 먹고……."

그러자 할머니의 손바닥이 냉큼 누나의 입을 틀어막았다. 잔뜩 부르쥔 누나의 주먹이 스르르 풀리면서 형편없이 짓눌린 아카시아 잎이 땅으로 떨어졌다.

누나와 나는 할머니로부터 무섭게 지청구*를 먹어 가며 그러잖아도 빠른 걸음을 더욱 재우쳤다.* 그러나 얼마 가지도 않아 우리는 다시 수많은 인민군들과 마주쳤다. 그들은 두 줄로 서서 양쪽 길가로 내려오고 우리는 그 사이를 뚫고 도무지 떨어지지 않는 다리를 간신히 움직여 복판을 걸어갔다. 참으로 어처구니없는 피난길이었다. 북쪽을 향해서 피난을 가는 우리를 인민군들은 아무도 시비하지 않았다. 그들은 그저 까맣게 그을린 얼굴을 들어 퀭한 눈으로 우리를 흘끗흘끗 곁눈질하면서 말없이 행군해 가고 있었다.

"죽어도 더는 못 가겠다. 해 넘기 전에 어서어서 집으로 돌아가자."

인민군의 굴속을 겨우 빠져나왔을 때 할머니가 말했다. 우리는 한 길을 피해서 논두렁과 밭고랑을 멀리 돌아 깜깜해진 뒤에야 가까스로 마을에 닿을 수 있었다.

내가 소녀를 맨 처음 발견한 것은 한나절로 끝나 버린 그 우스꽝스런 피난길에서 돌아온 바로 그 이튿날이었다.

아침이었다. 마을엔 벌써 낯선 깃발이 펄럭이고 있었다. 마을 사람들이 재* 너머 학교를 향해 몰려가고 있었다. 나는 삽짝을 젖히고 골목길로 나섰다.

"얘."

◆ 적막寂寞 고요하고 쓸쓸함.
◆ 행랑채 대문 안쪽에 있는 집채. 여기서는 오토바이 옆에 좌석이 달린 2인용 오토바이를 뜻함.
◆ 지청구 꾸지람.
◆ 재우치다 빨리 몰아치거나 재촉하다.
◆ 재 길이 나 있어서 넘어 다닐 수 있는, 높은 산의 고개.

생판 모르는 녀석이 간드러진 소리로 나를 부르고 있었다. 주제꼴은 꾀죄죄해도 곱살스런♦ 얼굴에 꼭 계집애처럼 생긴 녀석이었다. 우선 생김새에서 풍기는 어딘지 모르게 도시 아이다운 냄새가 나를 당황하도록 만들었다. 더구나 사람을 부르는 방식부터가 우리하고는 딴판이었다. 그처럼 교과서에서나 보던 서울 말씨로 나를 부르는 아이는 아직껏 마을에 한 명도 없었던 것이다.

"왜 놀래니? 내가 그렇게 무서워 보이니?"

조금도 무섭지는 않았다. 다만 약간 얼떨떨한 기분일 뿐이었다. 피난민이 줄을 잇는 동안 갖가지 귀에 선♦ 말씨들을 들어 왔으나 녀석처럼 그렇게 착 감기는 목소리에 겁 없는 눈짓을 던지는 아이는 처음이었다. 녀석은 토박이 아이들이 피난민 아이들한테 부리는 텃세♦가 조금도 두렵지 않은 모양이었다.

"너희 엄마 집에 계시지?"

내가 잠시 어물거리는 사이에 녀석은 계속해서 계집애같이 앵앵거리면서 앞으로 다가왔다. 나는 얼김♦에 고개를 끄덕였다.

"엊저녁부터 굶었더니 배고파 죽겠다. 엄마한테 가서 밥 좀 달래자."

오히려 녀석이 앞장을 서고 내가 그 뒤를 따랐다. 나는 녀석의 바짓주머니가 불룩한 것을 보았다. 걸음을 옮길 적마다 불룩한 주머니가 연방♦ 덜렁거리고 있었다. 틀림없이 간밤에 누구네 밭에서 서리♦를 한 설익은 참외 아니면 감자가 그 속에 들어 있을 것이었다.

"엄니! 엄니이!"

마당에 들어서면서 어머니를 거푸♦ 불렀다. 부엌에서 기명♦을 부시던♦ 어머니가 무심코 마당을 내다보다가 내 등 뒤에서 쏙 볼가져 나오는 녀석을 발견하고는 대번에 질겁잔망♦을 했다.

"아줌마, 안녕하세요?"

녀석은 천연스럽게 인사를 챙겼다.

"아아니, 요 작것이!"

어머니가 소맷부리를 걷으며 단숨에 마당으로 내달아 나왔다. 참외 서리나 하고 다니는 피난민 아이한테 어머니가 이제 곧 본때◆ 있게 손 찌검을 하려나 보다고 나는 지레짐작◆을 했다. 그런데 웬걸, 어머니는 녀석 대신 내 귀를 잡아끌고는 뒤란◆으로 향하는 것이었다.

"요 웬수야, 지 발로 들어와도 냉큼 쫓아내야 헐 놈을 어쩌자고, 어 쩌자고……."

어머니는 내 머리통에 대고 거듭 군밤을 쥐어박았다. 도대체 어떻게 된 영문인지 전혀 깜깜이라서 울음보를 터뜨릴 수도 없는 노릇이었다.

"니가 상객◆으로 뫼셔 왔으니께 니가 멕여 살리거라!"

어머니는 다시 한번 군밤을 먹이려다 뒤란까지 따라온 서울 아이를 발견하고는 갑자기 손을 거두었다.

"아침상 퍼얼써 다 치웠다. 따른 집에나 가 봐라."

어머니는 얼음처럼 차갑게 말했다.

"사내새끼가 똑 지집맹키로 야들야들 허게 생긴 것이 영락없는 물빤드기◆고 만……."

◆ 곱살스럽다 얼굴이나 성미가 예쁘장 하고 얌전하다.
◆ 귀에 선 익숙하지 않은.
◆ 텃세 먼저 자리를 잡은 사람이 뒤에 들어온 사람을 업신여기는 행동.
◆ 얼김 별로 생각할 사이 없이 얼떨결에.
◆ 연방 잇따라 자꾸.
◆ 서리 남의 과일, 곡식, 가축 따위를 훔 쳐 먹는 장난.
◆ 거푸 잇따라 거듭.
◆ 기명器皿 살림살이에 쓰는 그릇을 통 틀어 이르는 말.
◆ 부시다 그릇 따위를 씻어 깨끗하게 하다.
◆ 질겁잔망 깜짝 놀라는 태도.
◆ 본때 맵시나 모양새.
◆ 지레짐작 어떤 일이 일어나기 전에 미 리 넘겨짚는 짐작.
◆ 뒤란 집 뒤 울타리의 안.
◆ 상객上客 자기보다 지위가 높은 손님.
◆ 물빤드기 물에 사는 곤충인 '물자라' 를 가리키는 사투리로 '빤들거리는 사 람'을 비유적으로 나타낸다.

혼잣말로 구시렁거리며 어머니는 한껏 야멸친* 표정을 하고 도로 부엌으로 들어가려 했다.

"아줌마!"

이때 녀석이 또 예의 그 계집애처럼 간드러진 소리로 어머니를 불러 세웠다.

"따른 집에나 가 보라니께!"

"아줌마한테 요걸 보여 줄려구요."

녀석은 엄지와 인지*를 붙여 동그라미를 만들어 보였다. 그 동그라미 위에 다른 또 하나의 동그라미가 노란 빛깔을 띠면서 날름 올라앉아 있었다. 뒤란 그늘 속에서도 그것은 충분히 반짝이고 있었다. 그걸 보더니 어머니의 눈에 환하게 불이 켜졌다.

"아아니, 너 고거 금가락지 아니냐!"

말이 채 끝나기도 전에 금반지는 어느새 어머니 손에 건너가 있었다. 솔개가 병아리를 채듯이 서울 아이의 손에서 금반지를 낚아채어 어머니는 한참을 칩떠보고 내립떠보는가 하면* 혓바닥으로 침을 묻혀 무명 저고리 앞섶에 싹싹 문질러 보다가 나중에는 이빨로 깨물어 보기까지 했다. 마침내 어머니의 얼굴엔 만족스런 미소가 떠올랐다.

"아가, 너 요런 것 어디서 났냐?"

옷고름의 실밥을 뜯어 그 속에 얼른 금반지를 넣고 웅숭깊은* 저 밑바닥까지 확실히 닿도록 두어 번 흔들고 나서 어머니는 서울 아이한테 물었다. 놀랍게도 어머니의 목소리는 서울 아이의 그것보다 훨씬 더 간드러지게 들렸다.

"땅바닥에서 줏었어요. 숙부네가 떠난 담에 그 자리에 가 봤더니 글쎄 요게 떨어져 있잖아요."

녀석이 이젠 아주 의기양양한 태도로 당당하게 대답했다. 그 말을 어머니는 별로 귀담아듣는 기색이 아니었다. 어머니는 연신 싱글벙글 웃어 가며 녀석의 잔등◆을 요란스레 토닥거리고 쓰다듬어 주는 것이었다.

"아가, 요담 번에 또 요런 것 생기거들랑 다른 누구 말고 꼬옥 이 아줌마한테 가져와야 된다. 알았냐?"

"네, 꼭 그렇게 하겠어요."

다음에 다시 금반지를 줍기로 무슨 예정이라도 되어 있는 듯이 녀석의 입에서는 대답이 무척 시원스럽게 나왔다.

"어서어서 방으로 들어가자. 에린 것이 천리타관◆서 부모 잃고 식구 놓치고 얼매나 배고프고 속이 짜겄냐."

이런 곡절 끝에 명선이는 우리 집에 살게 되었다. 마지막으로 마을에 남게 된 유일한 피난민이었다. 인민군한테 발뒤꿈치를 밟혀 가며 피난을 내려왔던 명선네 친척들은 역시 인민군보다 한걸음 앞서 부랴사랴◆ 우리 마을을 떠나면서 명선이를 버리고 갔다. 그래서 명선이는 피난민 일가가 묵다가 떠난 자리에서 동네 사람들에 의해 하나의 골치 아픈 뒤퉁거리◆로 발견되었다. 누나하고 내가 할머니를 따라 피난을 떠나던 바로 그날 아침의 일이었다.

명선이는 누나나 나하고 같은 방을 쓰기를 바라는 눈치였다. 그러나 어머니는 먼 촌 일가로 어린 나이에 우리 집에 와

◆ 야멸치다 태도가 차고 야무지다.
◆ 인지사掌 집게손가락.
◆ 칩떠보고 내립떠보는가 하면 눈길을 위로 뜨고 노려보고, 아래로 뜨고 내려보는가 하면.
◆ 웅숭깊다 생각이나 뜻이 크고 넓다는 의미. 여기서는 속주머니의 깊이를 표현한 말.
◆ 잔등 등.
◆ 천리타관 자기 고향에서 천 리나 떨어진 먼 고장. '먼 곳을 비유적으로 이르는 말.
◆ 부랴사랴 매우 급하게 서두르는 모양.
◆ 뒤퉁거리 다른 사람의 도움이 필요한 귀찮은 존재.

서 말만 한 처녀*가 되기까지 부엌데기 노릇하는 정님이한테 명선이를 내맡겨 버렸다. 당분간 집 안에서 머슴처럼 부리면서 제 밥값이나 하도록 하자고 어머니와 아버지가 공론*하는 소리를 나는 밤중에 얼핏 들을 수 있었다.

애당초 명선이를 머슴으로 부리려던 어른들의 생각은 크게 잘못이었다. 세상의 어떤 끈으로도 그 애를 한곳에 얌전히 붙들어 둘 수 없음이 이내 밝혀졌다. 쇠여물로 쓸 꼴*이라도 베어 오라고 낫과 망태기*를 쥐어 주면 그걸 그 애는 아무 데나 버리고 누나와 내 뒤를 기를 쓰고 쫓아오곤 했다. 한 번도 해 보지 않은 일이라서 죽어도 못 하겠다는 것이었다. 그 애가 자신 있게 할 수 있는 일이란 그저 먹고 노는 것뿐이었다.

흔히 닭들이 그러듯이 혹은 개들이 그러듯이 동네 아이들의 텃세가 갈수록 우심해져서* 아무도 명선이를 패거리에 넣어 주려 하지 않았다. 어느 날 명선이는 유독 가탈스럽게 구는 어떤 아이하고 대판거리*로 싸움을 했다. 싸움을 하는데 역시 생긴 모양에 어울리게 상대방의 얼굴을 손톱으로 할퀴고 머리끄덩이를 잡는 바람에 우리 또래 사이에서 크나큰 웃음거리가 되었다. 서울 아이들은 싸움도 가시내처럼 간사스럽게 하는 모양이었다. 상대방이 딴죽*을 걸어 넘어뜨리고 위에서 덮쳐누르자 한창 열세*에 몰려 맥을 못추던 명선이가 별안간 날라리*소리 비슷한 괴상한 비명과 함께 엄청난 기운으로 상대방의 몸뚱이를 벌렁 떠둥그뜨려* 버렸다. 첫 번째 싸움에서 명선이는 승리자가 되었다. 그리고 그 후로 계속된 두 번째 세 번째 싸움에서도 으레 상대방의 밑에 깔렸다가 무서운 힘으로 떨치고 일어나서는 승리를 했다.

어느 날 명선이는 부모가 죽던 순간을 나에게 이야기했다. 피난길에서 공습*을 만나 가까운 곳에 폭탄이 떨어졌는데 한참 정신을 잃었다가 깨어나 보니 어머니의 커다란 몸뚱이가 숨도 못 쉴 정도로 전신을 무겁게 덮어 누르고 있더라는 것이었다.

"그래서 마구 소릴 지르면서 엄마를 떠밀었단다. 난 그때 엄마가 죽은 줄도 몰랐어."

그리고 명선이는 숙부네가 저를 버리고 도망치던 때의 이야기도 들려주었다.

"실은 말이지, 숙부가 날 몰래 내버리고 도망친 게 아니라 내가 숙부한테서 도망친 거야. 숙부는 기회만 있으면 날 죽일라구 그랬거든."

숙부가 널 죽이려 한 이유가 뭐냐는 내 질문에 그 애는 무심코 대답하려다 말고 갑자기 입을 꾹 다물더니만 언제까지고 나를 경계하는 눈으로 잔뜩 노려보고 있었다.

같은 방을 쓰는 정님이가 어머니한테 불평을 늘어놓기 시작했다. 원래 잠버릇이 험한 정님이가 어쩌다 다리를 올려놓으면 명선이는 비명을 꽥꽥 지르며 벌떡 일어나 눈에다 불을 켜고 노려본다는 하소연이었다. 오랫동안을 옷을 갈아입지 않아 명선이 몸에서 지독한 냄새가 난다고 정님이는 오만상을 찌푸리기도 했다. 갈아입을 여벌의 옷이 없는 줄 번연히

- ◆ **말만 한 처녀** 시집을 가도 될 만큼 다 자란 여자를 비유적으로 이르는 말.
- ◆ **공론公論** 여럿이 의논함.
- ◆ **쇠여물로 쓸 꼴** 소에게 먹일 풀.
- ◆ **망태기** 물건을 담아 들거나 어깨에 메고 다닐 수 있도록 만든 그릇으로, 그물처럼 떠서 성기게 만든다.
- ◆ **우심尤甚하다** 더욱 심하다.
- ◆ **대판거리** 크게 차리거나 벌어진 판.
- ◆ **딴죽** 씨름이나 태껸에서, 발로 상대편의 다리를 옆으로 치거나 끌어당겨 넘어뜨리는 기술.
- ◆ **열세劣勢** 상대편보다 힘이나 세력이 약함.
- ◆ **날라리** 전통 악기인 '태평소'를 달리 이르는 말.
- ◆ **떠동그뜨리다** 물체의 한 부분을 들고 밀어 엎어지게 하거나 기울여 쓰러뜨리다.
- ◆ **공습空襲** 공중에서 습격하는 것을 줄여 이르는 말.

알면서도 정님이가 그처럼 사사건건 트집을 잡는 까닭은 나이 때문에 내외를 시작한 탓이라고 어머니가 말했다. 머스매하고 어떻게 한 방을 쓰란 말이냐고 정님이는 처음부터 울상을 지었던 것이다. 가슴이 얼른 알아보게 봉긋 솟고 엉덩이가 제법 펑퍼짐해서 정님이는 이제 처녀티가 완연해져 있었다.

오래지 않아 명선이를 머슴으로 부리려던 속셈을 어머니는 깨끗이 포기해 버렸다. 괜히 말썽이나 부리고 펀둥펀둥 놀면서 삼시 세 끼 밥이나 축내는 그 뒤퉁거리를 어떻게 하면 내쫓을 수 있을까 하고 궁리하는 게 어머니의 일과였다. 아버지 앞에서 어머니는 그동안 먹여 주고 재워 준 값과 금반지 한 개의 값어치를 면밀히 따지기 시작했다.

"천지신명◆을 두고 허는 말이지만 가한티 죄로 가지 않을 만침 헌다고 혔구만요."

"허기사 난리 때 금가락지 한 돈쭝◆은 똥가락지여. 금 먹고 금똥 싼다면 혹 몰라도……. 쌀톨이 금쪽보담 귀헌 세상인디……."

"그러니 저녀르 작것을 어쩌지요?"

"밥을 굶겨 봐. 지가 배고프고 허기지면 더 있으라도 지 발로 나가겄지."

"워너니◆ 갸가 나가겄소. 물빤드기마냥 빤들거림시나 무신 수를 써서라도 절대 안 굶을 아요."

어머니의 판단이 전적으로 옳았다. 끼니때만 되면 눈알을 딱 부릅뜨고 부엌 사정을 낱낱이 감시하다가 염치 불구하고 밥상머리를 안 떠나는 명선이를 두고 우리는 차마 밥 덩이를 목구멍으로 넘길 수가 없었다.

갈수록 밥 얻어먹는 설움이 심해지자 하루는 또 명선이가 금반지

하나를 슬그머니 내밀어 왔다. 먼젓번 것보다 약간 굵어 보였다. 찬찬히 살피고 나더니 어머니는 한 돈쭝하고도 반짜리라고 조심스럽게 감정을 내렸다.

"길에서 줏었다니까요."

어머니의 다그침에 명선이는 천연스럽게 대꾸했다.

"거참 요상도 허다. 따른 사람은 눈을 까뒤집어도 안 뵈는 노다지◆가 어째 니 눈에만 유독이 들어온다냐?"

그러나 어머니는 명선이가 지껄이는 말을 하나도 믿으려 하지 않았다. 명선이가 처음 금반지를 주워 왔을 때처럼 흥분하거나 즐거워하는 기색도 아니었다. 명선이의 얼굴을 유심히 들여다보는 어머니의 눈엔 크고 작은 의심들이 호박처럼 올망졸망 매달려 있었다.

그날 밤에 아버지는 명선이를 안방으로 불러 아랫목에 앉혀 놓고 밤늦도록 타일러도 보고 으름장도 놓아 보았다. 하지만 명선이의 대답은 한결같았다.

"거짓말 아니라구요. 참말이라구요. 길에서 놀다가⋯⋯."

"너 이놈, 바른대로 대지 못허까!"

아버지의 호통 소리에 명선이는 비죽비죽 울기 시작했다. 우는 명선이를 아버지는 또 부드러운 말로 달래기 시작했다.

"말은 안 혔어도 너를 친자식 진배없이◆ 생각혀 왔다. 너 같은 어린것이 그런 물건 갖고 있으며는 덜 좋은 법이다. 이 아저씨가 잘 맡어 놨다가 후제◆ 크면 줄 테니 어따 숨겼는지 바른대로 대거라."

◆ 천지신명天地神明 세상의 일을 맡아 처리하는 온갖 신령.
◆ 돈쭝 귀금속이나 한약재 따위의 무게를 재는 단위.
◆ 워너니 '그러면 그렇지' 또는 '원체'라는 뜻을 가진 부사. 부정적인 뜻을 전할 때 쓰는 사투리.
◆ 노다지 캐내려 하는 광물이 많이 묻혀 있는 광맥. 여기서는 금을 뜻한다.
◆ 진배없다 그보다 못하거나 다를 것이 없다.
◆ 후제 뒷날의 어느 때.

아무리 달래고 타일러도 소용이 없자 아버지는 마침내 화를 버럭 내면서 명선이의 몸뚱이를 뒤지려 했다. 아버지의 손이 옷에 닿기 전에 명선이는 미꾸라지 같이 안방을 빠져나가 자취를 감추어 버렸다. 그리고 그날 밤 끝내 우리 집에 돌아오지 않았다.

"틀림없다. 몇 개나 되는지는 몰라도 더 있을 게다. 어디다 감췄는지 니가 살살 알어봐라. 혼자서 어딜 가거든 눈치 안 채게 따러가 봐라."

입맛을 쩝쩝 다시던 끝에 아버지는 나한테 이렇게 분부했다.

"옷 속에다 누볐는지도◆ 모른다."

어머니가 옆에서 거들었다. 어머니 역시 아버지 못잖게 아쉬운 표정이었다. 아버지의 이마에서 땀방울이 찌걱찌걱 배어 나오고 있었다. 아버지는 벌겋게 충혈된 눈을 등잔 불빛에 번들번들 빛내면서 숨을 씩씩거렸다. 꼭 무슨 일을 저지르고야 말 것만 같은 모습이었다.

그 이튿날 점심 무렵부터 명선이에 관한 소문이 마을에 파다하게 퍼졌다. 난리통에 혈혈단신◆이 된 서울 아이가 금반지를 많이 가지고 있다는 이야기였다. 어떤 사람들은 그 아이가 열 개도 넘는 금반지를 저만 아는 곳에 꽁꽁 감춰 두고 하나씩 꺼낸다더라고 쑤군거리기도 했다. 입이 방정이라고 정님이가 어머니한테서 호되게 꾸중을 들었다. 어머니의 지시에 따라 누나와 나는 돌아오지 않는 명선이를 찾아 마을 안팎을 온통 헤매고 다녔다.

낮 더위가 한풀 꺾이고 어둠발◆이 켜켜이 내려앉을 무렵에야 명선이는 당산 숲 속에서 발견되었다. 우리가 그 애를 찾아낸 것이 아니라 그 애가 돼지 멱따는 소리로 한바탕 비명을 질러 사람들을 불러 모은 결과였다. 이 나무 저 나무 옮아 다니는 매미처럼 당산 숲 속을 팔모◆로 헤집고 다니며 거듭거듭 내리지르는 비명 소리를 듣고서 맨 처음 달려간 사람들 축에 아버지도 끼어 있었다.

"너그 놈들이 누구누군지 내 다 안다아! 어디 사는 누군지 내 다 봐 뒀으니께 날만 샜다 허면 물고◆를 낼 것이다아!"

해뜩해뜩 뒷모습을 보이며 당산 골짜기 어둠 속으로 꽁지가 빠지게 달아나는 남자들을 향해 아버지는 길길이 뛰며 입에 거품을 물었다.

"아가, 이자 아모 염려 없다. 어서 내려오니라, 어서."

한걸음 뒤늦어 득달같이◆ 달려온 어머니가 소나무 위를 까마득히 올려다보며 한껏 보드라운 말씨로 달랬다. 소나무 둥치에 딱정벌레처럼 달라붙어 꼼짝도 않는 하얀 궁둥이가 보였다. 놀랍게도 명선이는 시원스런 알몸뚱이로 있었다. 어느 겨를에 어떻게 거기까지 기어올라 갔는지 명선이는 까마득한 높이에 매달려 홀랑 벌거벗은 채 흐느끼고 있었다. 아무리 내려오라고 타일러도 반응이 없자 아버지가 팔소매를 걷어붙이고 올라가 위험을 무릅쓰고 곡예라도 하듯이 그 애를 등에 업고 내려왔다.

"오매오매, 쟈가 지집애 아녀!"

땅에 내려서기 무섭게 얼른 돌아서며 사타구니를 가리는 명선이를 보고 누군가 이렇게 고함을 질렀다. 나 또한 초저녁 어스름 속에 얼핏 스쳐 지나가는 눈길만으로도 그 애한테 고추가 없다는 사실을 넉넉히 알아차릴 수 있었다.

"그러매 말이네. 머시맨 줄만 알았더니 인제 보니 지집애구만."

"참말로 재변◆이네, 재변이여!"

모여 서 있던 마을 사람들이 저마다 탄

◆ 누비다 두 겹의 천 사이에 솜을 넣고 줄이 죽죽 지게 박다.
◆ 혈혈단신孑孑單身 의지할 배우자나 형제가 없는 사람.
◆ 어둠발 어두워지는 기세.
◆ 팔모 여러 방면. 또는 여러 측면.
◆ 물고物故 죄를 지은 사람이 죽음. 또는 죄를 지은 사람을 죽임.
◆ 득달같이 잠시도 늦추지 않고.
◆ 재변災變 재앙으로 인하여 생긴 변고.

성을 지르며 혀를 찼다. 어머니가 잽싸게 치마폭으로 명선이의 알몸을 감쌌다. 모닥불이라도 뒤집어쓴 것 같이 공연히 얼굴이 화끈거려서 나는 차마 명선이를 바로 볼 수가 없었다.

"요, 요것이, 개패*같이 달린 요것이 뭣이디야!"

명선이의 하얀 가슴께를 들여다보며 어머니가 소리를 질렀다. 곁에 있던 아버지가 얼른 그것을 가리려는 명선이의 손을 뿌리치고 뚝 잡아챘다. 줄에 매달린 이름표 같은 것이었다. 아직도 한 줌의 빛살이 옹색하게 남아 있는 서쪽 하늘에 대고 거기에 적혀진 글씨를 읽은 다음 아버지는 마치 무슨 보물섬의 지도나 되는 듯이 소중스레 바지춤에 찔러 넣었다. 그리고 마을 사람들을 향해 돌아서면서 눈을 딱 부릅떠 엄포*를 놓는 것이었다.

"나허고 원수 척질* 생각 아니면 앞으로 야한티 터럭* 손 하나 건딜지 마시요!"

언젠가 가뭄 흉년 때 이웃 논의 임자하고 물꼬싸움*을 벌이면서 시퍼렇게 삽날을 들이대던 그때의 그 표정보다 훨씬 더 포악해 보였다. 우리 논으로 떨어지는 빗물이나 마찬가지로 아버지는 우리 집 안에 우연히 굴러 들어온 명선이의 소유권을 마을 사람들 앞에서 우격다짐*으로 가리고 있었다.

"우리가 친자식 이상으로 애끼고 길르는 아요. 만에 일이라도 야한티 해꽂이 헐라거든 앙화*가 무섭다는 걸 멩심허시요!"

덩달아 어머니도 위협을 잊지 않았다. 명선이가 입는 손해는 바로 우리 집안의 손해나 마찬가지라는 주장이었다. 물론 어머니는 명선이 때문에 생기는 이익이 곧바로 우리 이익이란 말은 입 밖에 비치지도 않았다.

사람들을 따돌리고 집 안에 들어서자마자 어머니는 더 이상 참지를 못하고 아버지한테 다그쳤다.

"개패에 무신 사연이 적혔는가요?"

"갸네 부모가 쓴 편지여."

"누구한티요."

"누구긴 누구여, 나지."

"오매, 그 사람들이 어떻게 알고 당신한티 편지를……."

"이런 딱헌 사람 봤나. 아, 갸를 맡어서 기를 사람한티 쓴 편지니께 받는 사람이 나지 누구겠어."

"뭐라고 썼습디여?"

"자기네가 혹 난리 바람에 무신 일이라도 당하게 되면 무남독녀 혈육을 잘 부탁헌다고, 저승에 가서도 그 은혜는 잊지 않겄다고, 서울 어디 사는 누네 딸이고 본관◆이 어디고 생일이 언제라고……."

"가락지 말은 안 썼어라우?"

"안 썼어."

아버지는 딱 잘라 대답했다. 그러나 다음 순간 득의연한◆ 미소와 함께 어머니한테 나직이 속삭이고 있었다.

"금가락지 말은 없어도 저 먹을 건 다소 딸려 놨다고 써 있어. 사연이 복잡헌 부잣집인 것만은 틀림없다고."

명선이를 달아나지 못하게 감시하는 새로운 임무가 나한테 주어졌다. 우리 식구

◆ **개패** '이름표'를 이르는 말.
◆ **엄포** 상대편이 겁을 먹도록 무서운 말이나 행동으로 위협하는 짓.
◆ **척지다** 서로 원한을 품어 미워하다.
◆ **터럭** 동물의 몸에 난 길고 굵은 털.
◆ **물꼬싸움** '물꼬'는 논에 물을 대기 위해 만든 통로. 가뭄이 들어 물이 귀해지면 자기 논에 더 많은 물을 대기 위해 싸움을 하기도 하는데, 그것을 물꼬싸움이라 함.
◆ **우격다짐** 억지로 우겨서 남을 굴복시키는 행위.
◆ **앙화殃禍** 지은 죄의 앙갚음으로 받는 재앙.
◆ **본관本貫** 한 집안의 맨 처음이 되는 조상이 태어난 곳.
◆ **득의연하다** 몹시 우쭐해 있다.

모두는 상전을 모시듯이 명선에게 한결같이 친절했다. 동네 사람 어느 누구도 감히 넘볼 마음을 못 먹도록 뚝심 좋은 아버지는 그 애의 주위에 이중삼중으로 보호의 울타리를 쳐 놓고도 언제나 안심하지 못했다. 나는 그 애의 그림자 노릇을 착실히 했다. 그러나 금반지를 어디다 감춰 뒀는지 그것만은 차마 묻지 못했다. 시간이 흐를수록 그 애는 내 사투리를 닮아 가고 나는 반대로 그 애의 서울말을 어색하게 흉내 내기 시작했다.

타고난 본래의 여자 모양을 되찾은 후에도 명선이는 갈데없는 머슴애였다. 하는 짓거리마다 시골 아이들 뺨치는 개구쟁이였고 토박이의 텃세를 계집애라는 이유로 쉽사리 물리칠 수 있게 되면서부터는 온갖 망나니짓[*]에 오히려 우리의 앞장을 서곤 했다. 다람쥐처럼 나무도 뽀르르 잘 타고 둠벙[*]에서는 물오리나 다름없이 헤엄도 잘 쳤다. 수놈 날개에 노랗게 호박꽃 가루를 칠해서 암놈으로 위장하여 말잠자리를 우리보다 솜씨 있게 낚는가 하면, 남의 집 울타리에 달린 호박에 말뚝도 박고 여름밤에 개똥벌레를 여러 마리 종이 봉지 안에 가두어 어른이 담뱃불 흔드는 시늉을 하면서 다가와 술래를 따돌리는 재간[*]도 부릴 줄 알았다. 인공 치하[*]에서 학교가 쉬는 동안을 우리는 마냥 키드득거리며 떼 뭉쳐 어울려 다녔다.

심심할 때마다 명선이는 나를 끌고 허리가 끊어진 만경강 다리로 놀러 가곤 했다. 계집애답지 않게 배짱도 여간이 아니어서 그 애는 아무도 흉내 낼 수 없는 위험천만한 곡예를 부서진 다리 위에서 예사로 벌여 우리의 입을 딱 벌어지게 만드는 것이었다.

"누가 제일 멀리 가는지 시합하는 거다."

폭격으로 망가진 그대로 기나긴 다리는 방치되어 있었다. 난간이 떨어져 달아나고 바닥에 커다란 구멍들이 뻥뻥 뚫린 채 쌀뜨물보다도 흐린 싯누런 물결이 일렁이는 강심♦ 쪽을 향해 곧장 뻗어 나가다 갑자기 앙상한 철근을 엿가락 모양으로 어지럽게 늘어뜨리면서 다리는 끊겨 있었다. 얽히고 설킨 철근의 거미줄이 간댕간댕 허공을 가로지르고 있는 마지막 그곳까지 기어가는 시합이었다. 그리고 시합에서 승리자는 언제나 명선이었다. 웬만한 배짱이라면 구멍이 숭숭 뚫린 시멘트 바닥을 기는 것은 누구나 할 수 있는 일이었다. 하지만 시멘트가 끝나면서 강바닥이 까마득한 간격을 두고 저 아래에서 빙글빙글 맴을 도는 철골 근처에 다다르면 누구나 오금이 굳고 팔이 떨려 한 발자국도 더 나갈 수가 없었다. 오로지 명선이 혼자만이 얼키설키 허공을 건너지른 엿가락 같은 철근에 위태롭게 매달려 세차게 불어대는 강바람에 누나한테 얻어 입은 치맛자락을 펄렁거리며 끝까지 다 건너가서 지옥의 저쪽 가장귀♦에 날름 올라앉아 귀신인 양 이쪽을 보고 낄낄거리는 것이었다. 그렇게 낄낄거리며 우리들 머슴애의 용기 없음을 놀릴 때 그 애의 몸뚱이는 마치 널을 뛰듯이 위아래로 훌쩍훌쩍 까불리면서 구부러진 철근의 탄력에 한바탕씩 놀아나고 있었다.

　어느 날 나는 명선이하고 단둘이서만 다리에 간 일이 있었다. 그때도 그 애는 나한테 시합을 걸어 왔다. 나는 남자로서의 위신을 걸고 명선이의 비아냥거림 앞에서 최선의 노력을 다해 봤으나 결국 강바닥에 깔린 뽕나무밭이 갑자기 거대한 팽이가 되어 어찔어찔 맴도는 걸 보고 뒤로 물러서지 않을 수 없었다. 이제 명선

♦ **망나니짓** 말이나 행동이 막된 사람이 하는 짓.
♦ **둠벙** '웅덩이'의 사투리.
♦ **재간才幹** 어떤 일을 할 수 있는 재주와 솜씨.
♦ **인공人共 치하** 한국전쟁 때 잠시 동안 인민군이 통치한 기간.
♦ **강심江心** 강의 한복판.
♦ **가장귀** 나뭇가지의 갈라진 부분.

이한테서 겁쟁이라고 꼼짝없이 수모를 당할 차례였다.

"야아, 저게 무슨 꽃이지?"

그런데 그 애는 놀림 대신 갑자기 뚱딴지 같은 소리를 질렀다. 말 타듯이 철근 뭉치에 올라앉아서 그 애가 손가락으로 가리키는 곳을 내려다보았다. 거대한 교각 바로 위 무너져 내리다 만 콘크리트 더미에 이전엔 보이지 않던 꽃송이 하나가 피어 있었다. 바람을 타고 온 꽃씨 한 알이 교각 위에 두껍게 쌓인 먼지 속에 어느새 뿌리를 내린 모양이었다.

"꽃 이름이 뭔지 아니?"

난생처음 보는 듯한, 해바라기를 축소해 놓은 모양의 동전만 한 들꽃이었다.

"쥐바라숭꽃……."

나는 간신히 대답했다. 시골에서 볼 수 있는 거라면 명선이는 내가 뭐든지 다 알고 있다고 믿는 눈치였다. 쥐바라숭이란 이 세상엔 없는 꽃 이름이었다. 엉겁결에 어떻게 그런 이름을 지어낼 수 있었는지 나 자신 어리벙벙할 지경이었다.

"쥐바라숭꽃……. 이름처럼 정말 예쁜 꽃이구나. 참 앙증맞게두 생겼다."

또 한바탕 위험한 곡예 끝에 그 애는 기어코 그 쥐바라숭꽃을 꺾어 올려 손에 들고는 냄새를 맡아 보다가 손바닥 사이에 넣어 대궁을 비벼서 양산처럼 팽글팽글 돌리다가 끝내는 머리에 꽂는 것이었다. 다시 이쪽으로 건너오려는데 이때 바람이 휙 불어 명선의 치맛자락이 훌렁 들리면서 머리 위에서 꽃이 떨어졌다. 나는 해바라기 모양의 그 작고 노란 쥐바라숭꽃 한 송이가 바람에 날려 싯누런 흙탕물이 도도히 흐르는 강심을 향해 바람개비처럼 맴돌며 떨어져 내리는 모양을 아찔한 현기증으로 지켜보고 있었다.

우리가 명선이한테서 순순히 얻어 낸 금반지는 두 번째 것으로 마지막이었다. 아버지와 어머니가 온갖 지혜를 짜내어 백방*으로 숨겨 둔 장소를 알아내려 안간힘을 다해 보았으나 금반지 근처에만 얘기가 닿아도 명선이는 입을 굳게 다문 채 침묵 속의 도리질로 완강히 버티곤 했다.

날이 가고 달이 갔다. 어느덧 초가을로 접어드는 날씨였다. 남쪽에서 쳐올라오는 국방군*에 밀려 인민군이 북쪽으로 쫓겨 가기 시작한다는 소문이 돌았다. 생각보다 전쟁이 일찍 끝나 남쪽으로 피난 갔던 명선네 숙부가 어느 날 불쑥 마을에 다시 나타날 경우를 생각하면서 어머니는 딱할 정도로 조바심을 치기 시작했다. 내가 벌써 귀띔을 해 줘서 어른들은 명선이가 숙부로부터 버림받은 게 아니라 스스로 도망쳤다는 사실을 이미 알고 있었다. 전쟁이 끝나기 전에 어떻게든 명선이의 입을 열게 하려고 아버지는 수단 방법을 안 가릴 기세였다.

그날도 나는 명선이와 함께 부서진 다리에 가서 놀고 있었다. 예의 그 위험천만한 곡예 장난을 명선이는 한창 즐기는 중이었다. 콘크리트 부위를 벗어나 그 애가 앙상한 철근을 타고 거미처럼 지옥의 가장귀를 향해 조마조마하게 건너갈 때였다. 이때 우리들 머리 위의 하늘을 두 쪽으로 가르는 굉장한 폭음이 귀뺨을 갈기는 기세로 갑자기 울렸다. 푸른 하늘 바탕을 질러 하얗게 호주기 편대*가 떠가고 있었다. 비행기의 폭음에 가려 나는 철근 사이에서 울리는 비명을 거의 듣지 못했다. 다른 것은 도무지 무서워

◆ **백방百方** 온갖 수단과 방도.
◆ **국방군國防軍** 남한의 군대.
◆ **호주기 편대** 한국전쟁 때 참전한 오스트레일리아의 제트 전투기가 짝을 이루어 대형을 갖춘 것.

할 줄 모르면서도 유독 비행기만은 병적으로 겁을 내는 서울 아이한 테 얼핏 생각이 미쳐 눈길을 하늘에서 허리가 동강이 난 다리로 끌어 내렸을 때 내가 본 것은 강심을 겨냥하고 빠른 속도로 멀어져 가는 한 송이 쥐바라숭꽃이었다.

명선이가 들꽃이 되어 사라진 후 어느 날 한적한 오후에 나는 그때까 지 한 번도 성공한 적이 없는 모험을 혼자서 시도해 보았다. 겁쟁이라고 비웃을 사람이 아무도 없으니까 의외로 용기가 나고 마음이 차갑게 가 라앉는 것이었다. 나는 눈에 띄는 그 즉시 거대한 팽이로 둔갑해 버리 는 까마득한 강바닥을 보지 않으려고 생땀을 흘렸다. 엿가락으로 흘러 내리다가 가로지르는 선에 얹혀 다시 오르막을 타는 녹슨 철근의 우툴 두툴한 표면만을 무섭게 응시하면서 한 뼘 한 뼘 신중히 건너갔다. 철 근의 끝에 가까이 갈수록 강바람을 맞는 몸뚱이가 사정없이 까불렸다. 그러나 나는 천신만고* 끝에 마침내 그 일을 해내고 말았다. 이젠 어느 누구도, 제아무리 쥐바라숭꽃일지라도 나를 비웃을 수는 없게 되었다.

지옥의 가장귀를 타고앉아 잠시 숨을 고른 다음 바로 되돌아 나오 려는데 이때 이상한 물건이 얼핏 시야에 들어왔다. 낚싯바늘 모양으 로 꼬부라진 철근의 끝자락에다 끈으로 칭칭 동여맨 자그마한 헝겊 주머니였다. 명선이 들꽃을 꺾던 때보다 더 위태로운 동작으로 나는 주머니를 어렵게 손에 넣었다. 가슴을 잡죄는* 긴장 때문에 주머니를 열어 보는 내 손이 무섭게 경풍*을 하고 있었다. 그리고 그 주머니 속 에서 말갛게 빛을 발하는 동그라미 몇 개 를 보는 순간 나는 손에 든 물건을 송두 리째 강물에 떨어뜨리고 말았다.

◆ 천신만고千辛萬苦 온갖 어려운 고비를 겪으며 심하게 고생함을 이르는 말.
◆ 잡죄다 아주 엄하게 다잡다.
◆ 경풍驚風 경련 증상.

윤흥길

尹興吉, 1942~

　전라북도 정읍에서 태어난 작가 윤흥길은 어린 시절에 전쟁의 현실을 체험했습니다. 이후 사범학교를 졸업하고 초등학교 교사가 된 후 독학으로 문학 수업을 하기 시작했습니다. 그리고 작은 갯마을에 있는 분교로 전근을 신청하여 습작 시절을 거친 뒤 단편소설 〈회색 면류관의 계절〉을 발표하여 문단에 데뷔했습니다.

　그 후 본격적인 문학 공부를 위해 원광대학교 국문과에 진학하여 늦깎이 대학생 생활을 했습니다. 졸업 후에는 잠시 국어 교사로 근무했고 출판사에서 일을 하기도 했습니다.

　윤흥길은 한국 현대사의 주요 사건들을 사실적으로 묘사한 소설을 많이 썼으며, 그러한 작품으로는 〈아홉 켤레의 구두로 남은 사내〉, 〈장마〉가 잘 알려져 있습니다. 이 작품들은 1970년대 재개발로 인해 도시에서 쫓겨난 사람들의 삶이나, 전쟁의 이념 때문에 가족끼리 서로 싸워야 했던 상황을 담아낸 소설입니다.

　그는 탄탄한 구성력과 절제 있고 균형 잡힌 문장으로 역사와 현실의 이야기를 그린 작가로 평가되고 있습니다.

"쥐바라숭이란 이 세상에 없는 꽃 이름이었다"

이 소설은 한국전쟁 당시 시골 마을로 피난을 온 소녀가 탐욕스런 어른들로부터 자신을 지키려다가 죽음을 맞는 이야기입니다.

전쟁이 터지자, 남쪽 만경강 근처에 사는 '나'의 마을에 피난민이 몰려오기 시작했습니다. '명선'이라는 아이도 그중 하나였습니다. 꾀죄죄하지만 곱상하게 생기고 서울말을 쓰는 명선이는 배가 고프다며 '나'를 앞세워 집까지 쫓아옵니다. '나'의 어머니는 명선이가 금반지를 내밀자 쫓아내려 했던 마음을 바꾸어 당분간 집에서 지내도록 해 주었습니다.

'나'의 부모님은 명선이를 머슴처럼 부려먹으려 했지만 당돌한 명선이는 산으로 들로 놀러만 다녔습니다. 오래지 않아 '나'의 부모님이 명선이를 쫓아낼 궁리를 하자 명선이는 또 다른 금반지를 내놓았습니다. 부모님은 어디서 금반지를 얻었는지 따져 묻지만 명선이는 길에서 주웠다고만 할 뿐입니다. 급기야 '나'의 아버지가 몸을 뒤지려 하자 명선이는 집을 뛰쳐나가 버렸습니다.

그다음 날, 명선이가 금반지를 많이 갖고 있다는 소문이 파다하게 퍼졌습니다. 그리고 저물녘이 되어 명선이는 당산 숲 속의 나무 위에서 발가벗은 채로 발견되었습니다. 놀랍게도 명선이는 사내아이가 아니라 여자애였습니다. 명선이의 목에는 그녀의 부모님이 준 이름표가 걸려 있었고, 그것을 본 '나'의 부모님은 마을 사람들 앞에서 명선이의 보호자로 자청하고 나섰습니다. 그리고 '나'에게는 명선이를 감시하라는 임무가 떨어졌습니다.

얼마 후 국방군이 북진한다는 소문이 들려오자, '나'의 부모님은 명선이의 숙부가 찾아오기 전에 금반지 숨겨 둔 곳을 찾아내려 합니다. 이에 아랑곳하지 않고 명선이는 만경강 다리로 놀러 가곤 했습니다. 명선이는 폭격으로 끊어진 다리의 철골 위를 걸어갔다가 돌아오는 아슬아슬한 놀이를 즐겼습니다. 그러던 어느 날, 명선이가 철근 위를 곡예하듯이 건너고 있는데 갑자기 폭음을 울리며 비행기가 날아갔습니다. 그리고 명선이는 한 송이 꽃처럼 강물에 떨어지고 말았습니다.

명선이가 죽은 후 나는 명선이가 한 것처럼 만경강 다리의 철근 끝까지 가 보았습니다. 그리고 철근 끝자락에 매달려 있는 헝겊 주머니를 발견했습니다. 주머니 속에 든 금반지 몇 개를 확인한 순간, '나'는 주머니를 통째로 강물에 떨어뜨리고 말았습니다.

 ## 인간을 탐욕스럽게 만드는 전쟁

〈기억 속의 들꽃〉의 배경은 한국전쟁이 발발한 1950년, 전라북도를 가로지르는 만경강 남쪽의 마을입니다. 전쟁 당시 인민군과 국군은 탱크가 지나가지 못하도록 다리들을 폭파했습니다. 피난을 떠나던 사람들은 비행기가 떨어뜨린 폭탄에 맞아 목숨을 잃기도 하고, 아비규환의 혼란 속에서 가족을 잃고 뿔뿔이 흩어지기도 했습니다. 부모님의 손을 놓친 아이들은 고아 신세가 되어 떠돌아다닐 수밖에 없었습니다.

이 작품 속에 등장하는 명선이가 바로 그런 처지입니다. 명선이는 피난길에 공습으로 부모를 잃고, 자신을 위협하는 숙부로부터 도망을 친 상황입니다. 그런 명선이의 처지를 이해하고 도와줄 사람은 아무도 없

습니다. 명선이가 가진 것
이라고는 부모님이 주신 금
반지뿐이며, 그것만이 명선
이가 굶어 죽지 않을 수 있
는 유일한 수단입니다. 그러
나 주변의 어른들은 고아가
된 명선이를 걱정하기보다

피난민 행렬의 모습

는 명선이가 지닌 금반지를 탐낼 뿐입니다. 명선이는 그러한 삭막한 세
상으로부터 자신을 지키려고 했습니다. 남자아이인 척하고 금반지 주
머니를 위험한 다리 난간에 묶어 두는 행동이 그러한 것입니다.

이처럼 이 작품에서 작가는 어린 소년인 '나'의 시선을 통해 전쟁의
환경이 사람의 마음을 얼마나 각박하고 피폐하게 만드는지 실감나게
보여 주고 있습니다.

서술과 묘사의 어울림

소설에서 문장은 크게 두 가지 방식으로 나눠 볼 수 있습니다. 바로
'서술'과 '묘사'입니다.

서술이란 사건이나 생각의 전개를 따라 차례대로 적어 가는 기법을
말합니다. 서술은 이야기를 지속해 주는 역할과 배경을 설명하거나 이
야기의 흐름을 이해하는 데 필요한 정보를 전달하는 역할을 합니다. 다
음은 '나'가 명선이를 만나기 전의 배경을 서술로써 드러낸 부분입니다.

"인민군한테 발뒤꿈치를 밟혀 가며 피난을 내려왔던 명선네 친척들은 역시 인민군보다 한걸음 앞서 부랴사랴 우리 마을을 떠나면서 명선이를 버리고 갔다. 그래서 명선이는 피난민 일가가 묵다가 떠난 자리에서 동네사람들에 의해 하나의 골치아픈 뒤퉁거리로 발견되었다. 누나하고 내가 할머니를 따라 피난을 떠나던 바로 그날 아침의 일이었다."

한편 묘사란 시각, 청각, 후각, 미각, 촉각과 같은 신체의 감각들을 동원하여 대상을 실감나게 그려 내는 기법입니다. 주로 인상적인 부분을 전달할 때 쓰며 독자의 상상력을 자극하는 효과를 줍니다. 이 작품에서는 명선이에 대한 묘사가 많은데, 소설의 시작부터 다음과 같은 묘사가 나타나 있습니다.

"한 떼거리의 피난민들이 머물다 떠난 자리에 소녀는 마치 처치하기 곤란한 짐짝처럼 되똑하니 남겨져 있었다. 정갈한 청소부가 어쩌다가 실수로 흘린 쓰레기 같기도 했다. 하얀 수염에 붉은 털옷을 입고 주로 굴뚝으로 드나든다는 서양의 어느 뚱뚱보 할아버지가 간밤에 도둑처럼 살그머니 남기고 간 선물 같기도 했다."

이처럼 서술이 전체적인 사건의 흐름을 전개한다면, 묘사는 한 장면을 마치 그림을 그리는 것처럼 세세하게 보여 주는 방식입니다. 우리가 읽는 소설들은 모두 이 두 가지 기법을 적절히 나눠 쓰고 있습니다.

전쟁으로 인한
가족의 비극과 화해를 담은 〈장마〉

윤흥길은 한국 현대사에 등장하는 중요한 사건들을 주요 제재로 삼은 작품을 많이 썼는데, 그의 대표작으로 알려진 〈장마〉 역시 한국전쟁을 배경으로 하고 있습니다. 이 작품에서는 한국전쟁으로 인해 가족 구성원들이 서로 갈등하고 미워하게 되는 상황을 그리고 있습니다.

'나'의 외할머니와 친할머니는 아들들이 각각 국방군과 인민군에 입대한 후로 사이가 껄끄러워졌습니다. 국방군이던 외삼촌이 전사했다는 통지를 받은 외할머니가 상심한 나머지 인민군을 저주하면서 두 할머니의 사이는 더욱 나빠지게 됩니다. 아들들이 각각 다른 이념을 가지고 전쟁에 참가하게 되자 두 할머니의 사이도 벌어진 것입니다.

그 와중에 '나'는 형사가 내민 초콜릿의 유혹에 넘어가 삼촌이 몰래 집에 다녀갔던 사실을 발설하고 맙니다. 이 사건으로 말미암아 '나'는 친할머니의 미움을 받게 됩니다. 전쟁으로 인해 모든 가족 구성원들 사이가 삐걱거리게 된 것입니다.

그러던 어느 날, 삼촌이 살아 돌아오기로 한 날에 집 안으로 구렁이가 들어오자 친할머니는 불길한 마음에 기절하고 맙니다. 그러자 외할머니가 앞장서서 구렁이를 타일러 보냈고, 후에 이 이야기를 들은 친할머니는 외할머니와 화해를 합니다. 이념과 생사를 초월한 마지막 화해의 장면에서 가슴 찡한 감동을 느낄 수 있습니다.

〈장마〉의 화자도 〈기억 속의 들꽃〉과 마찬가지로 어린아이입니다. 한 집에 사는 어른들이 싸우는 이유를 알 수 없는 아이의 시선을 통해 우리는 한국전쟁이라는 비극을 새로운 관점에서 바라볼 수 있습니다.

● 이 작품에서 어른들의 탐욕을 드러내는 소재로 쓰인 것은 무엇인 가요?

① 깃발　　　② 금반지　　　③ 비행기　　　④ 쥐바라숭꽃

● 이 작품에서 명선이는 끊어진 다리의 철근 위에서 놀 정도로 겁이 없 는 소녀지만 유독 비행기 소리를 무서워합니다. 명선이가 비행기 소 리를 무서워하게 된 이유는 무엇인가요?

● 작품을 읽어 보면 '나'와 명선이의 성격은 대조적입니다. '나'와 명선 이가 한 행동을 예로 들어 둘의 성격을 비교해 봅시다.

● 이 소설 속에서 생생한 묘사가 돋보이는 부분을 찾아 써 봅시다.

● 만약 이 소설의 마지막 대목에서 명선이가 죽지 않았다면 이야기가 어떻게 이어졌을지 상상하여 써 봅시다.

● 이 작품에서 어른들의 탐욕을 드러내는 소재로 쓰인 것은 무엇인 가요?

① 깃발　　② 금반지　　③ 비행기　　④ 쥐바라숭꽃

답 ②번.

● 이 작품에서 명선이는 끊어진 다리의 철근 위에서 놀 정도로 겁이 없 는 소녀지만 유독 비행기 소리를 무서워합니다. 명선이가 비행기 소 리를 무서워하게 된 이유는 무엇인가요?

비행기 공습으로 부모님을 잃었기 때문입니다.

● 작품을 읽어 보면 '나'와 명선이의 성격은 대조적입니다. '나'와 명선 이가 한 행동을 예로 들어 둘의 성격을 비교해 봅시다.

'나'는 피난을 가는 사람들을 부러워하는 철없는 아이입니다. 또 한 서울말을 쓰는 명선이에게 왠지 모르게 주눅이 드는 소심한 성격입니다.

반면 명선이는 어른들의 속셈에 휘둘리지 않는 당찬 아이입니다. 명선이는 자신이 여자아이라는 사실을 감춘 채 당당하게 금반지 를 내밀고 밥을 얻어먹습니다. 또 마을 아이들이 싸움을 걸어도 기죽지 않고 맞서 싸우는 활달한 성격입니다.

● 이 소설 속에서 생생한 묘사가 돋보이는 부분을 찾아 써 봅시다.

"폭격으로 망가진 그대로 기나긴 다리는 방치되어 있었다. 난간
이 떨어져 달아나고 바닥에 커다란 구멍들이 뻥뻥 뚫린 채 쌀뜨
물보다도 흐린 싯누런 물결이 일렁이는 강심 쪽을 향해 곧장 뻗어
나가다 갑자기 앙상한 철근을 엿가락 모양으로 어지럽게 늘어뜨
리면서 다리는 끊겨 있었다."

● 만약 이 소설의 마지막 대목에서 명선이가 죽지 않았다면 이야기가
어떻게 이어졌을지 상상하여 써 봅시다.

명선이가 행복해지는 결말을 생각해 봅시다. 예를 들어 본다면,
전쟁이 끝날 무렵 명선의 숙부가 명선을 찾으러 옵니다. 명선이
의 말과는 달리 숙부는 좋은 사람이었습니다. 숙부가 자신을 죽
이려고 했다던 명선이의 이야기는 공습으로 부모를 잃은 충격 때
문에 나온 것이었습니다. 명선이는 금반지 하나를 선물로 남기고
숙부와 함께 떠납니다.

소를 줍다

: 전성태 :

여러분이 제일 갖고 싶은 것은 무엇인가요? 그것은 여러분에게 어떤 기쁨을 주는 것이며, 그것을 얻기 위해 어떤 노력을 하였나요?

이 작품에 등장하는 소년이 갖고 싶어 한 것은 '소'입니다. 소가 생기면 소년은 아침저녁으로 소 먹일 풀을 베어다 주고 들판으로 몰고 갔다가 데려오는 일을 해야 합니다. 그런 일을 귀찮게 여기지 않을 만큼 소를 갖고 싶어 하는 소년의 심정은 어떤 것인지 헤아려 봅시다. 또한 소년의 '소'와 여러분이 갖고 싶어 하는 것의 차이는 무엇인지 생각해 봅시다.

소 없던 우리 집에 처음으로 들인 소는 오쟁이네 암소였다. 가축 잘 치는 아버지가 그 집 소를 대신 길러 주었다. 나는 신날 일이 하나도 없었다. 아침저녁으로 꼴 베다 주는 일도 귀찮았고, 오쟁이 녀석이 주인 행세 하는 꼴도 마뜩잖았다.◆

"아부지, 우리도 소 한 마리 사불어."

내가 골◆이 나 말하면 아버지는 오냐, 그러자 하면 좀 좋을까만,

"소가 토깽이냐, 사고 싶다고 달랑 사게. 당장 저 소라도 없으면 쟁기질은 무슨 수로 할 거냐? 네 녀석이 목에다가 멍에◆를 걸 거냐?"

하며 씨도 안 먹힌다는 반응이었다.

"그람 차차 송아지 낳으면 우리 주라고 해."

"강아지 한 마리 거저 얻어다가 길렀다는 말 들어 봤어도 송아지를 그랬다는 말은 못 들어 봤다."

"그것이 왜 공짜여, 우리 집이서 재우고 먹이고 다 하는데?"

"철없는 소리 그만 해대고 얼른 풀이나 베 와야. 저번처럼 쑥만 해다가 멕이지 말고. 소 똥구녕 맥히는 날엔 네놈 입구녕도 밥 구경 끝이여."

아버지는 꼴망태◆를 걸어 주고 막 내몰았다. 오쟁이네 암소는 우리 집에서 송아지를 두 배나 착실히 쳤다. 물론 어미 소도 송아지도 탈 없이 잘 자랐다.

우리 집에 두 번째 소가 들어온 것은 초등학교 3학년 때였다. 장마가 한풀 눅자◆ 나는 아이들과 함께 강둑으로 나가 불어난 강물에서 떠내려 오는 물건들을 건져

◆ **마뜩잖다** 마음에 들지 않다.
◆ **골** 비위에 거슬리거나 언짢은 일을 당하여 벌컥 내는 화.
◆ **멍에** 수레나 쟁기를 끌기 위하여 소나 말의 목에 얹는 구부러진 막대.
◆ **꼴망태** 소나 말이 먹을 꼴을 베어 담는 도구. 주로 대나무나 칡덩굴로 만든다.
◆ **눅자** 분위기나 기세 따위가 부드러워지자.

냈다. 그것은 오래전부터 우리 마을 아이들에게 전해 오는 놀이이기도 했다. 우리는 병, 깡통, 양은이나 플라스틱으로 된 가재도구, 버드나무에 걸린 비닐조각 따위를 대작대기*로 끌어내느라 며칠째 강둑에서 낚시꾼마냥 붙어 지냈다. 모두 엿하고 바꿔 먹기 위해서였다. 간혹 수박이나 참외를 건져 내는 운도 따랐다. 그 몇 해 전에 마을 청년들이 염소를 주운 것을 빼면 그만한 횡재*도 없었다. 그런데 그해 나는 염소 따위는 댈 것도 아닌 소를, 그것도 숨이 붙어 있는 소를 줍게되었다.

내가 맨 처음 소를 발견한 것은 아니었다. 정신이 조금 모자란 필구가 고래고래 소리를 질렀는데, 필구는 수양버들이 엉킨 강 어귀에 손가락질을 해댔다. 강 바위 너머에서 음매음매, 소 울음소리가 들려왔다. 울음소리만 아니었다면 그 시뻘건 강물에서 소를 분간해 내기도 힘들었을 것이다. 바위에 부딪혀 튀는 흙탕물 속에서 소머리가 얼핏보였다. 동네 소가 강으로 잘못 든 게 분명하였다.

아이들이 멍하니 구경하는 사이에 나는 물로 뛰어들었다. 어린 마음에도 소 주인에게 보상을 좀 받겠다는 셈속*이 빠르게 굴렀다. 죽을 둥 살 둥 바위에 닿아 바위 모서리를 잡고 돌아들자, 소는 엉덩이를 주저앉힌 꼴로 버둥거리고 있었다. 나는 소머리 쪽으로 돌아가 굴레*를 틀어쥐었다. 소는 머리를 되게 내저었다. 고삐를 찾아 쥐고 당겨도 소는 한 발짝도 움직이려 들지 않았다. 나는 고삐를 바투* 쥐고물속으로 들어 녀석의 다리를 더듬어 나갔다. 머잖아 뒷발 하나가 바위틈에 단단히 박힌 것을 손끝으로 확인할 수 있었다.

동무들이 몽둥이를 던져 줘서 나는 그것을 바위틈에 밀어 넣었다. 몽둥이가 야무지게 자리를 틀자 나는 지렛대로 바위를 뜨듯 몽둥이를 내리눌렀다. 소는 꿈쩍도 하지 않았다. 동무들이 옷을 벗는 모습이 보였다.

"야, 들어오지 마! 이건 내가 주운 소여……."

나는 아이들을 향해 소리쳤다. 아이들이 주춤주춤 자리에 섰다.

더욱 다급해져서 나는 아예 몽둥이 끝에 몸을 싣고 발을 굴렀다. 한편으로 소한테도 힘을 쓰라고 엉덩이를 철썩철썩 때렸다. 어느 순간 딛고 선 몽둥이가 맥없이 무너지며 소가 거꾸러지듯 물속으로 머리를 처박았다. 나도 균형을 잃고 물속에 잠방 빠지고 말았는데, 그 겨를에도 고삐만은 그러쥐고 놓지 않았다.

소를 강가로 끌어내 놓고 보니 암컷인 데다가 이미 코뚜레◆도 해 넣은 중소◆였다. 바위틈에 끼인 뒷발은 한 뼘쯤 가죽이 벗겨져 희붉은 살이 드러나 있었는데 피가 약간 배었을 뿐 뼈가 상한 것 같지는 않았다. 고삐를 끌자 놈은 뒤뚱거리며 제법 걸었다.

"누구네 집 소제?"

나는 숨을 헐떡이며 아이들에게 물었다.

"우리 동네 소는 아닌 거 같은다……."

오쟁이가 대답했다. 다른 아이들도 둘러보았는데 하나같이 고개를 저었다. 열댓 마리도 안 되는 동네 소라면 우리는 목에 걸린 방울 소리로도 알아볼 수 있었다. 그만 낙심◆이 되어 나는 고삐를 땅바닥에 내던졌다.

"인자 어짤래?"

하고 오쟁이가 쌤통이라는 표정으로 물

◆ 대작대기 대나무로 만든 긴 막대기.
◆ 횡재橫財 뜻밖에 재물을 얻음. 또는 그 재물.
◆ 셈속 마음속으로 하는 궁리나 계획.
◆ 굴레 소나 말을 부리려고 머리 쪽에 얽어 씌우는 굵은 줄.
◆ 바투 길이가 짧게. 거리가 가깝게.
◆ 코뚜레 소의 코를 뚫어서 끼우는 둥근 고리. 어린 소에는 코뚜레를 하지 않는다.
◆ 중소 어느 정도 자라서 몸집이 중간 정도 되는 소.
◆ 낙심落心 바라던 일이 이루어지지 아니하여 마음이 상함.

었을 때 나는 너무 허망하여 쭈그려 앉아 버렸다.

잠시 후 나는 고삐를 낚아채듯 다시 집어 들고 소 등을 갈겼다. 동네를 향해 방죽*으로 소를 몰았다. 아이들이 서너 걸음 떨어져서 뒤를 따랐다. 우리 사이에는 침묵만이 흘렀다. 더 이상 참을 수 없어 나는 걸음을 멈췄다.

"너희도 봤제만 분명히 내가 주운 소여."

해 놓고 아이들 표정을 살피자니 이것 봐라, 녀석들은 아무 대꾸가 없다.

"필구, 봤제?"

나는 속없는* 필구만 다그쳤다. 필구는 벙싯거리며* 두 손을 하늘 높이 치켜들고 소리쳤다.

"동명이가 주웠다! 동맹이가 주웠다!"

나는 더 말할 필요도 없다는 듯 다시 소를 몰았다. 방울 소리가 댕그랑댕그랑 경쾌했다.

"내일이라도 당장 주인이 찾아올걸."

뒤에서 오쟁이가 들릴락 말락 중얼거리는 소리가 들렸다. 어느덧 우리는 마을이 내려다보이는 고개에 이르렀다. 저녁 짓는 연기와 모깃불* 연기에 덮여 잠잠해진 마을이 보였다. 나는 허리에 팔을 척 걸치고 뒤로 돌아섰다. 나는 오쟁이에게 따지듯이 물었다.

"참외랑 수박이랑 찾으러 온 사람 있디?"

"아니."

"세숫대야랑 양푼이랑 찾으러 오는 사람은?"

"그건……."

점점 목소리가 꺼져 가는 오쟁이를 나는 몰아붙였다.

"그럼 저번에 염소 주인이라고 누가 나섰겠네."

오쟁이 녀석은 결국 입을 닫고 희미하게 도리질만 했다.

"그럼 인자 주운 사람이 임자여. 알겠어?"

내 말이 끝나기 무섭게 오쟁이 옆에 선 진칠이가 끼어들었다.

"그래도 손디?"

상구하고 오쟁이가 맞장구를 쳤다.

"저 윗동네에서 주인이 쎄♦가 빠지게 찾고 있을 거여."

"그럼. 갈문리 소인 줄도 모르고, 그 너머 문대미 소인 줄도 모르고……."

나는 그만 안 되겠다 싶어 고삐를 나무 둥치에 잡아맸다. 그리고 아이들의 어깨를 툭툭 쳐서 다들 강을 보고 서게 했다. 강은 산과 들을 가르며 굽이져 뻗어 가다가 우중충한 대기 속으로 자취를 감추고 있었다. 나는 명철이한테 따져 물었다.

"갈문리, 문대미 위에 또 뭔 동네 있댜?"

"고옥하고 문꾸지제."

이번에는 상구를 바라보았다.

"고옥하고 문꾸지 담은 어디여?"

"비석금."

"그 담은?"

"축도."

더는 마을이 보이지 않았다. 물론 강, 들, 산도 그 우중충한 대기 속으로 가뭇없이♦ 스며들고 없었다.

"똑똑한 오쟁이, 그담 동네는 으디랴?"

♦ **방죽** 물이 밀려들어 오는 것을 막기 위하여 쌓은 둑.
♦ **속없다** 악의가 없다.
♦ **벙싯거리며** 입을 조금 크게 벌리며 소리 없이 슬쩍슬쩍 자꾸 웃으며.
♦ **모깃불** 모기를 쫓기 위하여 풀 따위를 태워 연기를 내는 불.
♦ **쎄** '혀'의 사투리.
♦ **가뭇없이** 보이던 것이 전혀 보이지 않아 찾을 곳이 감감하게.

"추실일랑가?"

"가 봤어?"

"아니. 근디 우리 아부지가 거기 추실장에서 소를 사 왔디야."

"그리여? 그람 그 윗동네는 어디까?"

"몰러."

오쟁이는 머리를 저었다. 아이들이 시무룩해졌다.

"가 보도 안 한 것들이, 씨! 저 강 위로 동네가 얼마나 많은지 알어? 저 소 터럭만치는 될 거구만."

나는 돌아서서 다시 소 고삐를 풀었다.

마을에 들어서자 필구가 앞서 달려가며 골목에다 대고 소리쳤다.

"동맹이가 주웠다! 동맹이가 주웠다!"

나는 고개를 뻣뻣이 들고 소를 몰았다. 진창이 가로막아도 나는 첨벙거리며 지나갔다. 골목이 깊어지자 아이들도 하나둘씩 떨어져 나갔다. 집 앞에 이르러 나는 잠시 멈춰 서서 숨을 골랐다. 어머니와 아버지, 그리고 형의 얼굴을 떠올리자 비로소 소를 주웠다는 사실이 실감났다. 나는 코뚜레를 잡고 사립문* 앞에 서서 "엄마!" 하고 불렀다.

방문이 열리고 어머니의 얼굴이 보이기 전에 목소리부터 마중을 나왔다.

"끼니때 되면 기어들어 와야지 어디를 싸돌아다니다가⋯⋯."

밥숟가락을 든 어머니는 말하다 말고,

"누구네 소를 몰고 오는 거여? 별일일세, 니가 남의 소를 다 멕이고." 했다.

"우리 소여!"

나는 목청 높여 말했다. 절로 입이 벌어지며 눈물이 막 나오려고 했다. 문 너머로 아버지가 얼굴을 내밀었다.

"저놈이 뭐라고 해쌓는가?"

"나가 주웠다니까."

나는 소를 마당으로 끌어 넣었다.

"넨장,◆ 어떤 어수룩한 손이 소를 마구 내돌렸디야."

아버지의 반응이 시큰둥해서 안달이 났다.

"옥강에 떠내려오는 걸 주웠다니께. 나가 산똥◆을 싸면서 건졌어. 인자 요것은 우리 소여."

아버지는 젖은 내 몰골을 훑어보고 이내 고무신을 꿰고 마당으로 내려섰다. 소를 요리조리 둘러보더니 고삐를 빼앗아 들고 감나무 밑으로 갔다. 감나무에 소를 매어 놓고 돌아온 아버지는 내 등을 사립문으로 돌려세웠다.

"차암, 아부지는…… 옥강에서 주웠다니께."

"그러게 말여. 어여 앞장서!"

나는 아버지에게 끌리다시피 고개 넘어 강으로 갔다. 이미 들에는 어둠이 내리고, 먼 마을에서 불빛이 돋고 있었다. 소를 건져 낸 강둑에 이르러 나는 아버지에게 세세하게 설명했다. 내가 얼마나 위태롭게 소를 건져 냈는지 조금 과장하여 말하는 것도 잊지 않았다. 그런데 내 말이 끝나기가 무섭게 아버지가 뒤통수를 맵게 내질렀다.

"누가 함부로 물에 기어들라고 가르치든? 응? 목숨을 왜 고렇게 조심성 없이 흘리고 다니느냔 말여."

아버지는 칭얼대는 나를 닦아세우며◆

◆ **사립문** 나뭇가지를 엮어서 만든 문짝을 달아서 만든 문.
◆ **넨장** 못마땅할 때 혼자 욕으로 하는 말.
◆ **산똥** 배탈이 나서 먹은 것이 제대로 소화되지 못하고 나오는 똥.
◆ **닦아세우다** 꼼짝 못하게 휘몰아 나무라다.

집으로 향했다. 내가 운 것은 아버지의 손찌검보다 내 심정을 몰라준다는 서러움에서였다. 나는 호박 덩어리를 건져 낸 게 아니라 소를 주운 것이다. 그런데도 이 가난하고 불쌍한 아버지는 자기 집에 무슨 일이 일어났는지 깜깜했다.

아버지의 그 미적지근한 태도는 이튿날 아침 나를 더욱 맥없게 했다. 지난밤 아버지가 소 다리에 난 상처에 석유를 뿌리고 천을 싸매 준 것은 좋았는데, 우리 형제가 가방을 메고 집을 나설 때 난데없이 소를 몰고 나란히 나서는 거였다.

"강가에다가 다시 몰아다 놓을 거여."

그래 놓고 아버지는 입을 다물었다. 생각이 많은 표정이었다. 나는 시무룩해져서 동구 밖 갈림길에서 아버지와 헤어졌다.

하루 내내 소 생각만 하다가 학교를 파하자마자 나는 곧장 강둑으로 달려갔다. 소는 방죽에 배를 깔고 앉아 있었다. 나는 그만 눈물이 핑 돌았다.

나는 쇠말뚝에서 고삐를 풀어 소에게 풀을 뜯겼다. 해가 지고 어둑어둑해졌는데도 집으로 돌아갈 마음이 나지 않았다. 이슬 내리는 강둑에 소만 남겨 두고 돌아갈 순 없었다. 집에 돌아갈 일도 걱정이었다.

어둑한 둑길로 형이 찾아왔다.

"저녁상 차려 놓았는디 니 여서 뭐 하는 거여?"

형은 풀밭에서 내 가방을 들어 어깨에 둘러멨다. 나는 고삐를 그러쥐었다.

"이 바보야, 그란다고 우리 거 될 줄 알어? 경찰서에 신고를 해놔서 금방 주인이 찾으러 올 거여."

"뭐, 신고를 했어? 바보 천치여. 아부지는 바보 천치라니께!"

"어여 일어나! 니도 없는데 밥숟갈 들었다가 아부지한테 혼났단 말여. 나도 너 땜에 성가셔 죽겠다. 숙제도 많구만."

"행님아, 주인이 안 나타나면 어떻게 돼? 너 공부 잘하니께 알제?"

"그럼 주운 사람 차지겠제."

"참말로?"

"근디 누가 소 잃고 가만있겠냐? 벌써 방송으로 사방에 다 알렸을 건디."

나는 그만 풀이 죽어 형 어깨에서 가방을 벗겨 들고 터벅터벅 걸었다. 한참 만에 나는 형한테 다짐이라도 받듯 다시 물었다.

"아무튼 주인 안 나타나면 인자 우리 소란 말이제?"

형은 쯧, 하고 혀를 차곤 더 말이 없었다.

집에 들자마자 아버지는 지겟작대기를 들고 닦아세웠다.

"네 이놈, 어디서 자빠졌다가 인저 기어드는 거여!"

아버지는 지겟작대기로 등에 짊어진 가방을 쿡 쑤시더니,

"너 숙제는 해 놓고 이러고 다니는 거여?"

하며 나를 콕 찔러 죽일 기세였다. 나는 마당 모깃불 옆에 주저앉아 입만 실룩거렸다. 왕겨◆를 한 삼태기◆ 부어 놓은 모깃불에서는 불꽃이 발근발근 일어나고 있었다. 아버지는 생솔가지◆를 올릴 셈이었다가 잊어 먹은 듯, 모깃불 옆에 생솔가지가 수북했다. 눈물이 나오는데 나는 울음소리를 내지 않았다. 그게 더 얄미웠는지 아버지가 느닷없이 어깨에서 가방을 벗겨 냈다.

◆ 왕겨 벼를 찧어 벗겨 낸 껍질.
◆ 삼태기 흙이나 쓰레기, 거름 따위를 담아 나르는 데 쓰는 기구.
◆ 생솔가지 말리지 않은 소나무 가지.

"네놈은 천상* 가르쳐 봤자 소용없고……."

하고는 가방을 모깃불에 안기는 거였다. 나는 그만 땅바닥에 벌렁 드러누워 마당을 쓸며 울었다. 어머니가 달려들어 불에서 가방을 꺼냈다. 불자리에서 불덩이가 하나가 통째로 떨어져 나온 것 같았다. 어머니는 부엌으로 달려가 바가지에 물을 떠다가 가방에 끼얹었다.

나는 밥도 안 먹고 가방을 챙겨 들고 방에 들었다. 방 안에선 재내가 진동했다.

밤중에 아버지가 툇마루를 내려서는 기척이 들렸다. 그때를 맞춰 나는 부러* 마당으로 나가 모깃불에 가방을 집어 던져 버렸다.

이튿날 나는 학교에 가지 않았다. 밥상머리에서 아무 말 없던 아버지로 보아 분명 자신도 후회하는 눈치였다. 나는 그런 아버지가 얄밉고 한편으론 쌤통이라는 생각이 들었다. 밤새 배를 곯았던 나는 아버지가 보란 듯 밥 한 그릇을 싹싹 비웠다.

"동맹아!"

방에 드러누워 있는데 아버지가 방문 너머로 불렀다.

"학교 안 가냐?"

나는 대답하지 않았다.

"그려. 네놈은 천상 공부할 싹수*는 못 되는 거 같은께 오늘부터 농사를 짓자."

그래 놓고 아버지는 벌컥 문을 열었다.

"아, 뭣 해? 콩 뽑으러 가야제."

콩밭에 앉아 콩을 뽑자니 심통이 났다. 구름은 고개를 넘어 흘러갔다. 풀무치랑 메뚜기 같은 날벌레들이 쟁글한* 햇볕 속을 날아다녔다.

아버지는 점심을 먹인 후 나를 앞세우고 학교로 갔다. 선생님에게 정중하게 인사를 올린 후 아버지는 말했다.

"지난밤에 등잔이 넘어져서 그만 애 책이 못 쓰게 됐답니다."

선생님은 나를 데리고 창고로 가서 일일이 교과서를 찾아 챙겨 주었다. 돌아오는 길에 아버지는 가방도 하나 새로 사 주고 공책이며 연필에, 아직 한 번도 가져 보지 못한 자석이 달린 필통까지 사 주는 거였다.

"소는 집으로 데려다 놓을 거여. 주인이 찾아올 때까지만 집에서 키우는 거니께 정붙이지 말어. 알겠제?"

나는 열없이* 웃는 낯으로 고개를 끄덕였다.

아침저녁으로 나는 꼴을 베어 나르고, 오후에는 산과 들로 소를 몰아 풀을 뜯겼다. 아버지는 그런 내 행동이 마뜩잖은 모양이었다.

"흥, 그걸 두고 소 궁둥이에다가 꼴 던지는 격이라고 하는 겨. 소가 널 주인으로 모실 성싶으냐?"

그러나 근 한 달이 지날 때까지 주인은 나타나지 않았다. 조마조마한 마음이 늘 가시지 않았다. 매일 밤 나는 이불 속에서 제발 주인이 나타나지 않게 해 달라고 기도를 드렸다.

소는 점점 기력을 회복했다. 살도 제법 통통하게 올랐다. 그러는 동안에 아버지의 매운 눈도 퍽 부드러워졌다. 가끔 당신이 직접 고구마 줄기를 뜯어다가 지게로 부려 놓는 일도 생겼다.

"내버리기 아까워서 소나 멕이는 것이여."

하루저녁 무렵에 소를 몰고 들어가 감나무 아래 묶으려고 하자, 아버지는 그동

♦ **천상** '천생'의 사투리. 이미 정하여진 것처럼 어쩔 수 없이.
♦ **부러** 거짓으로 일부러.
♦ **싹수** 어떤 일이나 사람이 앞으로 잘될 것 같은 낌새나 징조.
♦ **쟁글한** 바람이 없는 날씨에 햇볕이 따스하게 내리쬐는.
♦ **열없이** 좀 겸연쩍고 부끄럽게.

안 비워 두었던 외양간 문을 열었다.

"온 집안에 쇠똥 냄새가 진동하고 날벌레가 끓어서 쓰겠냐?"

외양간으로 소를 몰아넣으며 아버지는 말했다.

소를 기르게 된 지 두 달이나 지났을까, 갑자기 소가 풀도 안 뜯고 울어대기만 했다. 그 좋아하던 수숫대도 발밑으로 깔아 버렸다. 멀리 하늘을 바라보는 큰 눈이 퍽이나 슬퍼 보이기까지 했다. 제집이 그리워서 그러는가. 나는 애처롭기도 하고 섭섭해서 곧잘 녀석의 배때기를 걷어찼다.

아버지는 그날 오후에 이웃 마을에서 수소 한 마리를 데려왔다. 주인과 함께 온 수소는 주둥이가 검고 뿔이 안으로 휘어진 우걱뿔◆이었다. 몸집도 우리 소보다 두 배는 족히 커 보였다.

오쟁이네 아버지도 나타나 걱정스럽다는 듯 혀를 찼다.

"소한테 덜컥 짝부터 맺어 주면 어쩌려고."

아버지는 발끈했다.

"아, 이 짐승이 서방을 호적에 올려놓고 사는 짐승이여?"

"어떻게 될지 모르는 소라 내 하는 말일세."

"걱정 말게. 주인한테 치사◆를 들면 들었지 타박◆하겠어."

아버지는 마을 뒷산의 Y자로 줄기가 자란 소나무에 암소 머리를 집어넣고 고삐를 친친 감았다. 동네 소는 대부분 그곳에서 교미◆를 붙였다.

"아부지, 이제 우리 소도 송아지를 밴 거여?"

"그려."

"달력에 동그라미를 쳐 놓을까?"

"그려."

나는 아버지가 이제 녀석을 받아들이는 것 같아서 더 기뻤다.

아버지는 슬금슬금 내 자리를 차지하고 들어왔다. 아침마다 쇠꼴 베라고 불러 깨우지를 않나, 소를 풀도 안 좋은 방죽으로만 몰고 다닌 다고 역정♦을 냈다. 아침저녁으로 여물♦을 쑤는 것은 말할 것도 없고 읍내에서 사료도 져 날랐다.

하루는 학교에서 돌아오자 마당에 큰 썰매 같은 게 널브러져 있었 다. 그것은 쟁기질 때 쓰는 '끄슬쿠'라는 농기구였는데 우리 아이들 은 '흙썰매'라 불렀다. 그 위에 맷돌이 올라 있어서 나는 의아하게 생 각했다.

"너도 저기 올라타라. 소 쟁기질 연습시킬 거여."

아버지는 흙썰매를 소 뒤에다가 쟁기처럼 달았다. 그로부터 한 닷 새를 아버지는 온 동네 골목에 흙먼지를 일으키며 소를 몰았다.

"이랴, 쩌쩌, 이랴, 쩌쩌……."

날이 갈수록 아버지는 흙썰매를 무겁게 했다. 나흘째에는 동네 아 이들까지 태웠다. 오쟁이가 저희 집 앞에 서서 뽀로통한 얼굴로 구경 하는 모습은 참 고소했다.

그럭저럭 석 달이 지난 무렵이었다. 하루는 학교에서 돌아와 보니 소가 오간 데가 없었다. 아버지도 보이지 않았다. 어머니만 툇마루에 앉아 한숨을 폭 쉬는 게 예감이 심상치 않았다.

"소 주인이 나타났단 말다."

어머니는 또 한숨이었다.

"올라믄 진작 오지 이제사 올 건 또 뭐 다냐."

♦ 우걱뿔 안으로 굽은 뿔.
♦ 치사致詞 다른 사람을 칭찬하는 말.
♦ 타박 허물이나 결함을 나무람.
♦ 교미交尾 동물의 암컷과 수컷이 새끼 나 알을 낳으려고 짝짓기하는 일.
♦ 역정逆情 몹시 언짢거나 못마땅하여 서 내는 성.
♦ 여물 소나 말을 먹이기 위하여 말려서 썬 짚이나 마른풀.

나는 벌떡 일어섰다. 내가 뛰쳐나가려 하자 어머니가 손을 잡아 앉혔다.

"울지 마라. 원래 그러자고 들인 소 아니었냐?"

아버지는 손수 고삐를 잡고 주인과 함께 고개 너머 경찰서로 넘어갔다고 했다. 나는 눈을 썩썩 문지르고 말했다.

"그람 아부지가 소를 다시 찾어올랑갑네이?"

"뭔 수로 고걸 다시 데려오겠냐."

"또 모르제. 그간 길러 줘서 고맙다고 주인이 싸게 팔지도."

어머니는 말없이 또 한숨이었다.

나는 그 긴 오후 한나절을 막연한 기대를 품은 채 아버지를 기다렸다. 혹시 쇠꼴을 베어다 놓으면 그게 무슨 주술◆이 되어 소가 다시 돌아올 것만 같아 나는 두 망태나 꼴을 걷어다가 놓았다. 점심 전에 나갔다는 아버지는 해질녘이 되어도 돌아오지 않았다.

달밤에 아버지는 오쟁이 아버지와 함께 집으로 들어왔다. 빈손이었다.

"어떻게 됐다요?"

어머니가 물었다. 아버지는 한숨이었고 오쟁이 아버지가 대신 대답했다.

"일단 주인이 데려갔소."

그래 놓고 그는 아버지를 향해 덧붙였다.

"나 말대로 하란 말일세. 좀 세게 나가서 섭섭지 않게 받아 내란 말여. 아까 순경도 안 그러등가? 그간 수고한 건 서로 알아서들 하라고. 그것이 뭔 소리겠어? 사정이 이만저만 됐응께 소 주인이 정상을 참작◆해라, 그 소리제."

"그러지 말고 자네 여윳돈 좀 돌리세."

"나가 뭔 여윳돈이 있당가?"

"콩이랑 보리 매상*한 것 좀 있잖여?"

"그거이 을매나 된다고?"

"아쉬운 대로 이것저것 좀 보태믄 흥정이라도 너 볼 수 있잖여."

"흥정? 와따매, 아까부터 자꼬 그 소리인디 누가 빚내서 송아지도 아니고 다 큰 소를 사겄다믄 안 웃겄어?"

"나가 내일은 그 집에 직접 댕겨와야 발 뻗고 자겄어."

이튿날 아침 나는 학교에 가다 말고 동구 밖에서 걸음을 멈추었다. 밤부터 나는 작심을 하고 있었다.

"너 시방* 왜 그려?"

형이 몸을 틀고 물었다.

"나 소 찾으러 갈 거여."

"뭐?

"아부지 따러 소 찾으러 간당께."

"니까짓 거이 가서 뭘 어쩌겄다고?"

"소 돌레주라고 할 거여. 외양간에 누워 버릴 거여."

"그래서 시방 학교 안 가겄다고? 아부지가 가만있겄냐?"

그래 놓고 형은 걸어갔다.

"행님아, 나는 숙제럴 안 해서 가재도 갈 수가 없다."

형은 뒤도 돌아보지 않고 저만치 멀어졌다.

◆ **주술**呪術 불행이나 재앙을 막으려고 주문을 외우거나 술법을 부리는 일.
◆ **정상**情狀을 **참작**參酌**하다** 딱하거나 가엾은 상태(정상)를 이리저리 비추어 보아서 알맞게 고려하는 것(참작).
◆ **매상**買上 정부나 관공서 따위에서 민간으로부터 물건을 사들임.
◆ **시방** 지금.

나는 팽나무 뒤로 물러나 아버지를 기다렸다. 머잖아 장 나가는 차림새로 옷을 차려입은 아버지가 마을 길을 걸어 나오는 모습이 보였다. 겨드랑이에 낀 노란 종이 꾸러미는 돈이 틀림없었다. 내가 팽나무 뒤에서 쭈뼛쭈뼛 나오자 아버지는 기가 막힌 얼굴로 빤히 쳐다보았다. 아버지는 아무 말 없이 앞서 걸어갔다.

우리는 고갯마루에서 버스를 기다렸다.

"아부지, 동네가 어디래요?"

"왜, 말하믄 니가 다 알겠냐? 문대미랴."

아버지는 아무렇지도 않게 대답했다. 이제 나는 힘이 나서 까불었다.

"버스를 타긴 타야겄네이."

문대미에서 버스를 내린 아버지와 나는 장터를 지나고 큰 동네를 두 군데나 물리면서 강을 거슬러 올라갔다. 그곳 강은 우리 마을 강보다 폭이 좁았지만 물은 더 맑았다. 그동안 아버지는 서너 번이나 사람을 붙잡고 길을 물었다.

작은 마을이 나왔고, 아버지는 구멍가게로 들어갔다. 주인 여자는 길로 나와 들판을 가리켰다. 들판 멀리 강둑 아래로 삼나무 뒤뜰이 어두운 민가˚가 보였다. 집 곁을 지나자니 사철나무 울 너머로 타작˚ 소리가 들려왔다. 우리는 잠시 선 걸음에 집 안을 들여다보았다. 마당에 안주인이 앉아 늦콩을 털고 있었다. 텔레비전 안테나도 없는 작고 추레한˚ 집이었다.

대문 밖 감나무 밑에서 아버지가 말했다.

"니는 여기서 기둘려이."

아버지는 대문도 없는 마당으로 들어갔다. 나는 감나무 그늘에서 고개를 기웃이 내밀고 집 안을 훔쳐보았다. 행랑채에는 외양간이 딸려 있었지만 비어 있었다. 자연히 나는 집 주변을, 그러니까 들판이라든가 강둑을 살펴보았다. 강둑에 염소 몇 마리는 보였어도 소 같은 건 보이지 않았다. 아버지를 툇마루로 안내해 앉힌 그 집 아주머니가 냉수를 한 그릇 내다가 아버지에게 건넸다.

그녀는 남편이 나무를 싣고 바닷가로 갔다고 했다.

"김 양식장에 말목◆을 한 사날◆ 달구지◆로 내다 주고 있는디 점심은 드셔야 올 건디요."

"그 소가 달구지를 다 끈답니까?"

아버지가 외양간을 건너다보며 놀란 눈으로 물었다. 좀 섭섭한 눈빛이었다.

"그렇잖아도 애 아부지가 얼마나 고마워하는지 몰라요. 소가 똑 우리 소 같지 않게 실해졌어라. 내일 새나 일머리◆가 든다고 한번 인사하러 댕게오겠다고 허기는 허든디."

아주머니가 아버지에게 한 번 더 굽실했고, 아버지는 큼큼 헛기침을 놓았다.

"그람 모레 새나 다시 한 번 올랍니다."

아버지는 말도 못 꺼내 보고 그냥 일어서는 눈치였다. 내가 사립문으로 툭 불거져 나가 아버지 곁에 서자 아주머니는 깜짝 놀라서 말했다.

"애가 와 있었는갑네. 들어오제야?"

"야가 소 좀 보겄다고 학교도 안 가고 요래 삐득삐득 안 따러오요."

"오매, 그랑게 니가 소를 건진 갸구나?

◆ 민가民家 일반 백성들이 사는 집.
◆ 타작打作 곡식의 이삭을 떨어서 낟알을 거두는 일.
◆ 추레한 겉모양이 깨끗하지 못하고 생기가 없는.
◆ 말목 가늘게 다듬어 깎아서 무슨 표가 되도록 박는 나무 말뚝.
◆ 한 사날 한 사나흘.
◆ 달구지 소나 말이 끄는 짐수레.
◆ 일머리 어떤 일의 내용, 방법, 절차 따위의 중요한 줄거리.

영 실하게 생겼네이."

아주머니는 내 머리를 쓰다듬었다.

"소한테 정 주지 말라고 그래 당부했는데도 잡것이 고만 정을 줘 갖고 밤낮 밥도 안 묵고 울어만 대싸요."

그렇게 말한 아버지는 정말 짠하고 속상한 눈빛으로 내 머리를 쓰다듬었다. 그러자 갑자기 나는 연극처럼 눈물이 나기 시작했다. 나는 점점 콧물까지 삼키며 서럽게 울어 버렸다. 아주머니가 어쩔 줄 몰라 했다.

"허허, 남 부담시럽게…… 뚝 못 그치냐?"

그래 놓고 아버지는 고개를 하늘로 쳐들었다.

이틀 뒤 나는 수업이 끝나자마자 집으로 달려갔다. 아버지는 돌아와 있지 않았다.

"점심 자시고 가셨는디 금방 오겠냐?"

"소 꼭 사 온다고 했제?"

"그랄라고 갔다만…… 오쟁이 아부지가 따러나섰응께 잘 안 되겠냐?"

해가 설핏 기울고 형이 돌아왔는데도 아버지는 돌아오지 않았다. 나는 형과 함께 동구 밖까지 서너 차례나 들락날락했다.

"하긴 버스에 못 태운게 소를 걸켜♦ 오자면 늦을 거네, 응?"

위안이나 삼자고 나는 네댓 차례도 넘게 같은 말을 되풀이했다. 어머니가 저녁상을 밀어 주었지만 우리는 뜨는 둥 마는 둥했다.

아버지가 돌아온 것은 달빛이 훤했을 때였다.

술에 취해 비틀거리며 사립문을 들어서는 아버지를 보며 우선 나는 고삐가 들렸는지 살펴보았다. 그러나 달빛 아래 선 아버지는 맨손이었다. 아니다. 손에는 예의 그 종이 꾸러미가 달랑달랑 매달려 있었다. 아버지는 종이 꾸러미를 땅바닥에 내던지고 감나무 밑으로 걸어가 통나무처럼 털썩 주저앉았다.

나는 얼른 종이 꾸러미부터 풀어헤쳤다. 돈 꾸러미를 확인해야 현실을 받아들이겠다는 조급함이 앞섰다. 종이 꾸러미에서는 차갑고 물컹한 고깃덩어리가 나왔다.

"워매, 소를 잡어부렀는갑다, 씨!"

나는 나도 모르게 소리쳤는데, 형이 대뜸 내 뒤통수를 콕 쥐어박았다. 아버지가 꺽꺽 울고 있었던 것이다.

"그 집구석도 한심하더란 말이지. 그거 없으면 농사고 뭐고 못 묵고 산디야. 워매!"

다 큰 아버지가 우는 모습을 본 것은 그때가 처음이었다.

온전히 우리 집 소유의 소를 갖게 된 것은 한참 뒷날의 일이었다. 아버지는 송아지를 훌륭하게 길렀다. 송아지가 자라 송아지를 낳고, 그 송아지가 또 송아지를 낳아 지금은 얼추 네댓 대나 배가 갈린 암소♦가 외양간을 지키고 있다.

"요놈의 짐승이 정을 안 주려 해도 정이 안 들 수가 없는 짐승이여. 하긴 우리 자식들은 요놈이 다 가르쳤응께. 난 힘 하나도 안 썼구만."

♦ **걸키다** '걸리다'의 사투리. '걷게 한다'는 뜻.
♦ **배가 갈린 암소** 새끼를 낳은 적이 있고 앞으로도 낳을, 다 자란 암소.

전성태

全成太, 1969~

　전라남도 고흥에서 태어난 작가 전성태는 중앙대학교 문예창작과를 졸업했습니다. 지금 우리 문단에서 큰 주목을 받으며 창작 활동을 펼치고 있는 그는 이른바 '전업 작가'로, 다른 직업을 갖지 않고 소설 쓰기에만 전력하고 있습니다.

　그는 대학 시절부터 김유정과 이문구 등 토속적이면서도 유머러스한 필치를 지닌 작가들을 좋아했고, 그 역시 농촌적 정서에 바탕을 둔 유머러스한 이야기를 쓰기 시작했습니다.

　이러한 스타일 때문에 그는 김유정과 이문구의 뒤를 잇는 작가로 평가되고 있지만, 그의 창작 세계는 계속 폭넓은 변화를 보여 주고 있습니다.

　첫 창작집 《매향》에 실린 작품들이 대체로 그런 경향을 보여 주고 있는데, '매향埋香'이란 새로운 미래를 기원하며 향나무를 바닷가에 묻는 의식을 뜻합니다. 또 다른 창작집 《국경을 넘는 일》과 《늑대》 등은 변화하는 세계사의 흐름 속에 처한 한반도의 현실과, 그 속에서 살아가는 사람들의 또 다른 삶을 깊이 있게 묘사하고 있습니다.

　그는 짜임새 있는 구성과 치밀한 묘사, 정교한 문장의 힘을 바탕으로 사람들의 삶을 진솔하게 그려 가는 작가입니다.

"너희도 봤제만 분명히 내가 주운 소여"

이 작품은 시골의 소년이 강물에 떠내려 온 소를 주워 키우다가 돌려보내기까지의 과정을 담은 이야기로, 소를 갖고 싶어하는 소년과 아버지의 심리가 경쾌하면서도 감동적으로 그려져 있습니다.

가난한 동명이네 집은 남의 집 소를 길러 주고 있습니다. 그게 못마땅한 동명이는 아버지에게 소 한 마리 사 들이자고 철없이 조릅니다. 그러던 어느 여름, 동명이는 강에 나갔다가 장마에 떠내려 온 소를 건져 내어 몰고 옵니다. 친구들은 곧 주인이 찾으러 올 거라고 하지만, 동명이는 누구네 집 소인지 알 수 없으니 주운 사람이 임자라고 주장합니다. 그러나 아버지는 동명이를 꾸짖으며 주인에게 돌려주기 위해 소를 강가에 묶어 둡니다. 자기 맘을 몰라주는 아버지가 원망스러운 동명이가 고집을 부리자 아버지는 동명이의 책가방을 모깃불에 던져 버립니다.

다음 날, 아버지는 동명이에게 책가방과 학용품을 사 주고 소 키우는 것을 허락합니다. 소 주인이 나타날 때까지만 맡아 키우는 것이니 정을 붙이지 말라고 말했으나, 얼마 안 가 아버지도 소에 정성을 쏟게 됩니다. 보살핌을 받은 소는 건강해져서 쟁기질 연습도 할 수 있게 되었습니다.

석 달이 지났을 무렵, 소를 잃어버렸던 주인이 나타나 소를 데려가 버렸습니다. 애써 키운 보람도 없이 소를 돌려보낸 동명이네 가족은 허탈감에 빠지고, 이에 아버지는 돈을 마련하여 주인에게서 소를 되사 오기로 결심합니다. 애가 탄 동명이는 학교도 빠지고 아버지를 따라나

섭니다. 그러나 소 주인 역시 형편이 넉넉지 않아 소가 없으면 안 되는 입장이었습니다. 며칠 뒤 아버지는 다시 찾아가 보았지만 결국 소를 데려오지 못했습니다. 그날, 동명이는 술에 취해 들어온 아버지가 눈물 흘리는 모습을 처음으로 보게 됩니다.

농가의 재산목록 1호였던 '소'

이 작품에서 시대와 공간의 배경은 정확하게 드러나 있지 않지만, 작가의 이력을 토대로 추측해 보면 1970년대 후반의 전라도 지역을 예상할 수 있습니다.

그렇다면 당시의 농촌은 어떤 모습이었을까요?

우선 가장 먼저 떠올릴 수 있는 모습은 '새마을 운동' 사업의 일환으로 추진된 농촌 개발의 풍경입니다. 새마을 운동이란 '잘살아 보세'라는 구호 아래 전국적으로 전개된 근대화 사업으로, 농촌의 경우에는 초가집을

외양간 풍경

없애고 마을 길을 넓히고 하천에 다리를 놓는 등 낡은 환경을 새롭게 정비하고자 하는 운동이었습니다. 그러나 아직 농사 기계의 보급이 미흡하여, 농사짓는 방식은 예전과 별 차이가 없었습니다. 오늘날에는 어느 농촌이든 흔히 볼 수 있는 벼 심는 기계나 탈곡 기계는 고사하고 경운기조차 많지 않았습니다. 그래서 오늘날 농기계가 하는 일들은 거의 '소'의 몫이었습니다.

소는 짐수레를 끌고 논밭을 일구는 데 없어서는 안 될 가축인데다, 새끼를 낳으면 비싼 값을 받을 수 있었기 때문에 농사짓는 집의 재산 목록 1호라고 할 정도였습니다. 이 작품 속의 소년 '동명'이가 왜 그토록 소에 집착했는지, 또 그의 아버지는 왜 뜨거운 눈물을 흘렸는지 이제 알 수 있겠지요?

 ## 작품의 개성을 표현하는 '문체'

작가들은 작품을 통해 자신만의 개성적인 특성을 드러냅니다. 말하자면, 작품 속의 독특한 문장 표현 방식을 통해 자기의 작품 경향과 성격을 보여 주는 것입니다. 예를 들어 100편의 소설 속에 공통적으로 사랑을 고백하는 장면이 있다 하더라도, 그 고백의 분위기나 느낌은 어느 것 하나 같지 않습니다. 작가들은 각기 다른 단어를 선택하여 자기만의 태도와 방식으로 문장을 다루기 때문입니다.

뿐만 아니라 같은 작가의 글이라 해도 느낌이 다 같지 않은데, 그것은 작가가 그때마다 다른 느낌을 주고자 하기 때문입니다. 작가의 개성이나 작품의 개성을 가장 잘 보여 주는 문장상의 특징을 가리켜, 바로 '문체'라고 합니다.

우리는 흔히 이 작가의 문체는 간결하다, 이 작품의 문체는 건조하다 등의 말을 많이 사용합니다. 우리가 읽은 소설 작품을 예로 들어 생각해 봅시다.

황순원의 문체는 흔히 서정적이며 절제되어 있다고 합니다. 실제로 그는 복잡한 심리를 파헤치기보다는 그림을 그리듯 상황을 묘사함으로써 풍부한 감성을 자아냅니다.

> "수숫단 속은 비는 안 새었다. 그저 어둡고 좁은 게 안됐다. 앞에 나앉은 소년은 그냥 비를 맞아야만 했다. 그런 소년의 어깨에서 김이 올랐다. / 소녀가 속삭이듯이, 이리 들어와 앉으라고 했다. 괜찮다고 했다. 소녀가 다시, 들어와 앉으라고 했다. 할 수 없이 뒷걸음질을 쳤다. 그 바람에, 소녀가 안고 있는 꽃묶음이 망그러졌다. 그러나, 소녀는 상관없다고 생각했다. 비에 젖은 소년의 몸 내음새가 확 코에 끼얹혀졌다. 그러나, 고개를 돌리지 않았다. 도리어 소년의 몸 기운으로 해서 떨리던 몸이 적이 누그러지는 느낌이었다." _〈소나기〉 중에서.

또, 다음과 같은 채만식 소설의 풍자 가득한 문체는 작가의 비판 의식이 담겨 있습니다.

> "우리 아저씨 말이지요? 아따 저 거시키, 한참 당년에 무엇이냐 그놈의 것, 사회주의라더냐 막걸리라더냐, 그걸 하다 징역 살고 나와서 폐병으로 시방 앓고 누웠는 우리 오촌 고모부姑母夫 그 양반……. / 뭐, 말도 마시오. 대체 사람이 어쩌면 글쎄…… 내 원! 신세 간데없지요. / 자, 십 년 적공, 대학교까지 공부한 것 풀어먹지도 못했지요.

좋은 청춘 어영부영 다 보냈지요, 신분에는 전과자라는 붉은 도장 찍혔지요. 몸에는 몹쓸 병까지 들었지요. / 이 신세를 해가지골랑은 굴속 같은 오두막집 단칸 셋방 구석에서 사시장철 밤이나 낮이나 눈 따악 감고 드러누웠군요."_〈치숙〉 중에서.

그렇다면 〈소를 줍다〉의 문체는 어떨까요?

가장 특징적인 것은 사투리가 빈번한 대화에서 드러나고 있습니다. 그런 면에서 김유정의 문학과 비슷한 토속성과 해학성을 드러내고 있습니다.

> "소가 토깽이냐, 사고 싶다고 달랑 사계. 당장 저 소라도 없으면 쟁기질은 무슨 수로 할 거냐? 네 녀석이 목에다가 멍에를 걸 거냐?"
> 하며 씨도 안 먹힌다는 반응이었다.
> "그람 차차 송아지 낳으면 우리 주라고 해."
> "강아지 한 마리 거저 얻어다가 길렀다는 말 들어 봤어도 송아지를 그랬다는 말은 못 들어 봤다."
> "그것이 왜 공짜여, 우리 집이서 재우고 먹이고 다 하는데?"
> "철없는 소리 그만 해대고 얼른 풀이나 베 와야. 저번처럼 쑥만 해다가 멕이지 말고. 소 똥구녕 맥히는 날엔 네놈 입구녕도 밥 구경 끝이여."

위와 같은 사투리 대화 속에는 인물의 심리가 꾸밈없이 나타나 생동감과 친근감을 줍니다. 이에 따라 농촌 사람들의 실감나는 이야기를 그려 낼 수 있는 것입니다.

동명이 아버지의 모델이 된 작가의 아버지

〈소를 줍다〉에는 부자간의 끈끈한 정이 아름답게 표현되어 있습니다. 아들이 주워 온 소를 키우고 돌려보내기까지의 과정을 통해 소년은 아버지의 또 다른 모습을 발견하게 됩니다. 고지식하고 정직하지만 정이 많은 아버지에 대한 애정을 새삼 확인하게 되는 것입니다.

그런 동명이 아버지의 모습은 실제 존재하는 인물을 모델로 삼은 것입니다. 바로 소설가 자신의 아버지입니다. 전성태 작가는 다음과 같은 짧은 수필을 통해 아버지에 얽힌 추억을 회상하고 있습니다.

〈아버지의 셈법〉_전성태

농사를 지으며 6남매를 길러야 했던 아버지의 인생은 반 토막 인생이었다. 담배 한 개비도 두 번으로 나누어 피웠고, 막걸리도 늘 반 되를 받아다가 드셨다.

초등학교 1학년 어느 날, 아침 밥상머리에서 나는 학교에 가지 않겠다고 징징거렸다. 그날은 학교에서 두발 검사가 있는 날이었다. 아버지는 평소 동네 공용 바리캉을 빌려다가 우리 형제들 머리를 손수 깎아주셨는데, 때가 모내기철이라 내 머리 깎아 줄 엄두를 못 내셨다.

"이 정신없는 시국에 무슨 애기들 머리통 검사시래냐? 오늘은 그냥 가고 돌아오는 공일날 해 준다니께 그런다."

급기야 나는 집을 나섰다. 마을을 돌아다닌 끝에 친구 집으로 가 있는 공용 바리캉을 빌려왔다. 바리캉을 들고 나타나자 아버지는 마지못해 숟가락을 놓고 일어났다. 기름을 둘렀는데도 바리캉이 머리카락을 뜯다시피 해서 나는 눈물을 질금거렸다. 온 동네를 돌아다니는 기계다 보니 그럴 만도 했다. 내 머리를 똑바로 세우는 아버지의 손길도 짜증으로 평소보다 매웠다. 오른편 귀밑머리부터 정수리까지 머리를 반이나 깎았을 때였다. 머리가 통째로 뽑히는 고통에 나는 비명을 지르며 일어섰다.

"안 되겠다. 일단 학교에 갔다 와라. 기계 고쳐서 이따 저녁에 마저 해 줄 거구마."

나는 아버지를 빤히 쳐다보았다. 어머니가 이발소로 보내라고 말했다. 아버지는 내 손에 동전 200원을 쥐어 주었다. 당시 어린이의 이발 비용은 500원이었다. 나는 어이없다는 듯 아버지를 다시 쳐다보았다.

"반만 깎아 주고 제값을 다 받으면 그 이발사는 도둑놈이제."

나는 울상이 되어 200원을 쥐고 먼 거리로 넘어갔다. 그러나 이발소 의자에 앉아 보지도 못하고 쫓겨났다.

"아가, 나가 니가 미워서 하는 말이 아니다이. 니도 생각해 봐라. 대머리 머리 깎아 주는디 면적 따져 돈을 받더냐? 뭔 말인 중 알것제? 느그 부모님한테 나가 그러드라고 역부러 전해라이."

이발사는 돈도 돈이겠지만 집에서 손수 이발을 해 주는 촌사람들이 얄미웠을 것이다. 나는 운동복 상의를 덮어쓰고 교실에 앉았다. 선생님이 머리에 둘러쓴 옷을 강제로 벗겼다. 교실이 한바탕 웃음바다가 되었고, 나는 아이답지 않게 오래 통곡했다.

저녁에 아버지는 귓등에 꽂은 꽁초를 뽑아 말없이 태우셨다. 어린 자식에게 큰 상처를 안겼다고 여기신 모양이었다. 아버지는 일 년에 쌀한 말씩을 주기로 하고 단골 이발소를 잡았다. 우리 형제들은 그곳에서 눈치 보지 않고 언제든지 머리를 깎을 수 있었다.

● 이 작품에서 동명이 아버지의 성격은 고지식하고 정직하지만 정이 많은 분입니다. 그런 성격을 알 수 있는 내용이 <u>아닌</u> 것은 무엇인가요?

① 소를 데려온 동명이를 꾸짖은 일.

② 동명이의 학용품을 새로 사 주신 일.

③ 소를 주인에게 돌려준 일.

④ 소에게 쟁기질 연습을 시킨 일.

● 이 작품에는 농촌 사람들의 생활 풍경을 알 수 있는 생생한 표현이 많습니다. 다음 중 농촌의 생활 풍경이 약하게 표현된 대사는 무엇일까요?

① "철없는 소리 그만 해대고 얼른 풀이나 베 와야. 저번처럼 쑥만 해다가 멕이지 말고. 소 똥구녕 맥히는 날엔 네놈 입구녕도 밥 구경 끝이여."

② "흥, 그걸 두고 소 궁둥이에다가 꼴 던지는 격이라고 하는 겨. 소가 널 주인으로 모실 성싶으냐?"

③ "네놈은 천상 공부할 싹수는 못 되는 거 같응께 오늘부터 농사를 짓자."

④ "그람 모레 새나 다시 한 번 올랍니다."

⑤ "요놈의 짐승이 정을 안 주려 해도 정이 안 들 수가 없는 짐승이여. 하긴 우리 자식들은 요놈이 다 가르쳤응께. 난 힘 하나도 안 썼구만."

● 이 작품의 주인공인 동명이는 강에 떠내려 온 소를 건져 낸 뒤 자기 것이라고 우깁니다. 동명이가 그토록 간절히 소를 원했던 이유는 무엇일까요?

● 이 작품에서 동명이 아버지는 아들처럼 솔직하게 표현하지는 않았지만 내심 소에 대한 애정을 지니고 있었습니다. 그런 마음을 엿볼 수 있는 아버지의 행동에 대해 말해 봅시다.

● 이 작품에서 동명이 아버지의 성격은 고지식하고 정직하지만 정이 많은 분입니다. 그런 성격을 알 수 있는 내용이 <u>아닌</u> 것은 무엇인가요?

① 소를 데려온 동명이를 꾸짖은 일.

② 동명이의 학용품을 새로 사 주신 일.

③ 소를 주인에게 돌려준 일.

④ 소에게 쟁기질 연습을 시킨 일.

답 ④번.

동명이를 꾸짖은 일이나 소를 주인에게 돌려준 행동은 아버지의 정직한 성격을 보여 주는 것입니다. 또 동명이의 학용품을 사 준 행동은 따뜻한 심성을 드러냅니다. 그러나 소에게 쟁기질 연습을 시키는 것은 아버지의 성격을 보여 주는 행동이라 볼 수 없습니다.

● 이 작품에는 농촌 사람들의 생활 풍경을 알 수 있는 생생한 표현이 많습니다. 다음 중 농촌의 생활 풍경이 약하게 표현된 대사는 무엇일까요?

① "철없는 소리 그만 해대고 얼른 풀이나 베 와야. 저번처럼 쑥만 해다가 멕이지 말고. 소 똥구녕 맥히는 날엔 네놈 입구녕도 밥 구경 끝이여."

② "흥, 그걸 두고 소 궁둥이에다가 꼴 던지는 격이라고 하는 겨. 소가 널 주인으로 모실 성싶으냐?"

③ "네놈은 천상 공부할 싹수는 못 되는 거 같응께 오늘부터 농사를 짓자."

④ "그람 모레 새나 다시 한 번 올랍니다."

⑤ "요놈의 짐승이 정을 안 주려 해도 정이 안 들 수가 없는 짐승이여. 하긴 우리 자식들은 요놈이 다 가르쳤응께. 난 힘 하나도 안 썼구만."

답 ④번.

대사의 내용을 통해 우리는 소를 키우고 농사를 짓는 농촌의 생활 풍경을 짐작할 수 있습니다. 그러나 ④번의 대사는 사투리를 제외하면 농촌 사람들의 생활 풍경을 짐작할 수 있는 요소가 없습니다.

● **이 작품의 주인공인 동명이는 강에 떠내려 온 소를 건져 낸 뒤 자기 것이라고 우깁니다. 동명이가 그토록 간절히 소를 원했던 이유는 무엇일까요?**

동명이가 소를 갖고 싶었던 이유는 아마도 부모님을 위해서였을 겁니다. 당시에는 짐을 실어 나르거나 논밭을 일구는 데 없어서는 안 되는 가축이 바로 소였기 때문입니다. 동명이네 집은 가난했고, 비싼 소를 살 형편이 못 되었기 때문에, 주인 잃은 소를 갖고 싶었던 것입니다. 요즘 사람들이 개나 고양이 등, 반려동물을 키우고 싶어 하는 것과는 전혀 다른 이유입니다.

● **이 작품에서 동명이 아버지는 아들처럼 솔직하게 표현하지는 않았지만 내심 소에 대한 애정을 지니고 있었습니다. 그런 마음을 엿볼 수 있는 아버지의 행동에 대해 말해 봅시다.**

동명이 아버지는 주인이 나타날 때까지만 데리고 있을 것이라며 소에게 정을 붙이지 말라고 하지만, 한 달이 지나면서부터는 소를 정성껏 키우기 시작합니다. 아침저녁으로 여물을 쑤고 사료를 사다 나르고, 동명이에게 풀이 좋지 않은 방죽으로 몰고 다닌다고 역정을 냅니다. 또한 소 주인이 나타났을 때는 돈을 남에게 빌려서라도 소를 되찾아 오려고 합니다. 그러나 결국 소를 데려오지 못하고 집으로 돌아온 날, 끝내 눈물을 보이는 모습 속에서 동명이 아버지가 그동안 소에게 깊은 애정을 갖고 있었음을 알 수 있습니다.

작품 수록 교과서

작품(1권)	수록 교과서
고향(현진건)	박영사
이상한 선생님(채만식)	유웨이중앙교육
동백꽃(김유정)	교학사, 대교, 미래엔컬처그룹, 비상, 신사고, 지학사, 해냄
영수증(박태원)	지학사
학(황순원)	새롬교육, 유웨이중앙교육, 지학사, 해냄
수난 이대(하근찬)	미래엔컬처그룹, 비상, 창비, 디딤돌, 박영사
꺼삐딴 리(전광용)	대교, 미래엔컬처그룹
남매(황석영)	교학사
콘사이스여 안녕(이순원)	대교
약방 할매(성석제)	대교

작품(2권)	수록 교과서
붉은 산(김동인)	비상
전차 차장의 일기 몇 절 (나도향)	미래엔컬처그룹
하늘은 맑건만(현덕)	디딤돌, 미래엔컬처그룹
아버지와 아들(김동리)	해냄
후조(오영수)	두산동아
자전거 도둑(박완서)	교학사, 대교, 박영사, 웅진, 유웨이중앙교육, 천재교육
선생님의 밥그릇(이청준)	두산동아
기억 속의 들꽃(윤흥길)	대교
소를 줍다(전성태)	지학사